Sally Cline

After Agatha

アフター・アガサ・クリスティー

犯罪小説を書き継ぐ女性作家たち

サリー・クライン
服部理佳 訳

Women Write Crime

左右社

After Agatha
Women Write Crime
Contents

AFTER AGATHA: WOMEN WRITE CRIME
by Sally Cline

Published by arrangement through Rights People,
London through Japan UNI Agency, Inc., Tokyo

アフター・アガサ・クリスティー

犯罪小説を書き継ぐ女性作家たち

第一章　議論をはじめる前に

生きていく上で、かなりの時間を怯えることに費やしている女性たちが、恐怖をリアルに描くストーリーに惹かれるというのは、飽くことのない刺激的なパラドックスだ。

ほとんどの女性は、子どものころから暴力の脅威をひしひしと感じ、世の中には、というより、自分たちの世界には、自分たちを傷つけようとする男たちがいることをよく知っている。にもかかわらず、多くの女性たちが、自分たちの同輩であるほかの女性がつきまとわれ、レイプされ、虐待され、拷問され、殺される様子を生々しく詳細に描いた小説を読み、そして、書きつづけている。

犯罪小説やスリラーは、イギリスでは最も人気のあるジャンルで、全書籍の売り上げの三分の一を占めている。こうした小説の売り上げは二〇一五年から二〇一七年にかけて十九パーセント増加し、ついに一般小説を上まわった。データ会社ニールセン・ブックスキャンの調査によれば、二〇一七年に販売された犯罪小説は一八七〇万冊（同年の一般・文芸書の販売部数は一八一〇万冊）

で、二〇二一年現在は約二一〇〇万冊にのぼると見られている。同年に新型コロナウィルス感染症が世界的に大流行したことで、イギリス人が、それまでのほぼ倍の時間を読書に費やすようになったのは、さほど不思議なことではない。だが、犯罪小説やスリラーに慰めや気晴らしを見いだす人が、それまでよりもずっと増えたという事実は、やや意外かもしれない。二〇二〇年六月後半の二週間で、このジャンルの本は、前年の同時期に比べて十二万冊近くも多く売れた。こうした数字は、犯罪小説やスリラーの売り上げが官能小説やロマンス小説に次いで多いアメリカや、犯罪小説とミステリを合わせると毎年一億ドル以上の売り上げがあるとされるカナダの状況を反映している。

興味深いことに、このブームを牽引しているのは女性読者であり、犯罪小説市場の約八割を女性が占めている。その理由については、ここ数年、多くの議論がなされてきた。女性は男性よりも、暴力に対する恐怖に悩まされ、自分の非力さに不安を覚えることが多い。犯罪に関する本を読むとは、安全な場所で、そういった恐怖や不安に対処し、どうにか克服するための手だてのひとつなのだろう。また、女性は男性よりも、犯罪そのものや、犯罪の背後にある心理や動機を理解したいという願望が強いようだ。それに、犯罪小説が描く世界は暗く殺伐としているが、たいていの場合、事件は解決し、犯人は罰せられ、正義がなされるため、安心感があるのは間違いない。しかも、女性作家による犯罪小説やサイコスリラーでは、犯人を出しぬいて正義の鉄槌を下すのは女性であることが多い。

それを考えれば、これだけ多くの女性読者が、特に女性作家の犯罪小説やスリラーに夢中になっているのは驚くに値しない。近年、驚異的な売り上げを叩きだした小説のいくつかは、女性作家によるものだ。ギリアン・フリンの『ゴーン・ガール』、ポーラ・ホーキンズの『ガール・オン・ザ・トレイン』、ルイーズ・ダウティの『Apple Tree Yard』、タナ・フレンチの〈ダブリン殺人課〉シリーズ、J・K・ローリングがロバート・ガルブレイス名義で執筆した〈私立探偵コーモラン・ストライク〉シリーズなど、いずれもドラマ化や映画化を果たした作品ばかりだ。

こうした女性作家たちが類まれな才能に恵まれた説得力あるストーリーテラーであるのは間違いないが、女性として自分の非力さをひしひしと感じ、日々の生活にいつ暴力が影を落とすかもしれないと警戒している点で、男性作家とは一線を画している。二〇一四年にブリストルで開催された犯罪小説のコンベンション〈クライムフェスト〉で、犯罪小説作家のヴァル・マクダーミドは、女性作家は自分たちと同じ女性を怖がらせるのに長けていると述べている。女性作家は、女性の恐怖の根源や本質をよく理解しており、恐怖がどういうものか、ありありと鮮明に思い描くことができる。そのため、暴力的な犯罪の衝撃と後遺症について深く洞察することができ、その結果として、恐怖を生々しく描写することができるのだ。また、女性作家は、登場人物に自分を重ねあわせ、被害者と加害者の両方の立場に立って、犯罪を正確に理解しようとする。それは、女性が非力であるがゆえに感じる憤りや怒りをうまく表現できるということでもある。

女性の視点で犯罪を描くのは、それなりに意味があることだといえる。作者が自分自身の恐怖や暴力にさらされた経験を語り、わかちあおうとしているように見えるため、読者は犯罪に加担しているような後ろめたさをまったく感じないですむからだ。当然ながら、作者と読者の間には相互理解と信頼関係が生まれる。現在、中性的な名前や女性の名前で犯罪小説を書いている男性作家がいるのはおそらくそのためだろう。S・J・ワトソンも、S・K・トレメインも、J・P・ディレイニーも男性作家だ。作家のマーティン・ウェイツは、妻のリンダとスリラーを書くとき、タニア・カーヴァーというペンネームを使っている。ニッキ・ジェラードとショーン・フレンチも、夫婦でチームを組む作家だが、大成功を収めたスタンドアロンのサイコスリラーや〈フリーダ・クライン〉シリーズを執筆する際には、ニッキ・フレンチという女性のペンネームを選んでいる。また、ロバート・ガルブレイスが実はJ・K・ローリングであることが判明すると、〈私立探偵コーモラン・ストライク〉シリーズの売り上げは十五万倍になった。

女性作家の小説に登場する女性は多くの場合、路地裏や死体安置所の台の上に横たわる死体といった、単なる物語の小道具にとどまらない。だが、意外に思うかもしれないが、女性作家は、小説を書くにあたって暴力を敬遠してはいない。その暴力の描写は、非情なまでに詳細で残酷だ。二〇〇七年に、作家イアン・ランキンをして、女性が犯罪小説で描く暴力は、得てして男性が書いたものよりも生々しいといわしめたほどである。しかし、何より重要なのは、そうした小説の中心には力強い女性の主人公が――ストーリーを牽引し、事件の解決に影響を与える女性がいるということだ。

では、女性作家とはいったい何者なのか。人の心の最も暗い部分に深く分け入り、詳《つまび》らかに調べようとする彼女たちは、どのような人たちなのだろうか。犯罪小説やスリラーがベストセラーリストの上位をたびたび占めるようになり、この市場はますます大きな利益を生みだすものとなっているが、女性作家が犯罪小説を書く理由はそれだけではないだろう。おそらくそれは、多くの女性読者が犯罪小説を読みたがる理由と大いに関係があるはずだ。それとも、ほかにまったく違う理由があるのだろうか。読者はストーカーや暴行、レイプ、拷問、殺人を扱った小説を読むだけだが、作者はそうした犯罪について調べ、ときには何年もそればかり考えて、小説に書きとめなければならない。犯罪小説は読むのも大変かもしれないが、書くのも大変なのはまず間違いなさそうだ。

たとえば、女性作家は具体的に、どんな問題を気にかけているのだろうか。自分の小説で、生活を豊かにしたり、大勢の読者を楽しませたりすること以外に、何を成し遂げようとしているのだろう。どんな登場人物（男でも女でも）を生みだし、思いついたときにはどんな決断を迫られたのだろう。女性作家の作品は、男性作家の作品とどう違い、そして、それはどうしてなのだろう。また、自分や自分と同じ女性作家が執筆してきた本や、現在執筆している本に描かれた、犯罪や暴力の程度や質について、どう感じているのだろうか。

本書はこうした疑問に答えることを目的とするものである。著者は、イギリスの作家にとどまらず、アメリカやカナダの女性作家にも広くインタビューを行った。謎解き、犯罪捜査もの、私立探偵もの、警察もの、レズビアン・ミステリ、法医学スリラー、ドメスティック・ノワールなど、様々なジャンルの犯罪小説やスリラー小説を執筆する作家たちだ。その回答からは、読者に負けず劣らず、彼女たちが犯罪小説に興味を掻き立てられ、魅了されていることが窺える。女性作家が暴力犯罪や女性の恐怖を扱うという現象は、いまにはじまったことではない。だとすれば、こうした疑問に対する答えは、現代の女性犯罪小説作家の中だけにではなく、その先人たちの中に――一九三〇年代から今日に至るまでに様々な形でブームを巻きおこしてきた、女性作家の犯罪小説の中にあるはずだ。

作家たちは、推理小説や私立探偵が活躍する小説を書きはじめるずっとまえから、犯罪について書いてきた。十八世紀には、ダニエル・デフォーが〝真の犯罪〟を描いた物語を次々と書き、そのうちのいくつかを、いまや古典文学と呼ばれる『モル・フランダーズ』（一七二二）のような作品に仕上げている。

十九世紀に入ると、チャールズ・ディケンズやフョードル・ドストエフスキー、オノレ・ド・バルザックらが、現実の凄惨な犯罪を基にして小説を書いた。同じ世紀には、エドガー・アラン・ポーが「推理小説」を書きはじめ（中でも最も有名な『モルグ街の殺人』［一八四一］は初の近代推理小説とされている）、一方でアーサー・コナン・ドイルがシャーロック・ホームズを主人公としたシリーズもののミステリを発表し、推理小説の二大潮流を生みだした。こうした初期の推理小説では、有能なアマチュア探偵が主人公だ。この男性作家たち――そう、すべて男性だったのだが――は、のちに最初のブームを巻きおこす女性犯罪小説作家たちに道を開くことになった。

一九二〇年代から一九三〇年代にかけて、当時、絶大な人気を博した五人のベストセラー作家（すべて女性である）が、イギリスの犯罪小説界を席巻する。彼女たちは、ライバルである男性作家たちの本が次々と絶版になり、忘却の彼方に消えていくのを尻目に活躍しつづけた。その五人とは、アガサ・クリスティー（一八九〇－一九七六）、ドロシー・L・セイヤーズ（一八九三－一九五七）、マージェリー・アリンガム（一九〇四－一九六六）、ナイオ・マーシュ（一八九五－一九八二）、ジョセフィン・テイ（一八九六－一九五二）だ。

この少数精鋭の、想像力と活力に溢れたイギリスの女性犯罪小説作家たちは、親しみを込めて「黄金時代の作家たち」と呼ばれた。彼女たちの成功はそれまでにない快挙だった。というのも、当時アメリカやカナダの文学界は、ほとんど男性作家に独占されていたからである。さらに重要なのは、一九三〇年にイギリス犯罪小説界の権威アーサー・コナン・ドイルがこの世を去ったとき、彼の後継者であるイギリスの女性作家たちはすでに名声を獲得しており、その名を轟かせつづけていたことだ。第二次世界大戦がはじまるころ、イギリスの探偵小説界には巨匠と呼ばれる女性作家が何人もいたが、アメリカでは、批評家に認められ、爆発的なヒットを飛ばすのは、まだまだ男性に限られていた。

黄金時代の作家たちの驚異的なところは、当時人気を博しただけでなく、未だに売れつづけ、広く読まれつづけているという点だ。マージェリー・アリンガムの『手をやく捜査網』（一九三一）、ドロシー・L・セイヤーズの『殺人は広告する』（一九三三）、ナイオ・マーシュの『殺人鬼登場』

（一九三五）、アガサ・クリスティーの『そして誰もいなくなった』（一九三九）、ジョセフィン・テイの『裁かれる花園』（一九四六）といった作品は、執筆された当初から八十年以上経った現在でも、大手書店のミステリコーナーの売れ筋商品だ。女性作家の犯罪小説が巻きおこしたブームによって、不滅の名作が続々と生まれたのである。

その五人の人気女性作家たちの筆頭となったのが、〈シャーロック・ホームズ〉シリーズの四作目にして最終作の『恐怖の谷』（一九一四）や、同じく〈ホームズ〉シリーズの短篇集『シャーロック・ホームズ最後の挨拶』（一九一七）のあとに続くように、一九二〇年に初の小説『スタイルズ荘の怪事件』を発表したアガサ・クリスティーである。クリスティーは同作で、クリスティー作品のシンボルともいえる二人の登場人物のうちの一人、エルキュール・ポアロをはじめて登場させて、世間から喝采を浴びた。作家自身にとっては思いがけないことだったが、『牧師館の殺人』（一九三〇）で登場したミス・ジェーン・マープルは、さらなる称賛と高評価をもたらした。風変わりな老嬢マープルがポアロと人気を二分することになろうとはだれ一人予想していなかったが、実際のところ、マープルは、ポアロに勝るとも劣らぬ絶大な人気を誇ることになった。ホームズも、その他の同時代の――あるいは後世の――犯罪小説の主人公たちも、ポアロやマープルのそれまでにない存在感や、その創造主が生みだす世界的な大ヒットには太刀打ちできなかった。

イギリスで女性作家による革命が起こっている間、海を隔てたアメリカではハードボイルドな男性の私立探偵が登場していた。ダシール・ハメット、レイモンド・チャンドラー、ロス・マクドナルドは、都会をねぐらに縦横無尽に活躍する私立探偵、サム・スペード、フィリップ・マーロウ、リュウ・アーチャーを生みだした。こうした男性の私立探偵は、自らがアメリカの理想と見なすものに敬意を表していたが、それは名誉、体面、男同士の絆といった男の理想だった。正義や平等、生命、自由及び幸福追求の権利を掲げる国家アメリカの、伝統的な価値観の中で花開いた理想である。だが、小説の中のアメリカは、歪で芯から腐り、堕落しきった世界として描かれている。白人男性の私立探偵たちがその世界を正すには、法を曲げたり破ったりするしかなく、実際にたびたび法を犯している。イギリスの黄金時代の女性探偵たちは、読者が秩序ある世界に戻ることを保証してくれたが、アメリカの探偵はそうした保証をいっさいしてくれなかった。

だが、こうしたアメリカの男の探偵たちは犯罪小説というジャンルを男性化し、犯罪小説界に大きな影響を与えている。一九二〇年代半ば以降、S・S・ヴァン・ダイン、エラリイ・クイーン、ジョン・ディクスン・カーらは犯罪小説に知性を持ちこんで、複雑な謎や厳密な論理を提示し、それを男性の優れた頭脳が解き明かす様子を描いて見せた。伝記『Dashiell Hammett: Man of Mystery』(二〇一四)にも書いたが、ハメットはアメリカの探偵小説界の頂点に君臨する男性作家であり、このジャンルの発展に著しく貢献した立役者である。一九二九年から一九三四年にかけて刊行された代表的な五作の犯罪小説は、いずれもタフガイ的な男らしさを描いている。ハメットが生みだした主人公たちはアメリカ文学の典型的なキャラクターとなり、ハードボイルド小説、とりわけ、男性作家による作品の新たな伝統を築くこととなる、基本的なルールと語り口を確立した。

ハメットの作品には、女性作家の感性にも訴えるような優れた哲学的洞察、たとえば、現実は見かけどおりではないこと、むしろ見かけどおりのものなど存在しないこと、秩序や意味とは人が作りだしたものに過ぎず、頼りになるのは運だけであることといった見方が含まれていたにもかかわらず、出版社が押し出そうとしたメッセージは、女性をほぼ排除した都会生活の厳しさや過酷さだった。こうしてハメットは、私立探偵小説というジャンルを揺るぎなく打ち立てたが、そこに、彼の同輩であるアメリカの女性作家たちが参入する余地はなく、女性の主人公もほとんど存在しなかった。

イギリスに遅れることおよそ三十年、一九五〇年代に入って、アメリカの犯罪小説界でもようやく女性作家たちが大きな存在感を示すようになった。一九四〇年代、才能溢れる女性作家たちが次々と作品を発表しはじめていたが、マーガレット・ミラーも、ドロシー・B・ヒューズも、シャーロット・アームストロングも、そしてのちに大成功を収めるパトリシア・ハイスミスですらも、当初は世間からほとんど相手にされていなかった。状況が一変したのは、一九五六年にミラーの『狙った獣』がエドガー賞を受賞したときからだった。続いて、一九五五年に執筆されたハイスミスの『太陽がいっぱい』がエドガー賞の最終候補に選ばれる。また、ハイスミスは、一九五〇年に初のサイコスリラー作品である『見知らぬ乗客』も書いていた。この本はそこそこ売れてはいたが、一九五一年にアルフレッド・ヒッチコック監督によって映画化されると、ハイスミスの評価は一気に高まった。ハイスミスが、二十二作の著作のうち五作を占めることになる〈リプリー〉シリーズのスリラーを書きつづけている間に、同輩のアメリカ人女性作家たちが次々と頭角を現しはじめた。シャーロット・アームストロングは、一九五七年に『毒薬の小壜』でエドガー賞を受賞し、現在ドメスティック・ノワールと呼ばれているサイコミステリの前身であるドメスティック・サスペンスの草分けとして評価されるようになった。

一九七〇年代は男性の私立探偵が活躍するシリーズがヒットを飛ばしつづけたが、このハードボイルドな男の世界は、次にブームを巻きおこしたアメリカの女性作家たち、マーシャ・マラー、スー・グラフトン、サラ・パレツキーの三人によって取って代わられた。この三人はアメリカの犯罪小説界に女性私立探偵を登場させた功績で知られている。マラーは、サンフランシスコの才気煥発な探偵シャロン・マコーンを登場させ、アメリカ犯罪小説史上初の女性私立探偵を生みだした。グラフトンは、〈アルファベット〉シリーズで、架空の街サンタ・テレサの明るく頭脳明晰な私立探偵キンジー・ミルホーンを世に送りだし、サラ・パレツキーはシカゴを舞台に活躍する、個性的で破天荒な探偵V・I・ウォーショースキーを創造した。

この三人のキャラクターは、皮肉っぽく自嘲的といった典型的な探偵の語り口を持ち、権威を疑い、常に自立していて、決して人には頼らないといった探偵に必要な姿勢も持っている。また、ハメットやチャンドラーが生みだした男の探偵同様、個々の事件だけでなく、捜査によって明るみに出る、より大きな社会問題にも取り組んでいる（シリーズ全作を通じてホワイトカラー犯罪が絡んだ殺人事件を扱う、ウォーショースキーがいい例だ）。

私生活や感情がほぼ描かれなかったハメットやチャンドラーによる男性の探偵たちと、その後新星のように現れた女性探偵たちとの大きな違いは、探偵という公的な顔が描かれる際に、私的な部分も描かれるようになったという点だ。マラーのマコーン、グラフトンのミルホーン、パレッキーのウォーショースキーには、それぞれ恋愛体験を含む私的な背景が与えられ、より血の通った人物像になっている。

三人とも古典的な探偵のスタイルを踏襲し、一人暮らしで、ペットも子どももいない。もちろん、生活をともにするような決まったパートナーもいない。それでも、従来の男の探偵たちとは違い、傍らには親しい女友達や気心の知れた年配の男友達が数人いて、家族の代わりを務めている。

サラ・パレッキーはウォーショースキーに、ウィーン出身の女性医師ロティ・ハーシェルを親友として与えた。ウォーショースキーが病気にかかったり、大立ちまわりを演じて怪我を負ったりしたときに治療を施し、身体面でも精神面でも支える女性で、事実上の母親代わりである。一方、スー・グラフトンは、キンジー・ミルホーンにもっと大きな家族を与えている。その一人は、八十代の大家ヘンリー・ピッツ。元パン屋で料理とクロスワードパズルを愛する、キンジーの気の置けない友人だ。キンジーの愛情は、ヘンリーの兄弟や、地元の居酒屋で異国の料理を出してくれるド派手なハンガリー人ロージーといった人たちにも向けられている。

探偵という公の顔が描かれる際に私的な部分も紹介されるという女性私立探偵の特徴は、警察組織の女性に焦点をあてた次の世代の女性犯罪小説作家たちにも引き継がれた。男社会である警察組織に入り、そこで生き抜くために奮闘する女性の生きざまは、以後、小説の中でつぶさに描かれるようになった。その傑出した目覚ましい例として挙げられるのが、リンダ・ラ・プラントの『第一容疑者』だ。ジェイン・テニスン主任警部を主人公とした全八作のシリーズで、一九九〇年代に放映されたテレビドラマは大成功を収めた。ドラマでは、ヘレン・ミレンが堂々たる力強い演技で、主役のテニスン主任警部を熱演している。テニスンはロンドン警視庁《スコットランドヤード》で、男性優越主義の同僚たちに疎まれ、見下され、虐げられながら組織の階段を這いあがっていく。その後イギリスでは続々と、警察で働く女性のリアルな体験を反映した小説が刊行された。そこに描かれたのは、表立った嫌がらせは減ったものの制度化されたセクシズムやミソジニー、差別が続く社会だった。タナ・フレンチが二〇一六年に上梓した警察小説『The Trespasser』では、ミックスルーツで、班で唯一の女性でもある主人公アントワネット・コンウェイ刑事が、男の同僚たちによる陰湿ないじめや、悪質な嫌がらせに立ちむかっていく。

多くの犯罪小説家たちは、こうした写実的な小説がイギリスやアメリカやカナダの警察が男女平等を達成するために経験してきた闘争に向きあい、乗りこえていくのに役立ち、その主人公たちは現実の女性警察官に対する認識や心象を形作ったり、改めたりするのに大いに貢献していると考えている。こうした影響は、小説がテレビドラマ化されるとさらに顕著に表れる。その例として挙げられるのが、テス・ジェリッツェンの、刑事ジェイン・リゾーリと検視官モーラ・アイルズが活躍するスタイリッシュなシリーズで、テレビドラマ『リゾーリ＆アイルズ：ヒロインたちの捜査線』

として、絶大な人気を博した。

ここ数年の間に、様々なタイプの新しい女性主人公が登場してきた。子育てと厳しい警察官の仕事を両立するシングルマザー、精神的・身体的問題を抱えた警察官や自閉症スペクトラムの警察官。女性作家の警察小説は、欠点や傷を抱えているが読者の共感を呼びやすい、強い女性を主人公にしていることが多い。イギリスのスリラー作家であるジェーン・ケーシー、ソフィー・ハナ、サラ・ヒラリーが描く主人公もそういったタイプの女性だ。ヒラリーの生みだしたマーニー・ローム警部は両親を惨殺され、その過去に苦しめられている。ハナのチャーリー・ザイラー部長刑事は、頑固で自滅的な性格で、苦労して築きあげてきたキャリアを台無しにしかけている。

女性作家の小説がさらに進化して、レズビアンの主人公が登場するまでには、もうしばらく時間がかかった。一九八〇年代の初めまで、アメリカやカナダやイギリスの主だった小説にレズビアンが登場することはほとんどなかった。その空白を、カナダ出身でありながらアメリカ人作家として知られるキャサリン・V・フォレストが、元海兵隊員で、ロス市警の殺人課刑事であるケイト・デラフィールドという主人公で埋め、レズビアン刑事が初登場したこの小説はシリーズ化されることとなった。一九八四年に〈デラフィールド〉シリーズの第一作『Amateur City』が刊行されたとき、レズビアンが主人公の犯罪小説は、ほぼ前代未聞といってよかった。シリーズ第二作『Murder at the Nightwood Bar』（一九八七）は、いまや犯罪文学の名作と呼ばれるまでになり、二〇二一年時点で七作が刊行されているこのシリーズはいずれも、性的マイノリティの登場するすぐれた作品に贈られるラムダ文学賞の最終候補作あるいは受賞作となっている。フォレストがアメリカでレズビアンの主人公を世に送りだしてから三年後の一九八七年、スコットランドの作家ヴァル・マクダーミドが、社会主義者でフェミニスト、そしてレズビアンでもあるジャーナリストのリンゼイ・ゴードンを著作に登場させた。この主人公は六作の刺激的なミステリで活躍し、二〇〇三年まで登場している。リンゼイが取り組む架空の事件はすべて、当時の重要な社会問題を反映していた。その社会性は未だに色褪せていない。

マクダーミドがレズビアン小説に参入してから十年後、スコットランドの元獣医マンダ・スコットは、レズビアンのセラピスト、ケレン・スチュワートを主人公にした初の著書『Hen's Teeth』を上梓した。イギリスでもアメリカでもレズビアン小説がほとんど出版されていなかった当時、この作品はフェイ・ウェルドンに「新しい世界のための新しい声」と称賛され、一九九七年のオレンジ賞（現在の女性小説賞）の最終候補作に選ばれた。今日においてレズビアン・ロマンスには事欠かないが、レズビアンを主人公にした犯罪小説を手がける主流の作家は未だに少なく、スコットの描くケレン・スチュワートのように事件に取り組む、カミングアウトしたレズビアンの探偵役も不足している。

第一線で活躍する作家の中にも、レズビアンを主人公にした犯罪小説を書く人はたしかにいる。元警察官の作家ジョディ・クレアや、一九九〇年代のサンフランシスコで活躍する若いゲイのヒロイン、タリー・マクギニスといった主人公を生みだしてきたナンシー・サンラもそうだ。だが、イギリスのピーク・ディストリクトを舞台に活躍する、レズビアンを主人公にしたミステリシリーズを手がけている作家のカリ・ハンターによれば、主流の作家たちは、未だにLGBTQの登場人物を脇に追いやったり、カミングアウトさせずにいたりする傾向があるという。調査と照らしあわせても、これは正確な指摘といえそうだ。幸い、小さな出版社やインディーズ作家が、その空白を埋めるように参入してベストセラーチャートを駆けあがり、イギリスでもレズビアンの小説が書かれていることを、さらにいえば、読まれていることを証明している。

有色人種や障がい者の主人公の登場も遅れている。その原因として考えられるのは、本を出版している有色人種や障がい者の女性作家があまりにも少ないことや、白人や健常者の作家が、有色人種や障がい者のストーリーを借用するのに慎重な姿勢を見せていることだ。それでも、数多くの女性作家たちが興味深い作品を続々と発表している。アフリカ系アメリカ人の作家アッティカ・ロックは、人種や権力、偏見や不正の問題に向きあった小説で賞を獲得し、イギリスの犯罪小説作家ジェーン・A・アダムスは、盲目の元警察官ナオミ・ブレイクを主人公として登場させ、アメリカのキャスリーン・レイクス（キャシー・ライクス）は、一人暮らしの元警察官サンデー・ナイトを、顔にひどい傷を負った隻眼の女性として描いている。

女性作家の犯罪小説が巻きおこした次のブーム――法医学ミステリの登場――を担ったのは四人の女性で、一九二〇年代から一九三〇年代の黄金時代に活躍した女性作家たちも、わずか五人であったことをおのずと思い起こさせる。その一番手は、なんといってもアメリカのパトリシア・

コーンウェルだ。検死官のケイ・スカーペッタとテクノロジーに精通したレズビアンの姪ルーシーを主人公にしたシリーズは一億冊以上を売り上げ、あらゆるミステリの賞を総なめにした。デビュー作の『検屍官』(一九九〇)は初の本格的法医学スリラーで、アメリカ探偵作家クラブのエドガー賞、英国推理作家協会のCWA新人賞、アンソニー賞、マカヴィティ賞〔いずれもアメリカの権威あるミステリ賞〕、フランスの犯罪小説大賞を受賞。一度にこれだけの賞を受賞する栄誉に輝いたのは、この本がミステリ史上はじめてだった。コーンウェルの成功は、後進に道を開いた。その一人であるキャスリーン・レイクスのデビュー作『既死感』(一九九七)は、頭脳明晰で気の強い法人類学者テンペランス・ブレナンを登場させ、カナダのミステリ文学賞であるアーサー・エリス賞の最優秀新人長篇賞を受賞している。

中国系アメリカ人の医師であり、ミステリ作家でもあるテス・ジェリッツェンは、二〇〇一年に、〈リゾーリ&アイルズ〉シリーズの医療スリラー第一作を執筆した。その八年後、イギリスのエリー・グリフィスが、型破りな法医人類学者ルース・ギャロウェイを主人公としたシリーズの第一作『The Crossing Places』(二〇〇九)を発表。こうした、科学とフィクションが見事に融合した法医学スリラーは、テクノロジー時代において専門職の女性が担うべきこれからの役割について探求し、この時代に女性が特定の地理的、政治的状況で生きることの意味を考察している。

次のブームは二〇一三年に小説家のジュリア・クラウチが「ドメスティック・ノワール」と名付けた文学的現象で、いまや、犯罪小説のサブジャンルとして絶大な人気を誇るまでになっている。

裏切りや欺瞞や殺人を心理的側面から描くこうした小説は主に家庭や職場、学校などを舞台とし、そこで女性が経験する出来事に焦点をあてて、ドメスティックな領域は女性にとってしばしば、恐ろしく、危険な場所であるというテーマ――不幸にも真実だが――を展開する。ギリアン・フリンによるサイコスリラー『ゴーン・ガール』（二〇一二）は、刊行から一年で、紙版とデジタル版を合わせて二百万部以上を売り上げた。また、ルイーズ・ダウティの『Apple Tree Yard』は、イギリス国内だけで二十五万部以上を売り上げ、二十六の言語に翻訳されている。

ジュリア・クラウチは自らも、手に汗握るサイコスリラー『Every Vow You Break』（二〇一二）や『Her Husband's Secret』（二〇一七）など、ドメスティック・ノワールの好例ともいえる作品を手がけているが、イギリスで生まれた画期的な取り組みにも深く関わっている。その取り組みとは、ジャーナリストのメラニー・マグラスとルイーズ・ミラーが二〇一五年にロンドンで設立した女性団体、〈キラー・ウィメン〉である。〈キラー・ウィメン〉はミステリ作家のグループで、ほぼ全員が、マスコミ出身者あるいは現役のマスコミ関係者として法律の世界に関わるようになった経歴を持っている。メンバーのイギリス人女性十九人の中には、ベストセラー作家のポーラ・ホーキンズ、サラ・ヒラリー、ジェーン・ケーシー、エリン・ケリーなどがおり、全員、ラジオ、テレビ、デジタルコンテンツの制作、脚本、雑誌・新聞の特集記者、広報といった分野にゆかりがある。このグループは女性ミステリ作家の地位の向上やサポートを目的とし、イギリス国内で女性向け男性向けを問わず犯罪小説のイベントを開催している。

いまの女性作家の中には、刑事司法制度に携わり、犯罪とその後遺症を直に知る人たちが大勢いる。犯罪小説の最前線で活躍する作家たちが、刑事司法機関の出身者ということは、ひとつの分野の専門家が別の分野の専門家になっているということでもある。女性作家の小説が巻きおこしたこの新たなブームによって、被害者とその家族、友人の実体験や、犯罪捜査の一翼を担う女性たちが直面する問題が描かれるようになった。

刑事裁判に関わる仕事についていた専門職の女性による犯罪小説とそうでないものとでは、違いがあるのだろうか。刑事裁判に直接関わったことのある女性が小説を書くようになったことで、フェミニズム的な犯罪小説の方向性は変わったのだろうか。こうした小説は、刑事司法機関における現実のフェミニズムの前進を、どのように反映しているのだろうか。

リンダ・フェアスタインは、こうした問題に最初に取り組んだ作家の一人だった。マンハッタン地方検察庁性犯罪訴追課を指揮してきた経験に基づき、アレクサンドラ・クーパーを主人公とするリーガルスリラーを刊行しはじめたフェアスタインは、専門職の作家とそうでない作家が書いた小説には、専門知識や法律用語の使い方、不公正な司法制度の描き方に大きな違いがあることに気づいた。現実の世界には、女性が刑事司法機関に入っていく際に直面する問題が未だに存在しているが、いくつかの作品には、そうした問題がはっきりと描かれている。法曹界で仕事をしたことのある女性なら、主体的なプロフェッショナルの主人公を生みだすのは難しくないはずだ。

法医学を専門とするコーンウェルやレイクスもそうだが、弁護士、警察官、保護観察官、刑務官、犯罪心理学者、ボディガードといった仕事についていた刑事司法の専門家たちは、自分の知識や信憑性を作品に反映させることができる。だからこそ、このジャンルの作家たちは、小説の世界を隅々までありありと想像することができ、主体的なプロフェッショナルの女性主人公を創造することができるのだ。また、刑事司法機関で働く現実の女性たちが未だに立ちむかわなければならない問題に取り組んで、現実のフェミニズムの前進を小説に反映させることもできる。こうした作家には、全世界で二百万部以上売り上げているイギリスの元警察官の作家クレア・マッキントッシュや、ロサンゼルスで弁護士として働いたのちサスペンス小説を書きはじめ、エドガー賞を受賞したスリラー作家のメグ・ガーディナー、そして〈サマンサ・キンケイド〉シリーズや〈エリー・ハッチャー〉シリーズなど、十八冊のミステリ作品がある元地方検事補のアラフェア・バークがいる。

犯罪小説の要素のひとつは昔から変わっていない。犯罪小説やサイコスリラーでは、たいていの場合、女性の被害者が男性に虐待され、暴行され、殺される様子が描かれつづけている。ここ数年、虐待の描写はますます残酷になり、暴力はしばしばポルノ的に描かれるようになった。拷問やレイプや殺人を生々しく凄惨に描いて限界を押し広げているのは、男性ばかりではない。女性作家も同じことをしている。ヴァル・マクダーミドの『殺しの儀式』（一九九五）では、残酷で身の毛もよだつような中世の拷問技術を使って被害者たちを殺す連続殺人犯の様子が、詳細かつ衝撃的に描写されている。また、マリ・ハンナのデビュー作『The Murder Wall』（二〇一二年）では、冒頭から、少女がレイプされる様子が、生々しくショッキングに描かれている。

犯罪小説は、これまでもいまも常に、単なるミステリや娯楽を超えたものだ。生と死、善と悪、正義、そして、何が人を駆り立てて他人の命を奪わせるのかといった難問を投げかけてくる。それが優れた犯罪小説であれば、現代社会と社会が抱える重大な問題を映しだして、それに向きあい、読者に(家の内外を問わず)自分を取り巻く世界について考えさせ、わたしたち一人一人に、個人として、そして社会としてどうあるべきかという道徳的な問いを突きつけてくるのだ。

こうした小説は、わたしたちが何者であるかについて、多くのことを教えてくれる。揺るぎのない眼差しで、わたしたちの国や町や都市に——コミュニティや親しい人間関係に入った亀裂を、そしてわたしたちがよそものと見なす人間をどう扱うかを、見つめている。特に探偵小説は、その舞台となる環境について、信頼に足る指針となってくれる。探偵小説が描く世界は暗く緊張に満ちているが、そのストーリーは明るい結末を迎えることが多い。正義は貫かれ、犯人は捕まり、安全が取り戻される。こうした救いのある展開は、読者にとっても作家にとっても痛快で安心感があり、力を与えてくれる。

犯罪小説はこれまで以上に、わたしたちの変わりつつある道徳的、社会的態度の重要な指針となっている。小説は必ずしもわたしたちの態度を反映しているわけではない。わたしたちの考え方を修正したり、誇張したり、完全に否定したりすることもある。犯罪小説があまり読まれなかった時代には、こうした問題に焦点が当てられることはなかった。重要なことではなかったからだ。

だが、いまは違う。

一流の犯罪小説は、単なる娯楽を超えたもので、その本質は人間的かつ文学的だ。犯罪は常に人の紡ぐ物語の中心にある。そのテーマは倫理や価値観の分析に関わっており、極めて重要で、真剣に受けとめるべきものだ。わたしたちはまだそうしていないし、そうしなければならない。犯罪小説はモラルそのものや、モラルと法の関係の変化という重大なテーマを扱っているにも関わらず、犯罪小説を軽んじる人たちに気晴らしや娯楽と決めつけられている。どんなに素晴らしい犯罪小説でも、批評家に注目されることはない。もっと書評が書かれてしかるべきだし、もっと世間の注目を浴びてしかるべきなのに、軽んじられてきた。こうした扱いを受けるのは、文学と犯罪小説の間に人為的に引かれた線のせいだ。犯罪小説は、ロマンスやSFと同様、単なる小説のサブジャンルと見なされることが多く、文化的意義や地位という点では、純文学というカテゴリーよりもずっと下に見られてきたのだ。

現代の女性犯罪小説作家たちは、未だかつてないほど大きな社会的、道徳的問題に取り組んでいる。アメリカやカナダでは、トランプ時代の闇にまつわる恐怖と風刺を込めた作品が、イギリスでは、社会批判が混じった鋭い語り口の作品が発表された。大西洋の両側で、女性の犯罪小説作家たちは、現代社会に対して辛辣な批判をしているのだ。その手法は男性作家のものとは違う。女性作家の小説には、政治的腐敗や貧困、ミソジニー、セクシズム、差別、子どもの搾取といったものに対する怒りが、はっきりと表れていることが多い。

いまも昔も気骨に溢れたサラ・パレツキーは、アメリカが抱える暴力、人種差別、セクシズムといった問題に厳正に向きあい、新境地を切りひらいた。犯罪小説の鉄則を決して忘れず――ページをめくらずにはいられない面白さを決して失うことなく――アメリカの女性たちがいまも直面している、喫緊の政治的、社会的問題に取り組みつづけている。パトリシア・コーンウェルやキャスリーン・レイクスは、現代の専門職の女性たちが直面する、極めて複雑な最先端の科学技術の問題を扱っている。

社会や人間の暗黒面に果敢に切りこんでいく作家もいる。カナダのゲイル・ボウエンは、二〇一八年に発表した小説『A Darkness of the Heart』で、貧困や子どもの搾取の問題に正面から向きあっている。子どものころ路上で暮らしたこともある元死刑調査官のレネ・デンフェルドは、『The Butterfly Girl』(二〇一九)で、オレゴンのホームレスの子どもたちが犠牲になった殺人事件について書いている。イギリス人の作家ケイト・メディナは、臨床心理学者ジェシー・フリンを主人公にしたシリーズで、精神疾患を扱い、人間の心の闇を探っている。

女性が書く犯罪小説では、メディナの描くフリンのような自立した強い女性が主人公となってストーリーを牽引することが多い。頭の切れる科学者や、医師、心理学者、弁護士、自信に溢れた女性警察官といった主人公たちが、小説の中で、現実の世界ではできないような活躍を演じて、自分たちの住む世界や環境に大きな変化をもたらすのだ。

こうした女性作家たちは、犯罪小説を変えつつある。入り組んだプロットを作り、殺人犯を含む複雑な男女のキャラクターを、血の通った人間として描く。サラ・ヒラリーの『Come and Find

Me』（二〇一八）では、シリーズの主人公であるマーニー・ローム警部が、自分の両親を惨殺した血のつながらない兄を理解しようとし、あまつさえ共感しようとする。イギリスの作家ギリー・マクミランは、ベストセラーとなった『The Nanny』（二〇一九）で、母であることの罪悪感、プレッシャー、恐怖、不安を描いている。

修道女探偵シスター・アグネスを主人公にしたシリーズを手がけ、二〇一三年から二〇一五年まで英国推理作家協会の会長を務めていたイギリスの作家アリソン・ジョセフは、多くの作家仲間の想いを代弁するように、自分の著作はどれも、犯罪と社会批判でできていると語っている。ジョセフはこうもいった。「犯罪について書くなら、ある程度リアルである必要があります。フィクションだとしても、本物らしくあるべきです。犯罪が本物なら、社会問題が浮かびあがってくるはずです」。同じイギリス人の作家ケイト・ローズは、小説の中で触れることのできるモラルの問題に興味を引かれるという。「単純化しているように聞こえるかもしれませんが、わたしたちは常に生と死の問題について語っているのです。犯罪小説作家のほとんどは、犯罪を写実的に描こうとしているのだと思います」

こうした犯罪小説作家たちは、どうして、そしてどのように、社会にとって極めて重要で今日的な意味を持つストーリーを語るのだろうか。それをさらに深く解明するためには、女性たちがこぞって犯罪小説に夢中になる理由を詳しく見ていく必要があるだろう。

第二章　なぜ女性は犯罪小説を読むのか

犯罪小説に惹かれる女性が多いのは、犯罪小説が間違いなく面白く、現実逃避をさせてくれるから——そして、厳しい現実の心強い解毒剤になるから——という説は、あながち間違ってはいない。だが、現在、犯罪小説を書いている女性作家たちは、そこにはもっと複雑な問題があることを理解している。

女性のほうが総じて男性よりも小説をよく読むことは、知られている。調査によれば、イギリス、アメリカ、カナダでは小説の売り上げの約八割を女性客が占めており、SF、ホラー、ファンタジーを除くすべてのカテゴリーで、女性の購入者数は男性を大きく上まわっていることがわかっている。図書館を利用したり、文学関係のイベントや読書会に参加したりするのも、男性より女性のほうがはるかに多い。とはいえ、子どものころから恐怖や不安を植えつけられてきて、これからも一生悩まされるであろう女性なら、そうしたものを煽る物語を避けそうなものだ。女性は皆、恐怖や不安を覚えている。主に現実の、ときには想像上の暴力に、暗く寂しい場所に、そしてたいていは自分の家の中に潜む身体的な脅威に、間違った時間に間違った場所にいたことで起こりうる結果に。

にもかかわらず、多くの女性は、ほかの女性が襲われたり殺されたりする話を読みたがり、被害者が決まって女性で、男性に振るわれる暴力が耐えがたいほど残酷に生々しく描かれている本を、自ら探しているように見える。

受賞歴のある作家で弁護士でもあるフランセス・ヘガティ（犯罪小説を書くときにはたいてい、フランセス・ファイフィールドというペンネームを使っている）は、犯罪小説というジャンルは、女性の覗き見趣味を満足させるという側面もあると考えている。「女性が荒っぽいプロレスの試合を楽しむのにちょっと似ているかもしれませんね」ヘガティはいう。「別に意外なことではないでしょ？　暴力や争いを楽しむという行為は、歴史的に見ると男性の趣味だと思われがちだけど、大昔からずっと女性の趣味でもあったんですから」

アン・クリーヴスにとって、魅力的な犯罪小説に描かれている人間ドラマやサスペンスは、苦しい現実から逃避させてくれるものとして、また、そういった現実に対する解毒剤として必要不可欠なものだ。「混沌としたいまの時代に、昔ながらの犯罪小説があるのはとても心強いものです」クリーヴスはいう。「最後に必ず秩序が回復されますからね」。謙虚なベストセラー作家であるクリーヴスは、あらゆる固定観念を覆して、イギリスで最も風変わりで愛される刑事の一人となった、ヴェラ・スタンホープを創造した。ノーサンバーランドを舞台にした〈ヴェラ・スタンホープ〉シリーズは大成功を収めて高い評価を獲得し、『ヴェラ〜信念の女警部』というタイトルでテレビドラマにもなった。「たしかに、わたしの作品のような、家庭の問題に焦点を当てた静かな犯罪小説を読めば、現実から逃避できるかもしれません。世界で恐ろしいことが起こっていても、ひとつの家族や小さなコミュニティに集中していられますからね」

これには、〈チャーリー・フォックス〉シリーズを凄まじいスピードで執筆しつづけているイギリスの犯罪小説作家、ゾーイ・シャープも同意する。シャープは十二歳のときに普通教育を受けるのをやめ、人格形成期のほとんどをイングランド北部の海で双胴船に乗って過ごしている。フォトジャーナリストとして活動していたときに殺害を予告する脅迫状を受けとったのをきっかけに、作家に転向した。やがて、タフでドライな誇り高いヒロイン、チャーリーを生みだし、各国で高く評価された。「人は、自分を取り巻く現実がひどくなればなるほど、確実な解決を望むようになります」とシャープはいう。「正義と結末を求めるようになるのです。そしてだいたい、それらを現実の世界ではなくフィクションの世界で手に入れようとします。犯罪小説は必ず最後に悪党が捕まって罰を受けますからね」

ミステリやスリラーを手がけるカナダの作家、ドロシー・マッキントッシュ（D・J・マッキントッシュ）もいう。「わたしは登山映画が好きでよく見るんです。どうして好きかというと、高所恐怖症だからです。危険極まりないことをする人たちの話を追体験するのは、この上ないサスペンスなんですよ。犯罪小説に置き換えると、描かれているのはたいてい、それこそ死ぬほど危険な状況です。でも、読んでいる分にはまったく安全なんです。そして、そういう危機感は……状況を捉える感覚は女性のほうが高い気がします。危険はわたしたちにとってリアルなものですから」

絶大な人気を誇る〈ウォーターハウス＆ザイラー〉シリーズをはじめとするサイコスリラーで有名な、世界的ベストセラー作家ソフィー・ハナは、女性の読者が犯罪小説やミステリを好むのは、恋愛小説を読むとき同様、人生から投げかけられる疑問に対する答えや、幸せな結末や解決を求めているからだと考えている。だが同時に、犯罪小説、特に女性作家の犯罪小説が女性を惹きつけるのは、サスペンスやアクションの魅力、また現実逃避や謎解きへの欲求を満たしてくれるからといった理由だけではないこともよく知っている。女性が犯罪小説を読むことは、安全な場所から人生の恐怖に対処するための方法、いわば訓練でもあるのだ。

女性の読者が逃避している先の世界は、安全でも快適でもない。ほかの女性たちが痛めつけられ、レイプされ、殺される世界だ。犯罪小説はそのリアルな恐怖を、ありありと生々しく描きだしている。「ホラー映画を観ようが、恐ろしい犯罪小説を読もうが、わたしたちが危険にさらされることはありません」ハナはいう。「でも、自分がもしそういう状況に陥ったらどんな感情になるかを知り、備えることはできる。そうすることで、精神的な回復力を鍛えることができるでしょう。人は自分が、順風満帆なときだけではなく、困難なときや恐ろしい状況に陥ったときにも対処できるとわかっていたいものです。連続殺人犯に駆けよって挨拶するような真似をしなくても、安全な方法でトラウマを体験することができる。最後にすべてうまくいくのがわかっていれば、〝怖がって楽しむ〟ことすらできます。それは自分を鍛える方法のひとつなんです」

ロマンススリラーでキャリアをスタートし、二〇〇一年に〈リゾーリ&アイルズ〉シリーズを書きはじめ、アメリカのトップ犯罪小説作家となったテス・ジェリッツェンは、女性にとって日々の生活はサスペンスに満ちていると語る。「夜、車まで歩く間も、朝、会社まで歩く間も、常に警戒しています。夫に指摘されるくらいです。いつもまわりを気にしているといわれたことがあります。まるで被食動物みたいだって。だからいったんです。実際にそうなんだからしょうがないとね。わたしたち女性は、日常を生きているだけでも、男性よりずっと頻繁に自分の安全について心配しなければいけない。犯罪小説は、女性の恐怖心を正当化してくれるのかもしれません。そう、わたしたちには怖がる権利があると思わせてくれるんです」

ジェリッツェンは、〈リゾーリ&アイルズ〉シリーズの第一作で、女性の家に押し入り、儀式めいた恐ろしい拷問を行う殺人鬼を描いている。彼女は、女性の読者たちが、連続殺人犯の登場する小説を読むのが好きだということを幾度となく聞いてきた。しかも被害者は女性でなければいけないという。「おかしな話だと思いましたよ。いったいどういうことなんだろうとね。でも、しばらくして思いあたりました。子どもたちだって、怖い本を読むときには、自分と同じ子どもが犠牲になる本を読みたがるじゃないかって。つまり、われわれ読者は、女性だろうと子どもだろうと、本を読むときには被害者に共感するものなんです」

数々の受賞歴を持つ作家マリ・ハンナは元保護観察官で、勤務中に暴行を受けてそのキャリアを絶たれた。彼女は、犯罪小説を読むことは、恐怖を認め、それと折り合いをつけるための方法のひとつだと考えている。「不思議なのは、わたしの小説を読んで、そこに描かれている恐ろしい出来事を、本当に起こったことのように感じている女性がとても多いことです。読者の中には、『いま、あなたの小説を読んでいます。とても面白いですね。金髪で緑の瞳の女の子が行方不明になったところを読んでいるんですが、うちの娘も金髪で緑の目をしていて、まだ家に帰ってこないので、心配になってきました』と書いてきた女性もいます」。元殺人課の刑事をパートナーに持つハンナは、保護観察官としての自身の経験、そして大半の警察官の経験上、ハッピーエンドは実際にはほぼ訪れないという。「犯罪者の多くは野放しになったり、捕まらなかったりします。女性読者に犯罪小説を好む傾向があるのは、現実ではなかなか得られない安心感を与えてくれるからでしょう」

ハンナが書くシリーズの主人公ケイト・ダニエルズは、優秀で決断力のある主任警部だ。ハンナによれば、女性読者は、自分たちを見守り、こうした恐ろしい問題を解決してくれる人がいると感じたいのだという。「ハッピーエンドの犯罪小説ばかりではありませんから、読み終わったとき、世界が以前より安全だと感じられるようになるとは限りませんけどね」

演劇プロデューサーや舞台脚本家の顔もあわせ持つ作家ステラ・ダフィは、小説が常に安心感を与えてくれるとも限らないし、女性は暴力犯罪の話を敬遠するものだと決めつけるのもおかしいという。「ギリシャ人も『メディア』［エウリピデス作の悲劇］を敬遠したりしなかったでしょう。人生とは本当に恐ろしいものです。わたしたち女性は暴力犯罪の、特に家庭内で起こる暴力の被害者であり、警戒するようにいわれています。ずっと警戒しろといわれて生きてきて、ロンドンのバスで起こったようなひどい事件［二〇一九年五月、ロンドン北部で起きた同性愛者襲撃事件。レズビアンの女性二人が被害に遭った］が起こり、さらに警戒するはめになって、未だに一九七五年にいるような気分になるのです」

「だから、カタルシスを求めるんですよ。実に人間的な感情です。そして、真実を求めることはまぎれもないカタルシスをもたらしてくれる。いうまでもなく、現代の犯罪小説、特に現代のイギリスの犯罪小説は、物語を綺麗にまとめて、悪人が報いを受けるような結末をつけたりはしません。ある意味辛いことですが、それでも女性は、真実を見たがります。わたしたちは、自分がいつでもうまく切りぬけられると信じこんでいるような愚か者ではないことを確認したいのです。世の中とはそういうものだと活字で読むことに意味があります。女性は、世界は公平でも公正でもない、現実は何ひとつ変わっていないという、強い不快な感覚というか、直感のようなものを抱いていますが、われわれ女性作家がお互いのために、そしてより大勢の読者のために書いている犯罪小説を読むことで、その直感が正しいことを確認するのです」

女性が、ほかの女性がつけまわされたり、レイプされたり、身体を切断されたり、拷問を受けたり、殺されたりする話を読みたがるのは、自分がどんな危険に直面しているのか知りたいという好奇心のためでもあるのかもしれない。暴力犯罪について読むことは、話題にするのはもちろん、存在を知ることすら難しい経験を、女性が理解するのに役立つはずだ。レイプを題材にした、緊迫感溢れる刺激的なスリラー『Anatomy of a Scandal』の作者サラ・ヴォーンは、犯罪小説を読むことで、読者は自分の暗い恐怖を安全な場所から探求することができると指摘し、こうした犯罪小説が提供してくれるシェルターは、世界が不確かで恐ろしい場所になった現代では、特に安心感を与えてくれるだろうと述べている。ヴォーンのデビュー作『Anatomy of a Scandal』は、ハーヴェイ・ワインスタインのスキャンダルが発端となって#MeToo運動が始まった数か月後の二〇一八年一月に出版され、サンデー・タイムズ紙のベストセラーリストに十週連続でランクインした。大勢の読者から、自分にも同じ経験がある、この本を読んでカタルシスを覚えたといった感想が寄せられたという。

この本がこれだけ共感を呼び、大勢の女性が暴力の脅威や精神的、肉体的虐待の実態を身をもって知っているという現実を考えれば、女性の読者が、同じ女性が手がける犯罪小説やスリラーにことさら惹かれる理由がある程度わかるだろう。受賞歴を持つ作家であり、ジャーナリストでもあるメラニー・マグラスは、女性が犯罪小説を読まずにはいられない理由と、女性作家が犯罪小説を特定の方法で書こうとする理由の両方に、恐怖心がどう関わっているかについて述べている。「いろいろありますが、恐怖を抱えて生きている女性は、恐怖がどんなものか男性よりよく知っているからでしょうね。女の子は、自分たちは非力だというメッセージに囲まれて育ち、そのレンズを通して世界を見るようになります。女性は、地面に落ちる長い影や、突然回るドアの取っ手、ひと気のない夜道に響くブーツの音を警戒します。犯罪小説の中でなら、女性は安心してそうした感情を探求することができる。犯罪を解決することは、感情と折り合いをつけることにつながるのです」

イヌイットの探偵イーディ・キグラトゥクが北極圏を舞台に活躍する三部作や、スタンドアロンのスリラー『Give Me the Child』(二〇一七)といった犯罪小説を手がけるマグラスはさらにいう。「犯罪小説で殺される女性は、わたしたちの非力さや、自分が売春婦に過ぎないという感覚を象徴すると同時に、自分のアイデンティティを主張するために、ときにむなしくも思える母親、妻、娘、姉、妹、介護人という役割から解放されようとするわたしたちの闘いも象徴しています」

「女性は皆、若いうちはお行儀よくしていることを、成熟すると目立たないよう大人しくしていることを求められます。そんな女性にとって、犯罪小説とは、人に不快感を与えないよう下着やタンポンと一緒にどこかにしまっておくことが奨励されている、怒りや攻撃性、復讐心といったわたしたち自身のお行儀がよいとはいえない感情に、触れることを許してくれるものなのです」

「忘れてはならないのは、女性に人気がある犯罪小説のほとんどは、女性が主人公だということです。主人公に設定されているのは、強いけれど多少欠点もある、要するに、どこにでもいる女性です。読者は、作者の目論見どおり、主人公に共感します。主人公は事件を解決し、世界に均衡を取り戻すだけでなく、才腕と粘り強さと執念で、深い象徴的な意味において、病理検査室の台に横たわる、血の気のない女性の死体が体現する運命を回避するのです」

女性作家の犯罪小説では、女性がストーリーの中核を担っている場合が多い。被害者としてだけでなく、犯罪と闘う警察官や復讐者として、プロットを牽引し、解決に影響を与えるキャラクターとして、登場するのだ。こういった強い女性の主人公は、一匹狼で能力が高く、回復力もあるが、同時に人間的で複雑な感情を抱えてもいる。そして小説の世界で、現実世界の女性が直面するのと同じ障害や問題（ミソジニー、セクシズム、差別、裏切り、そして職業人、妻、母、友人としての自分に対する社会の期待といったもの）に立ちむかう。主人公が警察官や私立探偵の場合は（特にシリーズものでは）、問題のある私生活や、力強く説得力のある心の軌跡が描かれることになる。こうした主人公たちは、たいてい傷つきやすく欠点もあるため、説得力があり、読者の共感を呼びやすい。例としては、アン・クリーヴスが生みだした野暮ったくて孤独だが優秀なヴェラ・スタンホープや、グラフトンの頑固だが思いやりのあるキンジー・ミルホーン、スージー・スタイナーのひたむきで尊敬すべきマノン・ブラッドショー、キャサリン・V・フォレストの一癖も二癖もある頑固なレズビアン刑事ケイト・デラフィールドなどが挙げられる。

「女性たちは、自分の住む世界を変えられる、強くて自信に満ちた女性のイメージを、本の中に求めつづけてきたんだと思います」フォレストはいう。「ケイトのようなレズビアンの女刑事は、世の中にささやかな正義をもたらしたんです。当時、わたしたちの住む世界は、正義が行き渡っていたとはとてもいえませんでした。だから、わたしたちにとって、ああいう人物像がことのほか重要だったんでしょう」

テキサス州オースティンで市内最大のミステリ専門書店「ミステリピープル」を経営するスコット・モンゴメリーは、作家たちはいまや、強い女性の主人公が読者を獲得することを認めているという。「女性は犯罪小説作家としてだけでなく、読者や購買者としても男性を凌駕しつつあります。大勢の女性読者が女性の犯罪小説作家に自分を重ねあわせていますが、さらに重要なのは、強い女性の主人公にも共感しているということです」

サラ・パレツキーは、アメリカの犯罪小説やスリラーでの女性の描かれ方には、とてつもなく大きな変化が起きていると考えている。「変化は一九六〇年代、アマンダ・クロスとリリアン・オドンネルのころから少しずつはじまりました。まず、オドンネルがニューヨークの地下鉄警察官の話を書き、それから、マーシャ・マラーが『人形の夜』を出版し、スー・グラフトンとわたしがあとに続きました。こうしてわたしたちが水門を開いたことで、威勢のよい大胆な女たちが溢れだすことになったのです。わたしにとってV・I・ウォーショースキーは女の声を、もっといえば、わたし自身の声を代弁しています。だから、ウォーショースキーの声は耳を傾けることを要求する声なのです」

ジェーン・ケーシーが手がけるシリーズ作品の主人公メイヴ・ケリガンはアイルランド人の女性警察官で、性差別が蔓延する警察組織の女性として、現実の若い女性警察官たちの姿を映しだすように地位や職業上の不安を抱えている。「メイヴのキャラクターを考えていたとき、はじめから、ふたつの文化を生きる人物にしようというのは頭にありました。バックグラウンドであるアイルランドの文化と、それとはまるで違う、極めてイギリス的な殺人捜査班。このふたつの間でどうバランスをとるのか。メイヴはまだほんの駆け出しです。それに、第一作では、班で唯一の女性でした。メイあらゆる面で完全に孤立しています。それが面白い緊張感を生むのではないかと考えました。メイヴは自分の居場所を手に入れ、だれよりも努力しなければいけません」

アメリカ人の作家アラフェア・バークはロースクールの教授であり、リーガルコメンテーターでもある。彼女は、読書を楽しむときに欠かせないのは、リアリティのある、強い女性が主人公であることだと語る。スー・グラフトンの〈アルファベット〉シリーズに出会い、たちまち南カリフォルニアの探偵キンジー・ミルホーンに夢中になったという。「どこにでもいそうなところがいいんですよ……友達になりたいと思うようなタイプですね。しかも頭がよくて、努力家で、思慮深い。それに、あの推理の仕方がまた……手がかりをインデックスカードに記入するんです。そういうところがたまりませんね。いかにも有能な探偵というかんじで。頭が切れるんですよ」

バーク自身が生みだしたシリーズ作品の主人公エリー・ハッチャーは、若く一本気なニューヨーク市警の刑事で父親の死に囚われているが、この過去のトラウマが共感を呼び、そのキャラクターを印象深いものにしている。「主人公にとって、それが単なる仕事でしかなかったら、読者の関心を引きつけるのは難しいでしょう」バークはいう。「警察官という仕事が主人公のアイデンティティに不可欠である理由を説明してやれば――主人公に、暗い路地を駆けめぐり、どこまでも犯人を追う理由を与えてやれば、ぐっと説得力が増すんです」

キャスリーン・レイクスにとって、シリーズ作品のキャラクターであるテンペランス・ブレナンを、円熟した、重大な欠点を持つ本物の人間として描くことは、非常に重要なことだった。ブレナンは、単なる優秀な法人類学者ではない。離婚歴があり、元アルコール依存症患者で、人間関係を維持するのにも苦労するが、こうした欠点がブレナンに深みを与えている。「欠点を持たせたかったんです」

とレイクスはいう。「完璧な人間にはしたくなかった」別のシリーズに登場するサンデー・ナイトは、顔にひどい傷を負い、何年も秘密を胸の奥深くにしまいこんだまま過去から逃げているが、彼女もまた葛藤を抱えている。「ナイトは精神的にも肉体的にも、とてつもない重荷を抱えています。いまのヒロインはみんな重荷を背負っていて、そのうちの大半は、肉体的な傷までは負っていないにせよ、心理的な問題を抱えています。遺伝的、あるいは医学的な問題に苦しんでいることすらあります」

サラ・パレツキーは、ここのところ、女性の登場人物がひどく痛めつけられる傾向が強くなってきたことを心配している。「わたしたちが書きはじめたころ、登場人物は危険を受けいれていました。人生を受けいれ、危険を受けいれていたんです。でも、いまの女性主人公は拷問を受け、痛めつけられた結果、復讐心に駆りたてられて行動しているだけで、自らの意志で危険に立ちむかおうとする熱い思いがあるわけではないようです。特筆すべき例としては、『ドラゴン・タトゥーの女』のリスベット・サランデルが挙げられます。この変化は非常に気がかりです。こうした最近の小説では、拷問に耐える女性主人公たちの様子が、実に丹念に生々しく描かれるようになっているんです。読者には、痛めつけられる女性よりも、主導権を握る女性を見てほしいと思います」

自分の両親を殺した養子の兄と緊迫した関係にある刑事マーニー・ロームのシリーズを手がけたサラ・ヒラリーも同意する。「あの『ドラゴン・タトゥーの女』はちょっとね……わたしもその一人ですが、読者や作家の中には、サランデルが強い女性と呼ばれているのを聞いて絶望している女性が何人もいます。ひどく傷つけられた人間が、他人を傷つけることで強くなるという考えは、わたしにいわせれば陳腐そのものです。とても肯定はできません。強い女性というのは……壊れても自分を立てなおせる女性です。壊れたまま、恐ろしい復讐を遂げるような女性ではありません」

女性による犯罪小説は、女性が被害者としてのみ見られるのを拒否しているだけでなく、家庭の中だろうと外だろうと、男性に限らずだれによっても、なぶられ、虐待されるのを拒否する傾向がますます強まっていることも物語っている。「女性作家の犯罪小説は、ほかのジャンルや男性作家にタブー視され、しばしば無視される女性の経験を描いていることが多いのです」メラニー・マグラスは指摘する。「女性は長年にわたって、読者としても作家としても犯罪小説に注目してきました。なぜなら、犯罪小説は、男性の作家や読者が足を踏みいれるのを恐れている場所――女性のパワーや恐怖、怒りが交差する場所に、踏みこんでいるからです」。そして、それこそが、女性作家の犯罪小説を読むことを〝力強いフェミニスト的行為〟にしているのだと、マグラスはいう。

「男性が女性を書けないというわけではありません。ですが、何世紀にもわたって、男性が女性の物語を語ってきたことを考えれば、女性が自分たち自身の物語を書いたり読んだりすることには特別な力があるといえます。それは、わたしたち女性が役者になり、決断を下し、過ちを正し、そして、そう、〝ビッチ〟として行動する物語です。女性が書いた犯罪小説を女性が読むことで、女性同士連帯することができる。犯罪小説を書き、読むことを通して、わたしたちはついに、人間としての本来の姿である、悪役やヒーローになることができるのです」

もちろん女性も、男性の主人公が、お気に入りの女性主人公と同じように奥行きや複雑な感情の機微を見せ、成長や変化を遂げられるような人物なら、喜んで男性が主人公の小説を読むし、共感もする。それは、エリザベス・ジョージが生みだした、ブロンドで生まれの高貴な、深みを感じさせる人物造形のトマス・リンリー警部や、ケイト・アトキンソンのぶっきらぼうで皮肉屋だが思いやりのあるヨークシャーの私立探偵ジャクソン・ブロディ、スーザン・ヒルの繊細で高潔だが孤独なサイモン・セレイラー、カリン・スローターの心と身体の両方に傷を持つウィル・トレント、いまは亡きP・D・ジェイムズの最も有名なヒーロー、アダム・ダルグリッシュといった主人公たちが、女性に人気があることからもわかる。

犯罪小説の女王にして、一代貴族「ホランド・パークのジェイムズ女男爵」にも叙されているイギリスの作家P・D・ジェイムズは、警察官であるダルグリッシュに詩人の顔も持たせている。ジェイムズはダルグリッシュを超然とした内向的な人物として描き、〝氷の刺《とげ》〟で心を防備していると表現している。ダルグリッシュは非常に深遠な感情の機微を見せるが、ジェイムズは、主人公だけではなく、登場人物一人一人の心理を緻密に描写し、犯罪的暴力を道徳的文脈の中で捉えている。ジェイムズが従来のあらゆる犯罪小説作家を凌駕し、現代の探偵小説の文学的地位を高めたのはまぎれもない事実だ。いうまでもなく、ジェイムズは、現代的な女性私立探偵コーデリア・グレイを生みだしたことでも知られている。若く気骨に溢れたグレイは、『女には向かない職業』(一九七二)で初登場し、その十年後『皮膚の下の頭蓋骨』(一九八二)で二度目の登場を果たした。ジェイムズが詩人の主人公のほうに心を奪われていたところを見ると、グレイには愛情というより、敬意に近いものを抱いていたのだろう。たしかに、コーデリア・グレイは若く有能なプロ意識の高い女性で、独立心に溢れ、彼女に自分を重ねあわせる（たとえ自身は郊外に住み、決まりきった仕事をしていても）多くの読者に愛されている。

詩人でもあるイギリスの犯罪小説作家ケイト・ローズは、女性が女性によって書かれた犯罪小説を読む理由の背後にある道徳的な問題はジェンダーだけではないと考えている。「階級や肌の色も関係していると思います。いまは政治史の転換期で、非常に不確かな時代です。人が犯罪小説を読むのは、おそらく、安全な範囲内で危険を味わうためでしょう。それはあらゆる人種の女性にもいえると同時に、居場所のない労働者階級の人たちや、黒人の少年少女にもいえることです。小説なら、比較的安全な場所で冒険することができる。いわばシェルターの中から道徳的な問題を探求するようなものですから、安心感があります。そこに描かれているのは、メディアが触れようと模索しながら、話題にすることもできないような問題ばかりです」

興味深く印象的な犯罪小説とは、社会全体を反映し、現代の重要な問題に取り組み、広く世界についての洞察を示し、生と死、善と悪、正義と不正といった人間の本質に関わる問題を掘り下げて根源的な疑問を探求するものだ。現代の女性犯罪小説作家たちは、ジェンダーやジャンルについての期待に応えるだけではなく、犯罪の根底にある様々な社会的、政治的問題にも切りこんでいる。どんなに暴力的な殺人の話を書いていても、女性作家の関心は、暴力の背後にある心理や動機、犯罪が人に与える長期的な影響といったことに向けられているようだ。

こうした感情にかかわる洞察は、従来の犯罪小説や警察小説だけでなく、警察官や私立探偵が主人公の補佐役になるサイコスリラーでも行われる。サイコスリラーでは、殺人は比較的身近なところで発生し、より現実に――女性は知りあいに襲われたり、殺されたりすることのほうがずっと多いという現実に近い形で描かれる。女性の皮膚を纏って生きてきた作家たちは、女性の登場人物や、女性読者の皮膚の下に入りこむ方法をよく知っており、女性の恐怖心に――暗い夜道で背後からだれかが迫ってくるとか、いつの間にか虐待的な関係に囚われていたといった恐怖のみならず、貧しいこと、だれからも顧みられないこと、よそものであること、母親の資格がないこと、野心の代償を払わされることあるいは野心を抱けないこと、頼れる人間がいないことなどといった現実からくる不安や恐怖に、訴えかけるすべも心得ている。また、そこには、暴力やトラウマを――それが何によって引き起こされ、回避するためにはどうすればいいのかといったことを――理解するだけでなく、どうやってそれを乗りこえ、立ちなおるのかを本で読んだり、実例を挙げたりしたいという強い願望が存在する。女性の読者や作家は、犯罪小説の贖罪的な側面に、癒しと解放を求めているのだ。

だが、こうした心理や感情にかかわる洞察が、現代作家の専売特許だと考えるのは間違っている。人間の性質や、暴力犯罪の背後にある動機、犯罪が人に与える影響といったことに対する鋭い認識や理解は、アガサ・クリスティーをはじめとする、往年の女性作家たちの作品にも見受けられるからだ。これまでに、〈エルキュール・ポアロ〉シリーズの続篇を書いてきたソフィー・ハナは、クリスティーの心理的洞察を「深遠だ」と評している。「現代の犯罪小説というジャンルそのものが、アガサ・クリスティーのおかげであるようなものです。クリスティーの本は読んでいて面白い上に、その面白さをいっさい損なうことなく、人の心に潜む闇や危険について力強い認識を示しているんです。アガサ・クリスティーに影響を受けていなかったら、いまごろわたしは作家になっていなかったでしょうね。それは間違いありません」

本書の取材で話を聞いた読者の多くは、若いころから犯罪小説を読むのが好きで、このジャンルへの愛に火をつけたのはアガサ・クリスティーだったと語っている。また、子どものころにアガサ・クリスティーを読んだのがきっかけで、執筆をはじめたという作家も多かった。クリスティーの作品には深みがない、筋書きばかりで登場人物が「生彩を欠いている」という人もいたが、クリスティーの影響は、現代の女性犯罪小説作家の作品にもはっきりと現れている。クリスティーがいまの女性作家たちに与えた影響と、彼女の成功については、さらに掘り下げて見ていく価値があるだろう。

第三章　黄金時代――アガサ

アガサ・クリスティーが黄金時代のミステリの女王であることは異論のないところだが、この時代のミステリには、いくつかの類似点がある。たとえば、ダイニングルーム、図書館、列車、客船、大学、田舎の邸宅などの閉ざされた場所でプロットが展開されること。また、クリスティーが創造した中流階級のミス・マープルや、マージェリー・アリンガムによる上流階級のアルバート・キャンピオン、ドロシー・セイヤーズが生みだした貴族階級のピーター・ウィムジイ卿に見られるように、登場人物の社会階級の幅が狭いといったことだ。三人の作家に続いて、ナイオ・マーシュが紳士的なロデリック・アレン警部を、ジョセフィン・ティが精悍で頭の切れるスコットランド・ヤードのアラン・グラント警部を世に送りだしている。

どの作品でも、探偵の仕事は、殺意を持った人間に破壊され、多くの場合汚《けが》されてしまう社会の秩序を回復することだった。この社会の秩序とは、理想主義的で常に変わることのない、最も伝統的なイギリスの価値観である。黄金時代の女性作家たちは、女性が選挙権も持たず、結婚をすれば自分の財産すら持つことができない状況を目の当たりにしながら育ったはずだ。大半の女性同様、夫や父親が妻や娘に対して、穏やかに、あるいは威圧的に加える社会的統制に異議を唱えたり、立ちむかったりすることはなかなかできなかっただろう。だが、そうした背景をものともせず、想像力溢れる知的な女性作家たちは執筆で生計を立てるようになった。そして、プロの女性作家に対する偏見の目にさらされながら、自分に代わって女性の可能性を追求するヒロインを生みだすことに成功したのだ。

歴史的に見ると、この女性犯罪小説作家による最初のブームは、文学が男性だけではなく女性のものでもあるという考えが受けいれられるきっかけになったという意味で、非常に重要である。この女性作家たちは、自分たちが主体者であるという自覚を持ちはじめた。そして、それは彼女たちの出版社や読者も同様だった。その証拠に、先達であるジョージ・エリオットやブロンテ姉妹とは違い、アガサ・クリスティーも、ドロシー・L・セイヤーズも、マージェリー・アリンガムも、ナイオ・マーシュも、ジョセフィン・テイも、皆自分の名前で出版している。男性を装って偽名を使うようなことはしていない。

アガサ・クリスティーは、一九二〇年に初の小説『スタイルズ荘の怪事件』を出版し、女性作家による最初の犯罪小説ブームを牽引した。クリスティーはどれくらい成功したのだろうか。とてつもない大成功だ。スリラーや犯罪小説の売り上げはかねてから堅調で、現在では莫大な稼ぎをあげているが、アガサ・クリスティーの作品はその稼ぎ頭といっていい。本名では六十六冊の推理小説と十四冊の短篇集が、メアリ・ウェストマコット名義でも六冊の作品があるクリスティーは、史上最も売れた小説家で、その作品はおよそ三十億部も売れている。そして、最も翻訳された個人作家でもあり、現在百三の言語に翻訳されている。また、クリスティー財団によれば、世界で最も読まれている本のランキングにおいて、クリスティーの作品はシェイクスピアと聖書に次いで三位にランクインしているという。ベストセラー小説『そして誰もいなくなった』（一九三九）はつい最近売り上げ一億部を突破し、ミステリ史上世界最大のベストセラーとなった。

どれも驚くべき記録だが、クリスティーの作品を原作とする三十本の長篇映画や、数え切れないほどのテレビドラマ化作品、そして世界で最も長く公演されている『ねずみとり』は計算に入っていない。この戯曲は一九五二年十一月の開幕以来、二〇二〇年三月に新型コロナウイルスの大流行で公演中止を余儀なくされるまで超ロングラン上演されていた。

クリスティーは一流の、そして並外れて裕福な作家だった。その作品は、第一次大戦後から第二次大戦がはじまるころまで続いたイギリスのミステリ黄金時代を語る上で、欠かせないものとなっている。アーサー・コナン・ドイルとエドガー・アラン・ポーがそれぞれシャーロック・ホームズとC・オーギュスト・デュパンを創造したことで才能豊かで風変わりな素人探偵というアイディアが確立されたが、第二次大戦が勃発し、黄金時代が幕を閉じるころには、イギリスの探偵小説の巨匠は女性ばかりになっていた。

だが、探偵小説を書く上での「ルール」を作り、体系化したのは——まったく意外ではないが——男性だった。アメリカのミステリ作家S・S・ヴァン・ダイン（美術評論家ウィラード・ハンティントン・ライトのペンネーム）が一九二八年に、カトリック司祭でもあるイギリスの犯罪小説作家ロナルド・ノックスが一九二九年に、それぞれルールを提唱している。そのルールを最初に破った女性がアガサ・クリスティーだった。クリスティーは、ヴァン・ダインやノックスが示した定番のわかりやすい規則に従うのではなく、あえてひと捻りもふた捻りも加えて、探偵小説の書き方を変えた。クリスティーがルールを破ると道が開かれ、ほかの作家たちが続々とあとに続いた。クリスティーの斬新なプロットラインと捻《ひね》りの利いた手法は、現代の犯罪小説やミステリ、サイコスリラーにインスピレーションを与えている。

一部の読者や批評家が、特に『アクロイド殺し』（一九二六）や『オリエント急行の殺人』（一九三四）で見られるようなクリスティーの創意工夫に怒りを抱いた理由を理解するには、なぜ彼らがその見事な捻《ひね》りに騙されたと感じたかを探る必要があるだろう。一九二〇年代から一九三〇年代にかけて、クロスワードや宝探しやパズルはフェアであることが原則だった。ゲームにせよ、探偵小説にせよ、作者が手がかりを隠したり、重要な情報を伏せておいたりするのは不公平だと考えられていた。読者の多くは、探偵が発見したことをそのまま描写して、読者自身が犯人を突きとめられるよう公正な機会を与えるのが作者の務めであって、最終章で思いもかけない容疑者を初登場させたり、突拍子もない手がかりを出してきたりするのは反則だと感じていたのだ。

こうしたフェアプレーの原則は広く普及し、ノックスが〝十戒〟を作るほどだった。この中でノックスは、双子や一人二役のトリックのほかに、ふたつ以上の秘密の部屋や通路、超自然的な力の介入、未発見の毒物などを禁止した。また、犯人は単独で行動するものとし、語り手やその事件の捜査を担当する刑事であってはならないとも定めた。ヴァン・ダインのルールもよく似ているが、さらに踏みこんで、不必要なラブロマンス、秘密結社のメンバーや使用人、プロの犯罪者を犯人にすること、インチキくさい降霊術や暗号の手紙、タバコの吸殻を証拠にすること、即死するような毒薬を使うことも禁止している。

クリスティーはこうしたルールを十分に承知していた。皮肉にも、クリスティーとドロシー・L・セイヤーズは、一九三〇年ごろに設立され、作家は読者に対し公明正大に振舞うべしという原則をルールとして掲げる〝ディテクションクラブ〟の創設メンバーだったからだ。だが、クリスティーはほかのメンバーとは違い、そんなルールは気にも留めなかった。ルールの境界線あたりで実験を開始し、好きなようにルールを曲げたり壊したりしはじめたのだ。

批評家たちはそのやり方を大いに気に入った。そして、クリスティーのことも。大半の批評家はクリスティーの小説、特に『アクロイド殺し』を高く評価し、そのプロット、表現形式、構成を褒め称えた。そして、その演繹的推理の手法は文学的な称賛を浴びることとなった。アメリカでは、ニューヨーク・タイムズ紙のブックレビューが、この小説は「どんなに高く評価してもしすぎることはない」とし、「これほど大きな推理の興奮」を与えてくれる探偵小説は、ほかにそうないだろ

う と述べた。また、クリスティーは「老練な技巧家であるばかりか、驚くほど優れたストーリーテラー」であり、読者が正解を導き出せるよう、殺人犯の正体を暴くのに十分なヒントを巧みに与えているとも述べている。イギリスでは、オブザーバー紙がこの小説の「一貫性」と「合理性」を高く評価した。

クリスティーの小説『オリエント急行の殺人』は、伝統的な探偵小説のルールのほとんどを破ったことで有名である。クリスティーは、ヴァン・ダインの「いくつ死体が出てこようと、犯人は一人でなければならない」というルールを無視して、復讐に燃える複数の人物をオリエント急行に乗せた。複数の犯人を乗せることで、一見矛盾して見える様々な手がかりやおとりをストーリーに盛りこむことができたのだ。そしてこの小説は、クリスティーの著作の中でも最もドラマチックで人気のある作品のひとつとなり、たびたび映画化や舞台化、テレビドラマ化されることになった。読者に対して公明正大に振舞っているとはとてもいえない作品だが、皮肉にもその読者に愛されているのだ。一九三四年に刊行された『三幕の殺人』では、不必要な恋愛描写を禁じるヴァン・ダインのルールを無視して、結婚していることを隠し、別の人間と結婚するために人を殺す殺人犯を描いている。その一年後にも、『雲をつかむ死』で、金とロマンスのために殺される女性を描いてルールを破っている。また、『五匹の子豚』（一九四二）では、ポアロが、手がかりが何ひとつないように見える十六年前の殺人事件を捜査し、謎を解き明かしている。

ポッドキャスト〈シーダニット〉の制作者キャロライン・クランプトンによれば、クリスティーが伝統的な探偵小説のルールを大胆に覆した作品に、読者は何度でも回帰してくるという。「クリスティーは、伝統の親しみやすさと、大胆な実験の不条理の間にスイート・スポットを見つけたんです。彼女の小説には、ほどよい反骨精神があるんですよ」

クリスティーの作品は――とりわけ、プロットの鮮度を保ちながら再利用する手法は、現在、作家たちに教材として使われており、彼らは、クリスティーの小説が複雑に構成されたプロットの上でしっかりとバランスを保っていることを学んでいる。中には、クリスティーの直感的なプロットは、深い人物描写を犠牲にしていると主張する批評家もいるが、大半は、クリスティー作品に見られる、時代を映しだしたリアルな主題や鋭い心理分析、緊張感の漲《みなぎ》る舞台設定に驚嘆している。登場人物も、こうした緊張感ある緻密なプロットを背景にして精巧に描かれている。どの作品を見ても、クリスティーは独創的なプロット構成に全面的に依存したり、あてにしたりするような真似はしていない。それは、自ら生みだした有名な探偵のキャリアに見事に幕を引く『カーテン――ポアロ最後の事件』（一九七五）にもはっきりと表れている。この小説はクリスティーの才能がいかんなく発揮された傑作『スリーピング・マーダー』（一九七六）同様、亡くなるずっとまえに執筆され、死後に刊行するよう手配されて、銀行の金庫に保管されていた作品である。

『カーテン』の舞台は、ポアロがシリーズ中で最初に解決した殺人事件、『スタイルズ荘の怪事件』と同じスタイルズ荘。ポアロは『もの言えぬ証人』（一九三七）でタッグを組んで以来遠ざかっていた、妻に先立たれたばかりのアーサー・ヘイスティングス大尉と再会する。二人は、連続殺人犯のさらなる犯行を阻止するため、再びスタイルズ荘を訪れたのだ。この小説は二〇一三年にドラマ化され、同作のワンシーンは同年の「テレビドラマベストシーン」第二位に選ばれた。そして、二年後には、第六十七回エミー賞の作品賞（テレビ映画部門）にノミネートされた。

現在でも、クリスティーの人気は留まるところを知らず、また現代の作家たちにインスピレーションを与えつづけている。二〇一四年には、ソフィー・ハナによる初のエルキュール・ポアロ続篇『モノグラム殺人事件』が、その二年後には二作目の『閉じられた棺』が刊行されている。同じ年に、ホッダー&ストートン社が、トーク番組の司会者グレアム・ノートンによる、アイルランドの小さな村で発見された人骨をめぐる事件を描いた〝クリスティー・スタイル〟の小説『Holding』を出版。二〇一七年、ブルームズベリー社は、「『クルーレス』とアガサ・クリスティーの融合」と銘打った、新たなクライム・ミステリシリーズの第一弾としてプラム・サイクスの『Party Girls Die in Pearls』を刊行した。さらに、二〇一八年には、演劇プロデューサー、劇作家でもあるステラ・ダフィが、ナイオ・マーシュの未完の小説『Money in the Morgue』を完成させ、ハーパー・コリンズ社から上梓した。また、マクミラン社と契約したベストセラージャーナリストのティリー・バグショーが、M・B・ショー名義で新たなコージーミステリシリーズを執筆し、マープルを彷彿とさせる村の探偵で芸術家のアイリス・グレイを生みだした。一方で、一九三〇年代、一九四〇年代にかけて出版された本格犯罪小説のオマージュ作品も売れつづけている。二〇二〇年のアガサ・クリスティーの誕生日にはデビュー一〇〇周年を記念して、ソフィー・ハナによる〈ポアロ〉シリーズの続篇第四弾『The Killings at Kingfisher Hill』が発売された。

現代の犯罪小説作家たちは、ひときわユニークで中毒性のあるアガサ・クリスティーの小説を称賛してやまない。ソフィー・ハナは次のように述べている。「クリスティーは読者を引きこむコツを心得ていました。現実離れした、ありえそうにもない、摩訶不思議で、どう考えても不可能な謎から書きはじめるんです。読者には、どうしてそんなことが起こるのか見当もつかない」。ハナは、殺人の時間と場所を予告する地元紙の広告欄から話が始まる『予告殺人』(一九五〇)を例に挙げた。「その理由を知るためには、先を読むしかありません。そうしないと推理もできませんから。それがクリスティーの秘密のひとつだと思います。ありえないことが起こっているように見えるんです」「クリスティーは相反するふたつの要素を、どちらも損なうことなく融合させることにも成功しています。間違いなく暗い闇を描いているのに、ユーモアや明るさも確かにあり、どちらも他方を損なったりしていません。しかもクリスティーの本は十二歳の子どもでも楽しめるくらいシンプルで読みやすく、それでいて、立派な大人でも翻弄されるほど複雑に入り組んでいて難解です」

黄金時代に活躍した女性作家の一人としてのクリスティーの重要性は、女性主人公をはじめて完全に自立した主体性のある人間として描いたところにある(男性の主人公なら当然と考えられてきたことだが)。クリスティー自身、父親から多少なりとも財産を相続していたにもかかわらず、経済的自立のために有給の仕事に就いている。それは当時の中流階級の女性としては珍しい決断だった。クリスティーの小説では、結婚や母であること、そしてそれに伴う喜びや障害が明らかに強調されてはいるが、同時に、未婚の女性や専門職の女性といった新たな女性像も示されている。ヒロインたちがこうした選択肢を手に入れたことは、それまでのヒロインが様々な制約に縛られていたことを考えると、大きな飛躍だったといえるだろう。イギリスに生きるヒロインたちに新しい現代社会への可能性が開かれたのだ。そして、その可能性の多くは探偵小説の中で、とりわけクリスティーによって、深く探求されることになった。

この年若い女性作家の作品が反ユダヤ主義や人種差別的な信条で塗りかためられた保守的な価値観に囚われていたかどうかを、また、そう考えるに足る証拠があるかを検討するにあたっては、クリスティーが女性のための新しいチャンスを模索した先駆者でもあったことを思い起こす必要があるだろう。クリスティーを狭量な民族主義者だと見る批評家の中には、作品を見ればその裏付けとなる例を簡単に見つけることができるという人もいる。一方で、クリスティーは社会階級や男性の地位に闘いを挑む戦士であり、旧来のあり方から一歩踏みだそうとする女性の擁護者だとする批評家もいる。クリスティーは、権力者や金持ちを見かけどおりには受けとっていない。それどころか、どんなものでも見かけどおりには受けとらないし、貧しい人々よりも裕福な人々の中に犯罪者や悪人の顔を見いだすことが多い。さらにいえば、クリスティーの本自体が、見かけどおりのものなどないことをすべての読者に知らしめているのだ。

重要なのは、クリスティーはどの程度のフェミニストなのか、あるいはそうではなく、陳腐なジェンダーステレオタイプを生みだすような根深い保守主義を体現する作家なのかという問題だ。クリスティーが描く登場人物や会話について考察するにあたっては、執筆していた時代はもちろん、女性を男や結婚にしか興味がない軽薄な存在と見なすようなヴィクトリア朝的な文学的慣習にクリスティーが抗ったことや、如才がなく思慮深いルーシー・アイルズバロウや、風変わりで頑固な犯罪小説作家アリアドニ・オリヴァなどの、気骨や知性に溢れた、自立心旺盛な、忘れがたい女性たちを次々と世に送りだしたことも、考慮に入れなければならないだろう。

クリスティー作品の女性はしばしば舞台の中心に配置され、力強く、ときには思いがけない役を割り当てられている。中年の女性たちは自立した有能な人物として描かれ、若く魅力的なヒロインたちはヴィクトリア朝的な価値観から脱却し、明るい新世界へと羽ばたく新時代の精神を体現している。レディ・アイリーン・バンドル・ブレント、通称バンドルは、『チムニーズ館の秘密』（一九二五）と『七つの時計』（一九二九）の二作品に登場する。バンドルは、猛スピードで車を飛ばすのが大好きな元気のいいお転婆娘で、たびたび同乗者の男性たちを震えあがらせているが、そのキャラクターは、疾走する車や大胆な運転が好きだったクリスティー自身の姿を反映している。

『七つの時計』でバンドルは、盗まれた政府の情報や二人の人間の死に関わった正体不明の秘密結社を無謀にも捜査している。批評家からは捜査の方法論的手順を放棄しているとして再び非難を浴びたものの、この小説は絶大な人気を博した。

クリスティー作品の女性たちは、男性と対等に渡りあえるばかりか、たいていの場合、男性を凌駕している。クリスティーが執筆をはじめるまで、探偵小説に登場する女性はほとんどお飾りでしかなかった。だが、クリスティーが生みだした頭脳明晰な女性探偵たちはその知性と才覚を武器に続々と犯行現場へ乗りこみ、殺人事件を鮮やかに解決して、呆然とする男性の警察官たちを尻目に颯爽と立ちさるのである。タペンス・ベレズフォードは、私立探偵として活躍する中流階級の夫婦の片割れだ。おしゃれで気まぐれなタペンスは、若く勇気に溢れた直感の鋭い探偵として、夫婦の探偵活動を常にリードしている。タペンスと夫のトミーは、クリスティー自身と最初の夫アーチボルドをモデルにしており、タペンスを主人公に据えた小説は、ほかの小説に比べてかなり複雑なプロットを備えている。〈トミー＆タペンス〉シリーズには、イギリスを無政府状態に陥れようとするボルシェビキや、南海岸のゲストハウスに潜伏するドイツのスパイなどが登場する。クリスティーはこのカップルが初登場する『秘密機関』（一九二二）で、犯人を探偵と一緒に行動させることで目立たないように隠すという仕掛けをはじめて使った。クリスティーが繰りかえし使っている仕掛けだ。クリスティーはタペンスにあたたかな眼差しを向け、ウイットと、タペンスと同じように聡明で頭脳明晰だったはずの一九三〇年代の女性たちへの驚嘆を込めて描いている。クリスティーの孫であるマシュー・プリチャードによれば、タペンスのシリーズはほとんどクリスティーの自伝のようなもので、トミーとタペンスのカップルは、アーチボルドとの結婚生活当初の様子を彷彿とさせるという。このシリーズは、クリスティーの作品には珍しくロマンチックで、その後の作品には欠けていた政治的な問題も描かれている。

タペンスより少しばかり大人で知的なのが、ルーシー・アイルズバロウだ。オックスフォード大学の数学科を卒業した三十二歳の才女で、クリスティーが生みだした女性キャラクターの中では最も現代的で有能な人物と考えられている。聡明でありながら堅実でもあるルーシーは、輝かしい学歴にはこだわらず実入りのいい家政婦をしている。『パディントン発4時50分』（一九五七）では、ミス・マープルに協力を要請され、列車から投げ落とされた死体の謎を解くことになる。ルーシー・アイルズバロウは、アガサ・クリスティーの登場人物の中でも特に先駆的な女性だ。

おそらく、クリスティーが最も共感する女性キャラクターは、ポアロの友人で現実的な、犯罪小説作家のアリアドニ・オリヴァだろう。アリアドニは、クリスティーが生みだしたドッペルゲンガーのようなものだ。クリスティーは一九五六年にジョン・ブル誌のインタビューでこう語っている。「わたしは実生活を基にして物語を作ることはありません。ですが、アリアドニ・オリヴァというキャラクターは、かなりわたしに近い雰囲気を持っています」。それは、アリアドニが自分の最も有名な男性キャラクターであるフィンランドのベジタリアン探偵スヴェン・ヤルセンにうんざりしたように、クリスティーも自分が創造したうぬぼれやの探偵ポアロに苛立ちを募らせて、殺してしまったことからもわかる。『マギンティ夫人は死んだ』は一九五二年に書かれた作品だが、アリアドニのセリフから、歯に衣着せぬ話しぶりが伝わってくる。「あなたがた、男というものはねえ」。「女性がスコットランド・ヤードの長官だったらどうでしょう――」。「男の人って、ずいぶんのんびりしているのね。いずれもうすぐ、わたしが犯人を教えてあげるわ」［『マギンティ夫人は死んだ』早川書房、田村隆一訳］

クリスティーは、女性の登場人物たちを欠陥のある人間として描き、悪人や殺人鬼である可能性さえあると読者に思わせようとした。そして実際に、一部の推理小説では、女性の殺人犯を登場させている。クリスティーがこうした戦略を使いはじめるまでは、女性が探偵小説に冷酷な殺人者として登場することはほとんどなかった。だが、ミス・マープルの世界は一九三〇年から一九六五年にかけて、女性が男性と同じように殺人者であったり、殺人に精通していたりしてもおかしくない社会へと着実に変化した。

女性が賃金労働をするようになると、金銭に対する姿勢は、否定的なものであろうと肯定的なものであろうと女性の新しい道具のひとつになった。金銭への欲望もその欠乏も、殺人の強力な動機となったのである。クリスティーのキャリアの初期である一九二二年までは、作品の中心的なテーマは金銭だった。このころの小説を読むと、マープルもポアロも金銭を犯罪の主要な動機として意識しているのがわかる。クリスティーの長篇探偵小説五十五冊のうち三十六冊が、金めあての殺人をテーマにした小説である。金に執着するのは、抜け目のない殺人鬼だけではない。タペンスのような心のあたたかい女性も、ルーシー・アイルズバロウのような頭の切れる若い女性も、『予告殺人』（一九五〇）のドラ・バンナーのような親切で思いやりのある老婦人も、金銭が十分にないことで、思考や行動を左右されるのだ。

クリスティーの最新の伝記作家ローラ・トンプソンによれば、クリスティーは貧乏を心底恐れ、父親の手のひらから金が零れ落ちていく様をしきりに思いかえしていたという。クリスティーは消費を楽しみながらも、金銭の使い道や貯蓄を重視していた。金と殺人がなぜ、どのように絡んでいるのかよく理解していたからだ。この姿勢は一九二四年以降のすべての作品に表れている。クリスティーの仕事に対する態度を変えたのは金銭だった。単なる趣味で書いていた素人から、完全なプロの作家になったのだ。若く美しい女性たちは、相変わらず殺人の被害者として頻繁に小説に登場していたが、ついに殺人犯としても登場するようになった。一九二〇年代半ば以降に書かれた小説には、金のために殺人を犯すしたたかな女性たちが続々と登場している。そうなってはじめて女性たちは自分の人生とストーリーの両方で「ヒーロー」になることができるのである。

こうした小説やドラマでは、女性はすべてにおいて——もちろん犯罪においても、男性と同等だ。たとえば『牧師館の殺人』（一九三〇）において、最後の最後で判明する犯人は、とある女性だ。読者にとっては思いがけない犯人だったかもしれないが、疑い深いミス・マープルにとっては意外でもなんでもなかった。

いまと同じように当時も、女性に深刻な危害を加えたり殺したりするのは、夫やパートナーである可能性が一番高かった。そして、当時もいまも、家は女性が殺される主な現場として広く知られている。十九世紀初期の小説では、犯罪は暗い物騒な街角で起こるものと相場が決まっていたが、二十世紀になると、死を招く犯罪行為は、女性が安全を感じられるはずの家の中で起こっていると考えられるようになった。一九二六年に夫アーチボルド・クリスティーは、男性の怒りがどんなふうにエスカレートし、どんな結果をもたらすか、身をもって知っていた。結婚や家庭内の危険性を暴いているという点で、クリスティーは保守的というよりむしろ急進的といえるだろう。一九四〇年代から一九五〇年代にかけて、現代のドメスティック・ノワール・サイコスリラーにひけをとらない過激なメッセージが込められた大胆で非凡な小説を書くことで、彼女はこの現実に巧みに立ちむかっている。クリスティーの小説は家庭を舞台にしたものが多いが、家庭は女性や少女たちの聖域としてではなく、暴力にさらされる檻として、苦しみの場として、心理的支配の牢獄として描かれている。

他人をいっさい信用しないミス・ジェーン・マープルは、こうした新たな状況に冷静沈着に対処している。冷静で疑い深いフェミニストの象徴ならではの対応だ。クリスティーが創造した登場人物の中で、これほどまでに疑い深いのはジェーン・マープルだけであり、その目は何ひとつ見逃さない。クリスティーは、このか弱い老嬢を、カミソリの刃のように切れる頭と、疑いや批判からあからさまな皮肉や軽蔑に至るまで様々な観点を持った人物として設定した。

亡きP・D・ジェイムズに次ぐ散文の書き手との呼び声高く、公訴局の弁護士として犯罪に関する知識に精通しているイギリスの国際的な犯罪小説作家フランセス・ファイフィールドは、若いころアガサ・クリスティーに魅了されたという。「三十年くらいまえ、犯罪小説作家の間でミス・マープルやアガサ・クリスティーを揶揄するような風潮がありましたが、わたしはずっとクリスティーを尊敬していました。クリスティーは本当に熟練した作家だと思います。様々な人間の本質を見抜くことによって事件が解決されるので、心理的に見てとても面白い。それに、クリスティーには反骨精神があります。控え目ではあるけれど、本当はだれよりも自分が賢いことを知っている小さな老婦人のために拳を上げているんです」

ミス・マープルの知性は、肉体的、感情的情報を何ひとつ見逃さない。そこが犯罪の多発するごみごみとした都会の通りであろうと、ラベンダーの香り漂う美しい田舎の別荘や牧師館であろうと、人間の本質の重要な特徴に注目する。事件を取り巻く人々の身振りや表情、立ち居振る舞いを観察し、心に留める。ジェーン・マープルは素人であり、女性でもあるため、中心になって事件を捜査することはほとんどない。それでも、男たちが見逃してしまうような細部に気づき、ごく普通の人たちの心理状態や動機を理解することができるため、男たちを出しぬいて事件を解決することができる。ミス・マープルの一見優しげで穏やかな性格の裏には、人の心の深い闇をたやすく暴いてしまう知性が隠されているのだ。

『書斎の死体』（一九四二）は、バントリー大佐の書斎でダンサーのルビー・キーンが死体となって発見され、その犯人を捜査するというストーリーだ。イギリスの作家・評論家のロバート・バーナードは、ジェーン・マープルを「鋭い観察眼と鋭い舌鋒、意地の悪いゴシップ好きで、卓越した情報収集力を持ち、常に最悪の事態を想定している」と描写している。マープルはその能力を駆使して、村の噂好き連中に話しかけ、発言の矛盾を突き、嘘を暴いていく。

ミス・マープルという老婦人が登場することで、若い男性の刑事たちの捜査の道筋が変わる。マープルは決して諦めることなく真相を追求し、事件の裏に隠された謎を解明するだけではなく、社会の秩序と道徳を取り戻す。それは雇われ者の男性刑事たちにはできないことだ。道徳はすべてのミステリの背後にある隠れたテーマである。同時にミス・マープルは、女も男と同じくらい理性的で知的だという、男性支配の時代には到底受けいれられなかった見解も示してみせる。当時の小説では、女性はおとなしく従順で、ときに悲しみや絶望に暮れながら、ひたすら強い男性に救いだされるのを待っているというステレオタイプな役割を振りあてられるのが普通だった。クリスティーはマープルを通じてこの役割に疑問を投げかけ、徹底的に拒否してみせる。その年齢や見た目、ためらいがちな話しぶりに相反して、マープルは有能なプロであり、力強い女探偵なのだ。

作家であり舞台制作者でもあるステラ・ダフィも、若いころ、クリスティーとミス・マープルに夢中になった口だ。「アガサ・クリスティーは子どものころから読んでいました。一人で本が読めるようになったころ、ニュージーランドの小さな町に住んでいたんですが、そこにこぢんまりした素晴らしい図書館があって、ずいぶん早くから大人向けの本を読ませてくれたんです。女性作家の本や、女性が主人公の作品が好きで、そればかり読んでいました。ポアロが主人公の本は一冊も読んだことがありません。クリスティーもポアロは好きじゃなかったみたいだし、まあいいかなと。でも、ミス・マープルのシリーズは十三歳くらいのときに全部読んでしまいました」

ダフィは、『Murder, Marple and Me』という劇を演出している。一九六〇年代に四作の映画でミス・マープルを演じた俳優マーガレット・ラザフォードとクリスティーとの関係を描いた作品で、のちにクリスティー財団の要請により『Murder, Margaret and Me』に改名されている。「ミス・マープルというキャラクターをどう思うか、ですか？　それはもう、最高ですよ。でも、相当なタマですよね。クリスティーはプロット作りの天才ですが、キャラクターのほうはそうでもないと思います。同じ犯罪小説の女王なら、ナイオ・マーシュのほうがキャラクター作りも舞台設定も、ずっとうまいんじゃないですか。でも、プロット作りでは、間違いなくクリスティーの右に出る作家はいません。ただ、短篇はちょっとありがちですね。赤い服を着ている人物がいたら、だいたい悪役ですし。あと、労働者階級の人物を描くのがあまり得意ではないようですね」

「とはいえ、長篇より短篇のほうが、マープルの鋭さが際立っているかもしれません。マープルは鋭くて、手ごわい女性です。一見、か弱く優しそうな老婦人に見える主人公が、実は鋭敏そのもので、しかも相当なタマってなかなかありませんよ。クリスティー作品のそういうところに痺れるんです」

読者は十二冊の長篇小説といくつかの短篇集を通じて、このか弱い気難し屋の老嬢探偵が、地元警察の嫉妬の眼差しを浴びながら殺人事件を解決していく姿を追いつづけていくことになる。ミス・マープルはアマチュア探偵としての地位を確立し、元警視総監のヘンリー・クリザリング卿と知りあい、必要に応じて捜査情報を得ることができるようになる。『書斎の死体』の中で、ミス・マープルはこう語っている。「サー・ヘンリーのおっしゃる〝捜査方法〟といいましても、みなさまからごらんになれば、ほんとに素人っぽいものなんですよ。じつを申しますと、ほとんどの人が――警察官も例外ではありません――この邪悪な世の中に信頼を置きすぎているんです。人からいわれたことを、無条件で信じてしまいます。わたしはそんなことはしません。かならず自分でたしかめることにしています」〔『書斎の死体』早川書房、山本やよい訳〕

『牧師館の殺人』の重要な登場人物は、繊細で寛大な牧師と、美しいがまるで家庭的ではない妻だ。クリスティーは、たとえ妻が料理下手でも夫婦はうまくいくこと、そして、男の判断には間違いがあり、そんなときには違うといってやるべきだということを読者に示している。ミス・マープルは、男の権威についてこんなふうに語っている。「あの方は、どちらかといえば鈍い人なんじゃないかと思いますわ。いったん思い込むと、まちがっていてもそれに固執するタイプですね」。クリスティーのフェミニスト的な意図により、ミス・マープルは、確立された伝統的な男性の現状を支持しているようでいながら、男性の力関係に密かに疑問を投げかけているように見える。

ジェーン・マープルは、当時の女性犯罪小説作家たちにとって、興味深いモデルだったのだろうか。そして現在の女性犯罪小説作家たちにとっても、そうなのだろうか。「もちろん、素晴らしいモデルだと思います。ミス・マープルはまぎれもなく、いままで生みだされてきた中で最高のキャラクターの一人ですからね」ソフィー・ハナはいう。「マープルが素晴らしいのは、見かけと中身がまるで違うところです。一見無害な、取るに足らない老婦人にしか見えないのに、その実、信じられないほど鋭く、人を見る目があって厭世的なんです。まわりの人たちはマープルを可愛らしいおばあちゃんだと思っていますが、マープルは、人間の本質を懐疑的に見ており、いつも同年代の友人たちに人は恐ろしい生き物だと語っています。クリスティーはポアロも同じように描いている。どちらのキャラクターも、たびたび馬鹿にされ、過小評価されています。うまい手ですよ。読者が共感してくれますからね」

作家のケイト・ローズは、ミス・マープルは「味のある、素晴らしいキャラクター」だと考えている。「わたしは、容疑者の人物造形にもう少し肉をつけるほうが好みですけどね。でも、ミス・マープルは素晴らしい。年を重ねていて、直感が鋭く、思慮深くて、頭の回転が速い。彼女は現代の女性たちに多くのことを語っていると思います」

人権弁護士でもあるイギリスの小説家アンナ・マッツォーラは、若いころ、一読者としてアガサ・クリスティーとミス・マープルが好きだったという。「どの小説にもどの謎にも引きこまれました。読んでいて、ミス・マープルが馬鹿げているとはまったく思いませんでしたね。女性だという印象もあまりありません。女性が捜査するのがごく当たり前に思えました。それ自体が、素晴らしい功績ですよね？　若い女性に、女性がこういうことをしたっていいんだと思わせてくれるんですから」

ミス・マープルは、慣習に逆らう力、ステレオタイプに対する抵抗の形のひとつになっている。ポアロが風変わりな外国人といわれることに抵抗するように、ミス・マープルも取るに足らない老婦人と決めつけられることに常に抵抗しなければならない。控え目な態度ではあっても、ミス・マープルはパワフルな私立探偵で、物語の主人公なのだ。

アガサ・クリスティーの他に類を見ないほどの重要性は、自身が大きく貢献した世界的な犯罪小説の文脈との関わりにある。クリスティーが、〈ミス・マープル〉シリーズの長篇第一作『牧師館の殺人』を執筆したのは一九三〇年——海の向こうでダシール・ハメットが『血の収穫』と『ディン家の呪い』を執筆した翌年で、三作目の卓越した小説『マルタの鷹』を発表したまさにその年でもあり、犯罪小説界でハードボイルド時代が幕をあけたころだった。アメリカにおける犯罪小説の男性化によって、アメリカの女性作家は、イギリスでクリスティーをはじめとする女性作家たちが犯罪小説界をリードしはじめてから約三十年後の一九五〇年代まで、業界の隅に追いやられていた。クリスティーは動じる気配も見せなかったが、こうした男性優位でマッチョな犯罪小説は、当時アメリカで大成功を収めていた。ハメットが一九三一年に『ガラスの鍵』を、一九三四年に『影なき男』を発表、続いてレイモンド・チャンドラーが『大いなる眠り』（一九三九）、『湖中の女』（一九四三）を引っさげて登場し、全米を席巻したのだ。

イギリスで、クリスティーをはじめとする女性作家が小説の舞台としたのは、牧歌的な田舎であることが多かった。対してハメットやチャンドラー、ロス・マクドナルドが描く世界は、決まって都会の、ときに薄汚れた危険地帯だった。クリスティーやマージェリー・アリンガム、ドロシー・L・セイヤーズは、殺人事件が起こるたびに、読者をきちんと秩序だった社会に連れ戻した。だが、おそらく強い正義感を持っていたはずの当時のアメリカの私立探偵たちは、組織犯罪や警察の汚職が都市から都市へと広がりつつある腐敗した世界を前に、どうすることもできずにいた。全米に腐敗が蔓延する中で、主に男性の作家たちが掲げたのは、正義の刑事や私立探偵が秩序の回復と勇気のために戦うべきだという神話だった。一方で、クリスティーとその登場人物たちは、しばしば穏やかな方法で、だが決して感傷には陥らず、現実的に社会の秩序を取り戻すために戦った。クリスティーは、伝統的な男性のヒーローなど必要としない女性犯罪小説作家なのだ。対して、サム・

スペードや、リュウ・アーチャー、フィリップ・マーロウは、一見ドライで社会秩序の腐敗を冷静に捉えているようだが、その実、感傷に浸りがちだ。批評家のエルネスト・マンデルにいわせれば、このヒーローたちは「薄幸の女性に目がない」。アガサ・クリスティーのポアロも同じカテゴリーに入るのかもしれないが、ハードボイルド探偵の枠でくるには、洞察力が鋭すぎる。

クリスティーは、個人の腐敗よりも社会の腐敗を取りあげる海の向こうの動きを意識していたが、自作で取りあげようとはしなかった。そして、善良とまではいえないが改善の見込みはある社会の、悪人個人に焦点をあてた。ミス・マープルの控えめなフェミニスト的冒険は淡々と続き、一九四二年には『動く指』が刊行された。そして、一九五五年までに、ポアロやマープルが活躍する五十三作の長篇と数多くの短篇集が発表された。一方アメリカでも、一九四〇年代の初頭から、ドロシー・B・ヒューズや、マーガレット・ミラー、シャーロット・アームストロングらが犯罪小説を出版しはじめ、一九五〇年にはパトリシア・ハイスミスがデビュー作を発表し、女性の犯罪小説作家が徐々に認知され、アメリカの犯罪小説界で真の力となっていった。

犯罪小説界で最も権威ある賞である、アメリカ探偵作家クラブが主催するエドガー賞の一部門、巨匠賞の歴史を辿ると、興味深い事実がわかる。第一回の一九五五年にこの賞を受賞したのは、アメリカの男性作家ではなく、イギリス人のアガサ・クリスティーだったのである。再び女性がこの栄誉にあずかるのは、一九七一年にアメリカの女性作家、ミニヨン・エバーハートが受賞するまで待たなければならなかった。

クリスティーが活躍する一方で、同じ黄金時代の女性作家たちもベストセラー作家としての地位を確立しつつあった。マージェリー・アリンガムは、貴族的で控えめな探偵アルバート・キャンピオンを生みだしたことで知られている。はじめのうちキャンピオンは、ドロシー・L・セイヤーズのピーター・ウィムジィ卿の焼きなおしと見られていたが、十八作の長篇と数々の短篇を通じて徐々に成長を遂げ、冒険家であり探偵でもある、極めて個性的なキャラクターになった。

アリンガムはミステリ小説を、殺人、謎、捜査、結末という四つの面からなる箱と見なしていた。規律正しい作家だったアリンガムは、その四つの面すべてが満足のいくものでなければならないと考えていた。そして、一九二八年の最初の作品から一九六八年の自身最後の作品まで実際にそうだったように、犯罪小説というジャンルは、自分に必要な規律を与えてくれると同時に、想像力を開花させてくれるものだと感じていた。

犯罪小説作家ドロシー・L・セイヤーズは、オックスフォードのサマーヴィル・カレッジで古典言語学と現代言語学を学び、一九一五年に優秀な成績で卒業した。当初、女性は学位を授与されていなかったが、やがて授与されるようになると、セイヤーズは学位を取った最初の女性たちの一人となった。そして一九二〇年には文学修士号を取得する。はじめのうちは詩を書き、広告業界で働いていた。のちに犯罪小説に転向したセイヤーズは、自分が生みだした主人公ピーター・ウィムジイ卿を、フレッド・アステアとバーティー・ウースターをかけあわせたようなキャラクターだと表現している。セイヤーズによれば、黒い瞳でハスキーボイスの探偵小説作家ハリエット・ヴェインを登場させたのは、結婚させてウィムジイを厄介払いするためだったが、結局、彼を〝舞台から降ろす〟ことはできなかった。

セイヤーズの作品は、社会問題を扱ったものが多い。『ベローナ・クラブの不愉快な事件』（一九二八）では第一次世界大戦を戦った退役軍人のトラウマを描き、『殺人は広告する』（一九三三）では広告倫理について取りあげている。また、オックスフォードの架空の大学で横行する嫌がらせの手紙や悪質ないたずらをめぐる物語、『学寮祭の夜』（一九三五）では、当時物議を醸していた女子教育の必要性を主張し、一般社会での女性の役割について考察している。また、作中には、女性の役割を家事に限定したナチスの教義である「子ども（Kinder）、キッチン（Küche）、教会（Kirche）」をこき下ろす人物が登場し、初のフェミニストミステリとも評されている。

セイヤーズの私生活は、本人が書いたミステリにでもありそうなほどミステリアスだ。彼女には自ら養育し、とても誇りに思っている隠し子がいたが、長年甥として通していた。その息子は、パスポートを取るために出生証明書を申請した際に自分の本当の出自を知ることになるが、それを知ったことを最後まで叔母（母）にはいわなかった。セイヤーズの作品は、イギリスの小説家ジル・ペイトン・ウォルシュによって引き継がれ、未完の作品『Thrones, Dominations』（一九九八）をはじめとする、ピーター・ウィムジイ卿とハリエット・ヴェインを主人公とした四作の小説が執筆され、出版されている。

ナイオ・マーシュはニュージーランド生まれの犯罪小説作家・舞台演出家で、イギリスで暮らしながら執筆活動をしていた。一九六六年には大英帝国勲章デイム・コマンダー［司令官騎士］を授与されている。マーシュの小説は絵画や演劇を題材にしたものばかりで、すべてにロデリック・アレン警部が登場する。一九三一年のある雨の土曜日の午後、マーシュはクリスティーの探偵小説を読み、自分にも犯罪小説らしきものが書けないかと考えた。その結果は見てのとおりだ。アレン警部は三十二作の探偵小説で主人公を務めることになった。オックスフォード大学を卒業したアレンは、三年間兵役につき、一年イギリス外務省で働いたのち、ロンドン警視庁に入庁、ヒラ刑事から出世の階段をのぼっていく。準男爵の弟で紳士階級にあたるため、出世も早かった。同じ小説の主人公でいえば、現代の作家エリザベス・ジョージが生んだ名門出身の警部、トマス・リンリー卿によく似ている。

ジョセフィン・テイのアラン・グラント警部もパブリックスクール出身だ。軍曹として四年の兵役を務めたのち、一九二〇年にロンドン警視庁に入り、ヒラ刑事から叩きあげて犯罪捜査部の警部になる。同時代のほかの主人公たちのような、才能に恵まれたアマチュア探偵ではなく、勤勉な職業人だ。テイは一九二九年から一九五二年までの間に、〈グラント警部〉シリーズのミステリを六冊執筆し、一九四六年と一九四九年にはそれぞれ一作ずつスタンドアロンのミステリを発表している。黄金時代の作家の中でもジョセフィン・テイが特に興味深いのは、闇に踏みこみ、人間の信念や欲望の暗黒面を探求することで、パトリシア・ハイスミス、ミネット・ウォルターズ、ルース・レンデルといった後進の作家に道を開いたからだ。ヴァル・マクダーミドは、テイが黄金時代の作家と現代の犯罪小説作家の架け橋になったと考えている。マクダーミドはいう。「テイは新しい秘密の欲望の世界に道を開いたのです。同性愛の欲望、異性装や性的倒錯――そういったものが至るところでほのめかされ、影の中に見え隠れしています……テイは決して下品でもなければ、煽情的でもありません。それでもその世界は、様々な心理上の動機を明らかにしています」

アガサ・クリスティーの遺産が死後どのように受け継がれてきたかについて、検証する価値は十分にある。黄金時代の女性犯罪小説作家たちは、自分の遺産がどれほど素晴らしいもので、どれほど長く受け継がれていくのか、自分の死後にその著作がどのように分析され、手を加えられ、紡ぎなおされていくのか予想もしていなかった。アガサ・クリスティーに関していえば、ジャネット・モーガンとローラ・トンプソンによる興味深い二冊の伝記や、「A Queer Approach to Agatha Christie 1920 to 1952」と題するエクセター大学のジェームズ・カール・バーンサルの博士論文、そして、ほかの作家が執筆した〈ポアロ〉シリーズの続篇が数冊出ている。この続篇には、ソフィー・ハナの『モノグラム殺人事件』(二〇一四)、『閉じられた棺』(二〇一六)、『The Mystery at Three Quarters』(二〇一八)、『The Killings at Kingfisher Hill』(二〇二〇)などがある。まったく別のジャンルの出身で、アガサを自分の小説の主人公にしてしまった作家もいる。伝記作家でもあるフィクション作家アンドリュー・ウィルソンは、その才能を駆使して、アガサ・クリスティーが活躍する生き生きとした物語『A Talent for Murder』(二〇一七)を執筆している。ウィルソンは、クリスティーの謎めいた失踪事件を小説として紡ぎなおした。最初の夫アーチーが若い女と浮気していることに気づいたクリスティーはハロゲットに逃避行し、偽名を名乗ってホテルに身を潜める。ウィルソンの小説は、事実から自由に想像の翼を広げて、愉快で独創的な犯罪小説に仕上げられている。やはりクリスティーを主人公にした別作品『A Different Kind of Evil』（二〇一八）では、クリスティーがアマチュア探偵になり、英国秘密諜報局に代わって謎を解いている。

現在、様々な女性作家が黄金時代の女性犯罪小説家たちが巻きおこした最初のブームを振りかえり、その作品と影響を紡ぎなおして、新たな風味で現代の読者を楽しませている。その最たる例が、ラジオドキュメンタリー作家でもあるイギリスの有名な犯罪小説作家アリソン・ジョセフだ。ジョセフはクリスティーの流儀を踏襲し、クリスティーが探偵役として登場する新たなシリーズを書いて、人気を博している。また、洞察力に富んだイギリスの小説家ニコラ・アップソンは、ジョセフィン・テイを探偵役にしてミステリシリーズを執筆しているし、ステラ・ダフィの『Money in the Morgue』（二〇一八）は、ナイオ・マーシュの未完の小説を引き継いで、継ぎ目もわからないように完成させた作品だ。クリスティー以降の作家たちは、過去を振りかえることで飛躍を遂げている。この新たな現象について、より詳しく見ていく必要があるだろう。

第四章　振りかえり、そして跳躍する

　黄金時代の作家たちが巻きおこした最初のブームの重要性と、その影響力の大きさを測るには、現代の女性作家たちがどのようにこうした古典作品を振りかえり、紡ぎなおし、継承しているのか――そして、飛躍するまえにはどのような問題に直面しているのかを認識し、探求するのが有効だ。

　イギリスの犯罪小説作家アリソン・ジョセフは、ふたつの人気犯罪小説シリーズでよく知られている。ひとつ目は、ロンドン南部のホームレス宿泊所で奉仕する修道女探偵シスター・アグネスのシリーズ、ふたつ目は、イギリスの緑豊かなケント州を舞台に活躍する女性警部ベレニス・キリックのシリーズだ。エンデバー出版社から、アガサ・クリスティーを探偵役にして三つ目のシリーズを書いてほしいと依頼されたとき、ジョセフはあまり乗り気ではなかったという。

「最初は断りました。実在の人物を正しく描くのは――フィクション作品では特にそうですが――かなり難しそうでしたから。それに、まだ歴史ものを書いたことがありませんでしたし。クリスティーを主人公にするなら、当然そうなりますからね。でも、一旦保留にしてよく考えてみたんです。すると、とてもいいアイディアに思えてきました。これは面白そうだと」

「アガサ・クリスティーは最高ですよ。彼女ほど興味深い人はいません。人生はクリスティーに甘くはありませんでした。一般的なイメージは、美しい毛皮のコートを纏ってオペラやバレエを鑑賞するような、成功した年配の女性といった感じですが、実際のところはかなり苦労しています。一九二〇年代には、夫に離婚を切りだされていますしね。それは悪夢のような出来事でした。クリスティーの孫たちと約束をしたので何も書きませんが、ハロゲットへの逃避行も、彼女にとっては悪夢そのものだったに違いありません。自分の記事が新聞の一面に載るなんて、耐えがたかったでしょうね。人前に出たがる人ではありませんでしたから。そんな行動に出たのは夫に思い知らせるためだともいわれていますが、あまりにも彼女らしくありません。ですから、クリスティーには敬意を払うようにしています」

　クリスティーを理解して自分の作品の登場人物にすること、世界中にその名を轟かせ、大勢の読者に愛されていた実在の人物をフィクションにすることは、決してたやすい仕事ではない。「わたしはじっくり考え、自分の仕事についての持論に当てはめてみました。フィクションの中の『事実』は、長年考え、論じてきたテーマでした。考えたあげく、わたしは仕事を引き受けました。このシリーズのおかげで、現実とフィクションの世界の関係について考え、混沌の中から秩序を生みだすには、どう物語を綴ればいいのか探ることができます」

ジョセフは、クリスティーが書いていたことや、自分がクリスティーを探偵として書くことについて、真実をつかむのは大変だったと認めている。ジョセフが生みだした架空の探偵は、偉大な作家自身がそうだったように、第一次世界大戦の恐怖と激動を経験した読者も安定や平穏や正義を求めていることを理解していた。これまでに刊行された、〈クリスティー〉シリーズ三作『Murder Will Out』（二〇一四）、『Hidden Sins』（二〇一五）、『Death in Disguise』（二〇一七）には、こうした要素がふんだんに盛りこまれている。ジョセフはまた、この作家の天賦の知性や、人間の本質を本能的に捉える力、鋭い人間観察力を読者に思い起こさせ、クリスティーの技巧と、その驚くほどシンプルでエレガントなスタイルに敬意を表そうと努めている。

犯罪小説作家のソフィー・ハナは、クリスティーの生みだした世界的に有名なベルギー人探偵、エルキュール・ポアロを主人公にして、続篇を執筆してきた。彼女は、クリスティーの小説には様々な考えが示されていて、どれが作者自身の考えなのか見わけるのは難しいと語る。「たとえば、『白昼の悪魔』（一九四一）のラストで、新しいカップルが誕生します。急接近して結ばれるんですが、最後のセリフで女性のほうがこんなことをいうんです。〝しょうがないひと。あんたと田舎でくらすことは、ながねんの夢だったんだものね。ああ、やっといま――それが実現しそうな感じ……〟。『白昼の悪魔』早川書房、鳴海四郎訳］アガサの本には、彼女がそういったこと――家族や、妻であること、母親であることを重視していたと示唆しているように見えるものもあります。かと思えば、女性は働きに出て自立するべきだと書かれている本もある。どちらが本人の意見なのかはわかりません。いうまでもなく、アガサはその両方を、身をもって体現していました。専業作家として大成功を収め、仕事での利益を大事にしていましたが、同時に献身的な妻であり母でもあったのです」

クリスティーの評論家の多くは、彼女の作品はしばしば、女性の能力を認めない男性の愚かしさを強調していると指摘するが、ハナの見方は違う。「クリスティーがジェンダーをそんなふうに捉えていたとは思えません。クリスティーは、男女を問わず、過小評価されているキャラクターを好んで描いています。ポアロは滑稽な見た目と外国人であるためにいつも過小評価されていましたし、マープルは年配の女性だという理由で過小評価されていました。クリスティー作品では、使用人は常に無視され、供述も証言もほとんど注目されません」。ハナは、クリスティーがいいたかったのは、たやすく一般論に頼るのではなく、常にあらゆることに耳を澄まし、すべての人に目を向けるべきだということではないかと考えている。

ハナは、クリスティー家からポアロをよみがえらせる仕事を引き受けてほしいと頼まれたとき、「とてつもない不安」を抱いたことを認めている。そして実際に、ポアロのような伝説的キャラクターに新たな命を吹きこむのは、まさに気が遠くなるような仕事だった。最大の難関のひとつは、ハナにとっては初の歴史小説で、史実を細部まで正確に表現できるかということだった。「でも、意地もありました。挑戦もしないで諦めるより、挑戦して失敗するほうがいいと思ったんです」。ポアロを主人公にしたハナの最初の小説『モノグラム殺人事件』（二〇一四）はサンデー・タイムズ紙のベストセラーになる。その複雑に入り組んだ巧妙なプロットは大半の批評家の眼鏡にかない、クリスティーの名探偵の素晴らしさを十分に引きだしていると評価された。作家のアレグザンダー・マコール・スミスはニューヨーク・タイムズ紙に寄稿した記事の中で、ハナのポアロはファンの期待に応えることができるだろうと請けあい、この『モノグラム殺人事件』は「アガサ・クリスティーの作品群に引けをとらない」プロットを備え、「キャラクターにも忠実で、不朽の名作にふさわしい続篇」だと述べている。二〇二〇年、ハナは〈ポアロ〉シリーズ続篇の第四弾『The Killings at Kingfisher Hill』を刊行した。

ステラ・ダフィが『Money in the Morgue』で、大勢の読者に愛されたナイオ・マーシュのロデリック・アレン警部を復活させたことも、大いに歓迎されている。ソフィー・ハナもガーディアン紙に寄稿し、ダフィの続篇はマーシュの寵児であるロンドンの探偵の輝きを「鮮やかに思いださせる」と述べている。ナイオ・マーシュが遺したのはこの作品のほんの数章分――五千語程度の文章と、プロットの大雑把なアウトラインだけだった。だが、批評家たちは、どこからダフィが筆を引きついでいるのか、未だに突きとめることができずにいる。この作品は二〇一八年のCWAヒストリカル・ダガー賞の最終候補作に選ばれ、「腹話術のような巧みな技」と評されている。

ダフィはロンドン生まれだがマーシュと同じニュージーランドで育ち、執筆だけでなく演劇への情熱も共有している。だが、マーシュが『アレン警部登場』(一九三四)で、もの静かで頭の切れる、浮世離れしたアレン主任警部を世に送りだしてから八十四年後、ハーパーコリンズからこのマーシュの主人公をよみがえらせてほしいと依頼されたとき、ダフィも不安を覚えたという。「わたしは出版社まで出向いていいました。これはわたしの仕事じゃないってね。実際そうだったんです。ナイオ・マーシュの作品は十代のころ以来読んでいなかったし、若いころもすごいとまでは思わなかった。面白かった本も何冊かありますが、心に残るほどではありませんでしたから」。結局、仕事を引き受けたダフィは、十二ページに及ぶ企画書を作成した。ハーパーコリンズの編集部やマーシュの甥たち、そしてマーシュ財団の弁護士に見せるためだ。

「まったくはじめての経験でしたから、どうしても皆さんの承認とサポートが必要だったんです。それがなかったら、書きあげられなかったかもしれません。とにかくやり遂げなければいけなかった。プレッシャーで押しつぶされそうでしたね」。だが、いったん書きはじめると、ダフィはその挑戦を楽しんでいた。「楽しんで書くことができました。わたしはもともと演劇畑の人間なので、三幕ものの戯曲を何作か書いたことがあるんですが、これは文学というより、演劇に近い仕事でした」

マーシュがダフィ同様、演劇をこよなく愛し、演劇を題材にした小説を数多く書いていたことが、大いに役立った。ダフィは、彼女のスタイルや雰囲気、舞台設定や会話を再現しようと努め、パズル的な要素やナイオ・マーシュおなじみの構成も取りいれた。「お決まりの純情娘が出てくるシーンもありますし、うまくいかない恋愛模様もあり、叱ってくれる父親のような存在を必要としている、迷える愚かな若者も登場します。そして、兵士たちという助演陣が脇を固めています」

ダフィはマーシュが執筆した最初の十作を丹念に読み――『Money in the Morgue』はシリーズの

十一作目か十二作目にあたる作品と見られている——場所や時間に齟齬が出ないように気を配った。「この作品以前の本はくまなく調べましたよ。うっかり〝未来の〟アレンが顔を出したりしないようにね」

別の作家が生みだしたキャラクターを動かすのは容易なことではなかった。アレン警部の名前は、マーシュの父親の母校ダリッジ・カレッジを設立したエリザベス朝時代の俳優エドワード・アレンに因んでいる。マーシュは小説の中で、アレン警部を、修道僧とスペイン貴族をたして2で割ったような好男子と表現している。アレンはことあるごとにシェイクスピアを引用して周囲を苛立たせているが、この悪い癖はシリーズ全篇を通して見ることができる。はじめのころ、アレンは独身だったが、有名な肖像画家のアガサ・トロイに心を奪われ、口説き落として結婚する。ダフィは、アレンの雰囲気を正確に再現するのは難しかったと認めている。「〈Goodreads〉のレビューに目を通せばわかりますが、アレンのファンの中には、アレン警部を完璧によみがえらせたとわたしを讃えてくれる人たちがいます。でも、反対にわたしを〝撃ち殺せ！〟という人たちもいる。その中間はいないんです。面白いでしょう。ファンを自認する人たちをまっぷたつに分断してしまったんですからね。興味深いことに、そして、運のいいことに、主流どころのマスコミはどこも、この作品を評価してくれています。わたしの経験上、そんなことははじめてでした。最高の気分ですよ」

洞察力に富んだイギリスの小説家ニコラ・アップソンは、もう一人の黄金時代の作家、ジョセフィン・テイの作品を引き継いだ。といっても、ダフィのように未完の作品を引き継いだのではなく、この重要ではあるが見落とされがちな犯罪小説界の大物を、ミステリ・スリラーシリーズの主人公にしたのである。アップソンは、スコットランドヤードの刑事アラン・グラントが活躍するテイの小説『フランチャイズ事件』(一九四八)を読んで、この作家のカメレオンのような性質に興味をそそられ、当初は伝記を書こうと考えていた。

「あの本はわたしのお気に入りなんです。わたしが小説を書くきっかけにもなりましたしね。よくも悪くも、失われたイギリスの郷愁を誘うスナップ写真のようでありながら、非常に暗いテーマも込められています。この作品は、自分の殻に閉じこもることで迫害されるふたりの女性を描いていますが、そういう女性のことならテイが一番よく知っていました。また、集団暴行や、興味深いことに、第二次世界大戦後の〝使用人問題〟が引き起こした集団ヒステリーについても触れられています。読むたびに違う発見があるんです。たぶん、わたしが『フランチャイズ事件』を好きなのは、あの本には作家本人と同じようにカメレオンのような魅力があるからだと思います」

ジョセフィン・テイというのは、スコットランド出身の作家、エリザベス・マッキントッシュが使っていたふたつのペンネームのうちのひとつだ。テイ名義では、暗い知的な犯罪小説を書いていたが、ゴードン・ダヴィオットというペンネームでは戯曲を書いており、一九三二年にはリチャード二世の生涯に材を取った舞台『Richard of Bordeaux』が上演されている。彼女は自分の人生をこの三つの領域にわけ、だれにも本当の自分を知られないようにしていたようだ。人目を避け、カメラを避け、自分の写真もほとんど残さず、最後まで独身を貫いて子どもも持たなかった。マッキントッシュの友人たちは彼女と親しいつもりでいたが、一九五二年に亡くなったあとに、彼女が本当はどんな人間だったのか実はよく知らなかったことを認めている。マッキントッシュは複雑でかなり内向的なタイプの女性だった。彼女の人生と仕事について調査していくうちに、アップソンは、伝記を書くための資料が十分ではないことに気がついた。

「ある意味、わたしはラッキーでした。当時は一九九〇年代の初頭で、ティと仕事をともにして生涯の友人となった人たちが、まだ大勢ご存命でしたから。そこで皆さんに、主にティの職業人生についてお話を伺ったんです。でも、彼女の人物像を完全につかむには、あまりにも公開された情報が足りませんでした。あのままでは、彼女の作品をひたすら分析し、そこから導きだされる推論に頼って書くしかなかったのです」

アップソンは、どうするべきか数週間にわたって悩みつづけた。そんなとき、アップソンのパートナーである作家マンディ・モートンがいった。「悩むことないでしょ、創作すればいいじゃない！」実在の女性をフィクションの世界に登場させるというアイディアはたちまち彼女の心を捉え、アップソンは、ジョセフィンの名前と、彼女の三つの顔のうちひとつと、彼女の人生のさらに興味深い側面を、いまなお進行中で大成功を収めているアマチュア探偵シリーズのために借りることにした。こうして二〇〇八年に、ジョセフィン・テイを主人公にした、アップソンの初のミステリ『An Expert in Murder』が出版された。

アップソンは当時をこう振りかえる。「わたしは怖気づきました。何しろ小説を書くのははじめてでしたからね。でも、名案だとも思いました。ティを描くのにはぴったりのやり方だと。というのも、空白は事実と同じくらい興味を引きますし、ティは複雑で矛盾の多い女性だったからです。たった一冊の伝記でティをよみがえらせるのは至難の業だということがわかりはじめていましたが、何冊かかけてティをいろんな状況に置き、いろんな登場人物の目を通してスポットをあてる、そういうやり方ならティにふさわしいのではないかと思いました。会話を書いたこともプロットを作ったこともなかったので、かなり不安でしたが、シリーズが進むにつれて、少しずつ自信がついていきました」

アップソンにとって重要だったのは、自分の作品のアマチュア探偵が、本物のジョセフィン・ティに――彼女の複雑で矛盾を抱えた性格や独立心、仕事や友人関係、セクシュアリティに、できるかぎり忠実であることだった。シリーズのどの本にも、ティの実際の生活や仕事について入念に調査された成果が詳細に盛りこまれている。「事実にはそれほど縛られていませんでした」アップソンはいう。「でもどういうわけか、わたしのジョセフィン・ティは、どんどん本人に近づいていったんです」

「ジョセフィンはカメレオンでした。彼女自身がそういう自己認識を持っていて、自分をそう呼んでいたのです。そしてそれは真実でした。どんな顔を使っているときでも、ティはまわりの環境に自分をあわせることができました。それでいて、いつもよそものだった。だからこそ、ティはこのシリーズで名探偵として活躍することができるんです。ティがいろんな意味でよそものだからこそです」

このカメレオンのような性質のおかげで、テイはひとつのスタイルや時代に縛られずにすんでいるのだと、アップソンは考えている。ナイオ・マーシュやアガサ・クリスティーといった黄金時代の作家たちと同じ時代に執筆しているにもかかわらず、テイの作品には極めて現代的なところがある。テイには、どんな階級の読者でも読むことができ、読み手によって印象が変わる物語を作りだす才能があった。

テイの小説はどれも女性のアイデンティティの問題を強く打ちだしており、アップソンも自分の小説をそういう作品にしたいと考えていた。「シリーズを通して、女性性、現代性を追求し、境界を打ち破ることを意識しました」とアップソンは語る。〈ジョセフィン・テイ〉シリーズの三作目『Two for Sorrow』（二〇一〇）は、実際にあった事件を題材にしている。託児所を経営するアメリア・サックとアニー・ウォルターズが、二十人に及ぶ赤ん坊を殺した容疑で一九〇三年にハロウェーで絞首刑に処された事件だ。養護施設を経営していたサックは、臨月の妊婦に出産場所を提供するという新聞広告を出した。その広告には、「生まれた赤ちゃんはそのままお預かりします」という怪しげな文句が書かれていた。広告に反応したのは、子どもを育てる余裕のない未婚の母ばかりだった。出産してサックに手数料を払えば、養子に出してもらえると信じたのだ。だが、サックはアニー・ウォルターズに赤ん坊を始末させていた。ウォルターズは、死んだ赤ん坊を抱いてロンドン中を歩きまわり、目ぼしい場所を見つけて遺棄していたのだ。

『Two for Sorrow』の舞台は、サックとウォルターズが絞首刑になってから三十年後の一九三〇年代だ。小説の中のテイはこの二人の女性の小説を書こうと思いたち、実際に書いていくことで、アニー・ウォルターズの過去に何があったのかという大きな心理的問題を提起している。ウォルターズは自分の悲しみに囚われていたのだろうか。そして、ジョセフィン・テイ自身もそうだったのだろうか。「もしテイがそうだったとしても、インバネスでもロンドンでも、だれもそのことを知らなかったし、知っていたとしても、だれも語ろうとはしませんでした」アップソンはいう。「『Two for Sorrow』では、そういった問題のみならず、特権階級の女性たちとロンドンの困窮した女性たち、それぞれにゆるされた人生と選択についても取りあげています。どちらの女性たちも、第一次世界大戦がもたらした喪失と機会のために、自分たちの人生を再構築しなければなりませんでした」

アップソンは、ジョセフィン・テイを、その時代に生きた女性の象徴として見ている。「テイはまさに、ふたつの世界大戦の間に生きた時代の落とし子でした。同世代の女性の多くがそうであったように、テイも戦争がもたらした大きな喪失から恩恵を受けていました。いわゆる女余り世代の女性たちは、男性の数が足りなかったために、結婚して子どもを持つことを期待されなかったのです。戦争はテイに、何百人もの女性たちと共有する悲しみや個人的な喪失とともに、ある意味、免罪符を与えたようなものでした」

アップソンにとって、舞台設定はストーリーに負けないくらい重要だ。死んだ赤ん坊を抱いてうろついていたウォルターズが捕まった日の足取りを辿ったのもそのためだ。ウォルターズが住んでいたダンベリー通りは、いまでこそ美しい家々が立ち並んでいるが、当時は安宿がひしめく薄汚い通りだった。「外からあの家を見ていたときのことはきっと忘れられないでしょう。いまは、キッチンで母親が小さな娘とお菓子を作っているような幸せな家族が暮らす家で――あの部屋で、少なくともふたりの赤ん坊が殺されたのを肌で感じることができました」アップソンはいう。「現地に行かなかったら、あの雰囲気をつかむことはできなかったでしょう。あの息苦しいような絶望感を感じとることもできなかった。とても大事なことなんです」

アップソンは『Two for Sorrow』を底なしに暗い小説だと考えていた。託児所の赤ん坊殺しだけでなく、アップソンが会心の出来だと自認している、若いお針子が無残に殺害されるシーンが盛りこまれているからだ。だが、この作品には、テイとマルタという女性との恋のはじまりも描かれている。「われわれ犯罪小説作家は、殺人シーンとなるとついむきになってしまいます。ただ、暴力を描くのは得意でも、恋愛を書くのは苦手です。あの本に恋愛を盛りこんだのは、あたたかな触れあいのある優しい関係で、暗さを和らげたかったから。権力や支配や憎しみではなく、愛の本を書きたかったんです」。アップソンは、お針子をあまりにも凄惨に殺してしまったのでクレームが寄せられるのではないかと心配したという。「驚きましたよ。わたしが受けた唯一のクレームは、凄惨な女性の殺害シーンについてではなく、女同士のラブシーンについてだったんですから」

アップソンのテイがレズビアンであることは物議を醸してきたが、アップソンは本物のテイがゲイであったと確信しており、性的なはけ口がなく、〝毛色の違う〟女性に対する懲罰的な態度が当たり前の時代に生きた作家なら、ティのセクシュアリティを明確にする作品に向きあってきた自分のやり方に賛成してくれるだろうと考えている。

「読者の皆さんがわたしの小説に何を感じとったか教えてくれるたびに、大事なことなんだと実感しています」アップソンは語る。「わたしの書いたティの小説が、声をあげられなかった世代のゲイの女性たちの声を伝えているといってもらえると、大きな喜びを感じます。本当に大事なことなんだと思います。このシリーズがはじまって以来、読者の皆さんからたくさんのお手紙をいただきました。そこには、もし違う時代に――もっと寛容な社会に生まれていたら選ばなかった生き方をしてきた、祖母や大叔母や両親、ときには自分自身の話が書かれていました。ジョセフィン・ティは何者なのか、そして自分は何者なのかを考えれば、そういったことを本の中で前面に出していくのは大事なことなんだと思います」

アップソンは『An Expert in Murder』を書きはじめたとき、単にジョセフィン・ティのことを書いているつもりだったが、気がつくといままでとは少し違ったやり方で書いていたという。「そのころから――いまでもそうですが――シリーズを通して続くティの旅や、わたしが生みだしたこのシリーズの登場人物たちの人生をもっと気にかけようと思うようになりました。読者がジョセフィンのことを、とても気にかけてくれるようになってきたのがわかります。犯罪的な要素も好きですが、そういったことは、わたしが小説を書く上で犯罪的な要素と同じくらい重要なんです」

ティ自身、常に殺人事件を小説の中心に据えていたわけではない。『フランチャイズ事件』に描かれているのは、誘拐されたと訴える十代の少女の謎だけだ。ティはその作家生活の中で、ノックスやヴァン・ダインが提示する探偵小説のルールをほとんどすべて破ってきた。『魔性の馬』（一九四九）では、遺産を手に入れるために、行方不明の双子のかたわれになりすます替え玉を登場させている。ティは、風変わりで魅力的な、反骨精神のある犯罪小説作家だったのだ。「違ったやり方で書いてみて、ティに認めてもらえたのではないかと感じています」アップソンは語る。「最初の三冊では、ジョセフィン・ティを探偵小説の登場人物として使うというアイディアに手探りで取り組んでいました。巻を重ねるにつれて、ジョセフィン・ティのことがいろいろわかってきました。ティの作品や脚本家としてのキャリアを知る人たちなら、それを評価してくれると思います」

「シリーズ五作目の『The Death of Lucy Kyte』（二〇一三）のころには、人の本当の姿というものを強く意識するようになっていました。そうすることで、ストーリーについていろいろと決断しやすくなりました。サフォークを舞台にすることにしたのは、自分の出身地でいまも家族が住んでいる、なじみ深い場所を描きたかったから。ジョセフィンは生まれてはじめてそこを訪れるので、自分がよく知っている場所を、はじめて見たように描く必要がありました」

アップソンが『The Death of Lucy Kyte』の舞台を自分の故郷にしようと考えたのは、この小説で、自分が生まれてはじめて耳にした犯罪の物語に焦点をあてることにしたからだ。〝赤い納屋殺人事件〟として知られ、数多く舞台や映画で語り継がれてきた、地主の息子ウィリアム・コーダーによる村娘マリア・マーティン殺害事件である。アップソンはよく家族に連れられて、事件現場の周辺を散歩したという。「よくポルステッドに行って、当時の面影をそのまま残したマリア・マーティンやウィリアム・コーダーの生家を見たものです。赤い納屋殺人事件という伝説の登場人物たちは、本当はどんな人たちだったんだろう——幼心にそう思ったのを覚えています」

「マリアの死体が発見されてからしばらくの間、犯行現場であるポルステッドは世界中から注目を浴びていました。でも、その裏に隠された当事者たちの本当の物語はだれも知りませんでした。わたしはマリアの本当の姿が知りたかった。母親か父親に連れられて、モイズ・ホール博物館に行ったことがあります。あそこには、あの事件にまつわる品が揃っているんです。コーダー自身の皮膚で装丁された裁判の記録や、コーダーの頭皮、コーダーがマリアを撃ったとされる拳銃も展示されています。幼いころなら、ぞっとしながらも引きつけられずにはいられないようなものばかりです。でも、大人になってこの物語を書くために再びモイズ・ホール博物館を訪れたとき、一番胸を打たれたのは、マリアが生前使っていたアイロンでした。そのとき思ったんです。女性が殺人事件の被害者になったとき——男性も被害者になりますが、より狙われやすく、犠牲になりやすいのは間違いなく女性のほうです——わたしたちは、その死によって注目を浴びるまえの彼女がどんな人間だったのかを、見落としてしまいがちなのではないかと」

アップソンが知りたかったのは、赤い納屋で発見された死体のことではなく、生前のマリア・マーティンがどんな恋人であり母親であったかということだった。アップソンは、ジョセフィン・ティ同様、女性のアイデンティティに強い関心を抱いている。「シリーズを通して大切にしているのは、その女性がだれかということです。それは被害者のために戦うことにもつながりますから」アップソンはいう。「犯罪の被害者になった女性は、自分のアイデンティティを失います。なにしろ、推理小説は「フーダニット（who done it?）」、〝誰がやったか〟と呼ばれているくらいですからね。わたしたちは、殺された人間よりも、殺した人間のほうがはるかに気になるんです。マリアは殺されて、被害者と見なされる一方で、あばずれ扱いもされていた。でもその中間の、血の通った本当の人間としての彼女は無視されていました。だから、あの本で本当の人間としてのマリアを再現しようと、架空の親友の目を通して彼女を描こうとしたんです。書きすすめるうちに、思うようになりました。ポルステッドには――いまでこそ、とても美しい村ですが――まだ、そういった闇が残されているのではないかと。拭い去ることのできない染みのようにね」

アップソンは、それからおよそ二百年後に、マリアが殺された場所から数マイルと離れていないイプスウィッチで起こった事件を強く意識していた。五人の女性が犠牲になった、スティーブ・ライトによる連続殺人事件である。「わたしはふと思いました。たいていの人間が犯人の名前を――おそらく顔も――思いだすことができるけれど、被害者五人の名前をすべていえる人がどれだけいるだろうと。マリア・マーティンの問題は、現代に黒々と影を落としているのです」

ティの作品の過激な部分に心酔していたにもかかわらず、アップソンは執筆を開始したとき、少なくともはじめのうちは黄金時代に敬意を表すべきだと考えていた。「読者に謎解きや、クローズド・サークル、偽の手がかり《レッドヘリング》、どこか奥深くに隠された謎といったものを提供しようとしたんです。でも同時に、たとえ最初の本でもジョゼフィンに敬意を表して、現代的な率直さと歴史的な洞察力を兼ね備えたものにしたいと思っていました。ティの本は先鋭的で、時代を先取りしています。自分の今後の本もそういうものにしたいですね。でも、わたしのようにいまの時代に犯罪小説を書いている者にとって、ルールなど存在しません。クリスティーは、当時存在していたルールを破りました。クリスティーの作品はあからさまで生々しく、そしてタフです。いまや、黄金時代の作品がコージー・ミステリだとはだれもいわないでしょうね。わたしにとって重要なのは、自分の本を〝コージー〟と見なされないことです」

ティ同様、アップソンも、単なる謎解きよりも、登場人物やその場所に対する特別な想い、犯罪の背後にある心理や犯罪の爪痕といったものに魅了されている。「一流の犯罪小説作家は常に、キャラクターを第一に考えてきました。それがマージェリー・アリンガムの強みであり、ドロシー・L・セイヤーズの、そしてジョセフィン・テイの強みでもあった。一九五〇年代後半から一九六〇年代前半にかけて、犯罪小説が岐路に立たされ、謎解きだけに焦点をあてた時代遅れの遺物になりかねなかったとき、P・D・ジェイムズやルース・レンデルといった作家が、キャラクター重視の心理小説を取りいれ、自分たちが生きる社会をありありと映しだした作品を作りあげました。それが重要な転機になりました。一流の犯罪小説とは、キャラクターを重視するものなんです」

ジョセフィン・テイは、自分の遺産をきちんと整理整頓して残し、最後の作品である『歌う砂』（一九五二）も入念に仕上げて出版する準備を整えていた。「テイ以外だれも、あの小説を完成させることはできなかったでしょう」アップソンはいう。「書きあげてくれて本当によかった。ジル・ペイトン・ウォルシュはドロシー・L・セイヤーズを見事に模倣しましたが、ジョセフィン・テイを模倣できる人がいたとは思えません。テイは自分のスタイルを持ち、エレガンスを備えた作家ですが、それを真似ればいいというものではないからです。大切なのは彼女の声です。ぬくもりや知性、皮肉、ウィットといったもの。そういった人間的なことです。ジョセフィン・テイの小説を手に取ると、顔に陽の光が降り注ぐのを感じ、彼女のことをもっと知りたくなります。すると、闇や複雑さや皮肉が見えてくるんです」

本を手に取った読者に、顔に陽の光が降り注ぐ喜びを感じてもらうことこそ、現代の女性犯罪小説作家の多くが、自分の小説で前に進むために、何度も古典を振りかえりながら、追い求めてきたものなのだ。

第五章　私立探偵

私立探偵は、犯罪小説やミステリのジャンルにおいて最も象徴的な要素だ。アメリカでは間違いなくそうであり、イギリスの犯罪小説でも同じように人気がある。

アメリカで生まれた男性私立探偵の原型は、パルプ作家キャロル・ジョン・デイリーが創造した荒くれ者のレース・ウィリアムズだ。レースは一九二〇年代初頭にブラックマスク誌で活躍したが、ほどなくして、生真面目で洗練されたタイプの私立探偵（すべて男性だ）に取って代わられた。わたしが最近書いた伝記『Dashiell Hammett: Man of Mystery』（二〇一四）にもあるように、ダシール・ハメットはアメリカの探偵小説界において最も重要な男性作家であり、このジャンルの発展に貢献した立役者でもあった。一九二九年から一九三四年にかけて刊行された、ハメットを代表する素晴らしい五作の犯罪小説は、どれもタフガイ的な男らしさを描いた作品だ。いまや知らぬ者はいないハメットの小説、『血の収穫』（一九二九）、『デイン家の呪い』（一九二九）、『マルタの鷹』（一九三〇）、

『ガラスの鍵』（一九三一）、『影なき男』（一九三四）は、いずれもリアリズムを追求した作品として知られ、その信憑性の高さはピンカートン社の探偵をしていたハメットの経験に基づいている。ハメットのヒーローは生真面目で酒が強く、自らの道徳観と行動規範以外の何ものにも囚われず、淡々と、そしてときには無情に、人生を生きぬいていく。ハメットの後継者を挙げるとすれば、現代ではリー・チャイルドとそのヒーロー、ジャック・リーチャーになるだろう。

ハメットのヒーローたち——匿名のコンチネンタル・オプ（コンチネンタル社の探偵《オペラティヴ》）、大酒飲みの既婚者探偵ニック・チャールズ、奔放で自信に満ちた賭博師ネッド・ボーモンと腐敗した政界のボス、ポール・マドヴィグ——は皆、男の友情の重要性を体現している。中でも特に印象深いのは『マルタの鷹』のサム・スペードで、アメリカの私立探偵のシンボルとなっている（これは、一九四一年の映画でスペード役を演じたハンフリー・ボガートに負うところが大きい）。こうした男に好かれる男のヒーローたちはアメリカ文学の典型的なキャラクターとなり、ハードボイルド小説という、まったく新しい伝統のための基本的なルールと語り口を確立していった。そしてそれは、主に男性によって男性文化の中で執筆された。そこでは女性はほぼ排除され、女性の登場人物は、男性のヒーローの助けを必要とする被害者か、頭よりも身体の魅力が売りのファム・ファタールでしかなかった。ハメットやチャンドラーの薄汚れた街角には、犯罪を捜査しようとする、聡明で機転の利く女性たちの居場所はなかったのだ。スペードとマーロウは数十年にわたって、私立探偵のスタンダードでありつづけた。

だが、一九七七年になると、マーシャ・マラーの『人形の夜』で、負けん気が強く、冷静沈着で抜け目のない私立探偵シャロン・マコーンが初登場する。その五年後、スー・グラフトンのロングセラー、〈アルファベット〉シリーズの第一作『アリバイのA』（一九八二）に、元警察官で反抗的な一匹狼キンジー・ミルホーンが登場。同じ年、サラ・パレツキーの『サマータイム・ブルース』（一九八二）で、犯罪渦巻くシカゴの街に、けんかっ早い不屈の女、V・I・ウォーショースキーが降り立った。

やがて、この三人の作家は並外れて多作であることが判明した。二〇一七年、亡くなる少しまえに、グラフトンは〈アルファベット〉シリーズの最終作となった『Y is for Yesterday』を刊行する。二〇二〇年にはマーシャ・マラーが〈マコーン〉シリーズ第三十五作の『Ice and Stone』を、パレツキーが〈ウォーショースキー〉シリーズ第二十作『ペインフル・ピアノ』を発表した。

一九七七年と一九八二年に小説家としてのキャリアをスタートさせたこの女性ビッグ・トリオは、どのように自分たちの私立探偵を描いたのだろうか。そして、絶大な人気を博したこのキャラクターたちは、二〇〇〇年代までにどのような成長を遂げてきたのだろう。一九七七年と一九八二年という、三人の小説家としてのキャリア上重要な時期に、この有名な女性探偵たちがどのように描かれてきたかを探れば、女性による犯罪小説の進化と発展の秘密を解き明かし、新たな女性探偵の描かれ方の変化に有意義な形で焦点をあてることができるかもしれない。

マーシャ・マラー

マラーの『人形の夜』の冒頭で、シャロン・マコーンはオール・ソウルズ協同弁護士会の専属捜査員として最初の事件をまかされる。依頼の内容は、骨董品店が立ち並ぶ小さな通りで破壊行為を繰りかえしている犯人を突きとめること。そんな折、年配の骨董品商が、アンティークの短剣で刺し殺され、遺体となって発見される。警察の捜査能力を疑ったマコーンは、さらなる凶行を阻止するため、一人で犯人に立ちむかう決意をする。

一般には、有能で頑固なシャロン・マコーンを主人公に据えてタフな女性の私立探偵を誕生させたのはマラーだったと考えられているが、グラフトンの〈アルファベット〉シリーズやパレツキーの〈V・I・ウォーショースキー〉シリーズでデビューしたヒロインたちをよく見れば、必ずしもそうとはいいきれないことがわかるだろう。彼女たちに比べると、マコーンはかなり穏やかでおとなしいタイプであり、最初の女性探偵のスタンダードになったのは、むしろ、あとから登場した二人のタフな探偵たちの方だ。このトリオは、現代の女性探偵のレベルをいっきに押しあげたが、それは一人一人で成し遂げたことではなく、三人揃っていたからこそできたことだった。

マコーンは、伝統的な私立探偵に必要な資質をすべて備えているわけではない。探偵であって法の執行者ではないが、それでもオール・ソウルズに雇われていることには変わりなく、任務もそこから課される。つまり、従来の私立探偵と違って完全な自律性はないのだ。その埋めあわせのため、マラーはヒロインにそれ以外の必要な資質のほとんどを与えた。そもそも、家族らしい家族がいないマコーンは、探偵に必要な独立性を与えられている。以前は探偵事務所に勤めていたが、独立心旺盛で道徳心が高すぎるという理由で解雇された。若いころ（『人形の夜』の事件を担当したときは三十歳近くだった）は婦人警察官になろうかと考えたこともあったが、タイプや速記ばかりやらされるのがいやで、なるのはやめたらしい。

マコーンは自分を勇敢ではっきりものをいう人間だと考えているが、第一作では、マコーンを「パプース」と呼ぶ、十三歳年上の自信たっぷりな刑事に恋をしている。そして、巻を追うごとに自信をつけ、能力や技術に、そして皮肉な態度に磨きをかけていく。四作目の『安楽死病棟殺人事件』（一九八四）のころにはすっかり分別がつき、「こんなおかしなニックネームで呼ばれてなおかつ恋し続ける女がどこにいる？」とばかりに、傲慢な警察官に見切りをつけている。マラーはマコーンが成熟し進化していくのにまかせ、冷静な、だが、どこかユーモアのこもった眼差しで、自分の主人公を捉えている。マラーの小説『Wolf in the Shadows』（一九九三）はエドガー賞にノミネートされた。マコーンはじわじわと情熱を燃やすタイプの私立探偵であり、新しい女性のためのジャンルでデビューする主人公にはぴったりだといえるだろう。私立探偵に必要な特性をゆっくりと、だが着実に備えていくからだ。

だが一方で、同時代の二人の主人公たち――生意気で、頭が切れて、がむしゃらなキンジー・ミルホーンと、気性が激しく、怖いもの知らずで、破天荒なV・I・ウォーショースキーは、初登場から銃をぶっぱなし、タフさや独立心、思い切りのよさ、強靭でひたむきなプロ意識を露わにして、読者を圧倒している。

スー・グラフトン

グラフトンの〈アルファベット〉シリーズ第一作『アリバイのA』（一九八二）は、刊行されるやたちまち絶大な好評を博し、『泥棒のB』（一九八五）と『探偵のG』（一九九〇）はシェイマス賞とアンソニー賞の長篇賞を受賞した。『死体のC』（一九八六）はアンソニー賞を受賞、『殺害者のK』（一九九四）は三度目のシェイマス賞を受賞している。〈シャロン・マコーン〉シリーズと違って、〈アルファベット〉シリーズは順調なスタートを切り、グラフトンの主人公は一作ごとに自信を深め、風格を備えていく。

三十二歳のキンジー・ミルホーンは、極めて典型的な、昔ながらの私立探偵だ。だが、女性であり、フェミニストでもあるので、典型的な探偵にはない独特の特徴がある。五歳で孤児となったミルホーンには、殺された両親に代わって育ててくれた伯母以外に家族はいないが、『裁きのJ』（一九九三）では、ミルホーンが住んでいるサンタ・テレサからそう遠くないところに、存在すら知らなかった親戚が住んでいることが判明する。ミルホーンは二度結婚しているが二度とも離婚して、一人で暮らしている。子どももペットもいない。探偵稼業は、公私ともに生活の中心になっている。気に入った相手には心を開くが、根本的には孤独な人間だ。第一作のラストの一行が、このシリーズに通底するトーンになっている。「けっきょく、捨ててきたものは、すべて自分自身に他ならない」

じっくり読むと、ミルホーンはタフな見た目によらず、案外繊細なのがわかる。ミルホーン以前のロールモデルである男性の探偵たちは、魅力的な女の殺人犯にたびたび誘惑されている。グラフトンは、この女性嫌悪的なパターンを巧みにひっくりかえして、のちに殺人犯であることが判明する男とミルホーンを交際させている。ミルホーンが男の正体を突きとめ、正当防衛で殺すまでに、それほど時間はかからなかった。スー・グラフトンとダシール・ハメットの違いは、同じような状況でも、ハメットのサム・スペードはあくまでプロに徹して超然としているのに対し、グラフトンのミルホーンは後悔や罪悪感や自責の念に苛まれていることだ。こうした資質は、いまでこそ男女を問わず、私立探偵の個性の一部として描かれるようになってきたが、一九九三年当時は、女性だけのものと見なされていたのだ。

グラフトンは小説の中で繰りかえし、男性の家族に虐待される女性を取りあげているが、後続の急進的なフェミニストたちとは違い、より広範な問題である家父長制や社会構造にはそれほど関心がない。〈アルファベット〉シリーズを通してずっと、ミルホーンは穏健でリベラルなフェミニストだ。ガレージを改造したアパートに住み、ドレスは一着しか持っておらず、ブルージーンズとブレザーばかり着ている。かつてはサンタ・テレサ警察に勤めていたが、性差別的な目で見られるのにうんざりして二年で辞め、独立して私立探偵事務所を開業した。

女性警察官は、見下されるか、好奇の目で見られるかのどちらかで、ミルホーンはいわゆる「冗談めかした」侮辱から自分を守ることに、つくづく嫌気がさしていた。そして、まわりの刑事たちが鎖につながれた犬のように働いていることに気づき、自分の居場所ではないと判断したのだ。探偵小説というジャンルで、タフな一匹狼であろうとするミルホーンの決意は目新しいものではなかったが、性差別的な注目に気づき、嫌悪する姿は、かつてないものだった。もうひとつの新しい特徴は、(パレツキーのウォーショースキーとも共通するが)親しい友人を家族代わりにしていることだ。中でも八十歳の大家ヘンリー・ピッツとは、愛情溢れるあたたかな関係を築いている。ミルホーンはヘンリーの大家族全員を本当の家族のように大切にしている。また、彼女の豊かで安定した人脈には、ミルホーンやヘンリーたちの行きつけの食堂を経営する年配のド派手なハンガリー人、ロージーも含まれている。ミルホーンには、親しい友人だけではなく、親代わりもいるようだ。

作品を読んでいると、ミルホーンの私立探偵としての人生や、仕事や友人に対する想い、質素でこだわりのあるライフスタイルがよくわかる。こういったことを大切にし、それが読者の評価につながっているという点も、従来の私立探偵にはなかった特徴だ。第一作でミルホーンが捜査するのは、離婚問題を扱う有名な弁護士ローレンス・ファイフの殺害事件である。八年前にその犯人とされたのは妻のニッキだった。刑期を終えたニッキは、ミルホーンを雇い、真犯人を見つけてほしいと依頼する。ミルホーンはローレンス・ファイフを死に至らしめたのが夾竹桃の粉末であること、その四日後、ウエスト・ロサンゼルスで二十四歳の会計士が同じ毒物を飲んで死亡していることを知る。この奇妙な偶然は、ニッキの殺人の嫌疑を晴らすのに十分すぎるものだった。だが、事件を担当するコン・ドーラン刑事は、ニッキが二人とも殺したのだと確信していた。ミルホーンは事件を捜査しなおし、真犯人を突きとめて、誤審を正すことを決意するが、事件の記録から浮かびあがってきたのは、事件をめぐる当事者たちの裏切りや嘘や偽装、敵意だった。

このデビュー作の至るところで、ミルホーンは自分がいかに頑固でタフかを強調している。「こと男性に関しては、およそ可愛げのないドライな女」であり、「他人《ひと》から——ことに男性から侮辱されると、すぐにかっとなる」と認めている。だが、自分が人生に求めているのは孤独だと読者に語りながらも、その裏には、気さくで明るい社交的な顔があり、さらに奥深くには繊細さを抱えている。

一九九〇年代の『悪意のM』（一九九七）のころになると、見た目こそほとんど変わらないが、ミルホーンはどうにか貯金ができるようになっている。自分が基本的には「法と秩序を守るタイプの人間」であることも受けいれ、徐々に安定した中流階級に近づいているように見える。また、初期のころよりもかなり洞察力が豊かになっており（この点で、古典的な男性の私立探偵とは大きく違う）、自分がずっと人から拒絶されてきたという事実（あるいは、錯覚）に悩んでいる。サム・スペードは自分の内面についてほとんど語らず、自分の意思によって一匹狼でいるが、ミルホーンの場合は心のトラウマからそうしているようだ。後期の作品になると、グラフトンは、仕事とプライベートを織り交ぜて描くようになっている。それぞれのシリーズを通じて、三人の女性探偵は、男性の探偵には――サム・スペードといった一流どころでも――できないような変化や、進化を遂げていく。マラー、グラフトン、パレツキーの作品はどれも、仕事とプライベートの描写が織り交ぜられており、男性の探偵が活躍する古典的な探偵小説とは、はっきりと一線を画している。

このビッグ・トリオは、後輩である新進気鋭のミステリ作家たちに大きな影響を与え、存命のパレツキーとマラーの二人は、いまもなお影響を与えつづけている。スー・グラフトンも亡くなる直前まで、ほかのプロの作家たちに（若手の作家ばかりでなく、多くの円熟した一流の作家たちにも）、絶大な影響を及ぼしていた。

アラフェア・バークもグラフトンに影響を受けた一人だ。「初めて犯罪小説に出会ったのは読者としてでしたが、〈キンジー・ミルホーン〉シリーズはそのころからのお気に入りでした。読みはじめたのはかなり初期のころ、たぶん、『C』からだったと思います。初期の作品を読んでいると、友達が訪ねてきてくれたような感じがするんです。心があたたかくなるけれど、決して甘ったるくはない。スーは機知に富んでいるんです。本当にいいシリーズですよ」バーク自身の小説にも、同じような気迫と読者を引きこむ力がある。会話は軽快でありながらリアルだ。もう一人の憧れの作家だというサラ・パレツキーに比べると政治色は薄いが、疾走感は負けていない。

サラ・パレッキー

サラ・パレッキーのデビュー作は、作家自身のフェミニストとしての視点や、強靭な女性を主役に据え、自立した女性のキャラクターを何人も登場させるという決意、そして、保険業界での経験に裏打ちされた信憑性が、色濃く表れた小説だった。パレッキーが創造した破天荒な私立探偵V・I・ウォーショースキーは、新世代の探偵小説の扉を開いた。

『サマータイム・ブルース』（一九八二）のプロットは複雑で衝撃的だ。ジョン・セイヤーと名乗る男に雇われたウォーショースキーの任務は、セイヤーの息子ピーターの、蒸発した恋人アニタ・ヒルを見つけることだった。だが、見つかったのはアニタではなくピーターの死体で、依頼人は姿を消してしまう。ウォーショースキーは、セイヤーの行方と正体を探るうちに不正と暴力の迷宮に深く分けいり、やがて、ジョン・セイヤーと名乗る男が、実は巨大労働組合の委員長アンドリュー・マグローであることを突きとめる。

その後アニタ・ヒルには、ピーターが殺害されたあと行方をくらませるだけの理由があったことが判明し、ウォーショースキーは殺人よりもはるかに大きな事件へと巻きこまれていく。読者はギャングにぶちのめされる探偵を見て、彼女が知りすぎてしまったことを悟るのだ。ページを追うごとに、アクションもプロットも複雑に入り組んでいき、デビュー作とは思えない野心を感じさせる。こうした複雑さとシリアスな道徳的テーマは、サラ・パレッキー作品の通奏低音になっており、それが普通のスリラーとは（どんなにテンポが速く、どんなに巧妙な罠が隠されたスリラーであろうと）一線を画す理由にもなっている。

パレツキーが書いた魅力的なアメリカの小説は、同時代のイギリスの犯罪小説作家ヴァル・マクダーミドが犯罪小説を書きはじめるきっかけにもなっていた。『サマータイム・ブルース』を読んだとき、マクダーミドはまだスリラーを書いていなかった。「あの当時、一九八〇年代初めのころは、イギリスの犯罪小説といえば、警察小説か村を舞台にしたミステリくらいしか選択肢がありませんでした。探偵役は、男性か年配の独身女性と相場が決まっていました。サラ・パレツキーが、ほかにも選択肢があることを教えてくれたのです。自らのポリシーに従って行動を選択するような、独立心の強い女性の探偵を生みだすこともできるし、パレツキーみたいに、疑惑と恐怖の迷宮の中で秘密や嘘が絡みあうような、複雑に入り組んだプロットを書いてみてもいいんだと。あの本を読んで以来、わたしはウォーショースキーの背中を追いつづけています」

この革新的な女性トリオによる新しい小説の重要性は、ハードボイルド時代の探偵小説では受けいれられることも見かけることもなかったパワフルなフェミニストの視点を、このジャンルに持ちこんだ点にある。パレツキーはウォーショースキーに、都市の私立探偵ならではの都会的なスピリットを吹きこんでいる。小説の舞台をシカゴの中心部に設定したおかげで、その試みは成功しているようだ。パレツキーは、従来の男性的な役割に対してのみならず、シカゴという長い伝統のある男性的なテリトリーに対しても、未だかつてない新たな主張を試みているのだ。

カリフォルニアでは、パレツキーの同志たちがシャロン・マコーンとキンジー・ミルホーンという探偵を生みだしていたが、ほかの作家も読者も、そして出版社も苦笑交じりに見ていただけで、敵意を剥きだしにするようなことはなかった。だが、シカゴでは違った。パレツキーの考えや、ジャンルに新しい風を吹きこもうという提案に対して、出版社やエージェントは冷たい頑固さと激しい怒りで抵抗したのである。パレツキーは、とりわけ男に見下されるのを嫌ってファーストネームとセカンドネームを明かそうとしない、頭脳明晰で腕の立つ弁護士ウォーショースキーを創造した。道義に則ったやり方で調査するのが、ウォーショースキーの流儀だ。以前勤めていた国選弁護士会を辞めたのは、組織が腐敗しきっていて、正義のために弁護するのではなく、法律上の屁理屈をこねまわすことばかり考えている自分に気がついたからだった。探偵の世界に入ると、真実を究明し、積極的に事件に貢献することができるようになった。

ウォーショースキーは常に貧しい人々や弱者の味方だ。この点ではロス・マクドナルドのリュウ・アーチャーやチャンドラーのフィリップ・マーロウの系譜をしっかりと受け継いでいる。特に、必ずしも貧しいとは限らないが、常に弱者である女性のために戦うことが多い。

昔ながらの道徳的使命を扱う小説なので、当然、昔ながらの独立した探偵が必要になる。そのためパレツキーは、マラーやグラフトンよりも過激な手段をとらなければならない。ウォーショースキーが独立した探偵としての役割を確立し、それを守っていくためには、必要に応じて、この新しい作品の主な登場人物である三つの存在と対立する覚悟がいる。その三つとは、ウォーショースキーを雇う依頼人、彼女がしばしば第二の敵と見なす警察、そして犯罪者だ。第一作で、パレツキーはウォーショースキーにこんなことをいわせている。「出会った人間のすべてと仲たがいしているみたいだ」。シリーズの後半になってようやく、ウォーショースキーは、己の短気さが、自分の信用や説得力を損ないはじめていることに気がつくのだ。

ウォーショースキーの行動は、遠い昔に亡くなったイタリア人の母親へのこだわりと、(母親に対する思いほど強くないが) 同じく亡くなったポーランド人の父親への思いに影響されている。おそらくパレツキーは、ハメットやチャンドラーやマクドナルドが揃って描くのを避けてきた家庭環境を概略だけでも描くために、こうした方法をとっているのだろう。第二作『レイクサイド・ストーリー』(一九八四)では、溺死したいとこの事件を調査することになり、ウォーショースキーの家庭環境が再びうっすらと浮かびあがってくる。また、三作目の『センチメンタル・シカゴ』(一九八五)は、おばの頼みごとを聞くシーンで幕を開けている。

ウォーショースキーが遠い昔に死んだ両親のことを鮮明に思いだすのは、現代の女性犯罪小説作家の多くが家族に対する関心を著しく高めつつあることの表れだと指摘する批評家もいる。確かに、家族という概念は常に広く行き渡っている。ウォーショースキーの世界において家族は、脅威になりかねない存在だ。家族の致命的な秘密がたびたび明かされ、手に汗握るプロットラインや、魅力的で心躍るアクションとともに、しばしば切実な喪失感が描かれている。このように概略だけとはいえ、何度も家族に触れられているという点で、家族が影も形も存在しない昔ながらの男性の探偵小説とは、極めて対照的である。

従来の探偵小説と類似している点は、ウォーショースキーが、初っ端から、全巻にわたって徹底的に痛めつけられているところだ。凶悪犯に殺されそうになることもあれば、大怪我を負わされて、地元の病院で手当てを受けるはめになることもある。幸い、彼女の親友は医者だ。ウォーショースキーより年上の、ロティことシャーロット・ハーシェル医師は、親代わりでもあり、ヒロインと深い絆で結ばれ、精神的なよりどころでありつづけている。パレツキーのシリーズが見せてくれるのは、当時アメリカの小説で描かれた女の友情の中でも最良の例のひとつだ。

ウォーショースキーは、従来の男性の探偵たち同様、懐具合が寂しく、みすぼらしい事務所を改装する余裕もない。依頼人の多くは金融犯罪に関わるホワイトカラーで、そういったことには無頓着だ。だが、貧乏であるにもかかわらず、ウォーショースキーは精神的にも金銭的にも太っ腹な女性として描かれている。一九八二年に生を享けたこのシリーズは、わたしが本書を書いている現時点でも、三十八年前と同様、専門的で説得力があり、巧妙かつ機知に富んでいて、新鮮である。その爽快なアクションと疾走感、魅力に溢れたストーリー展開には、驚嘆を禁じ得ない。イギリスで最も著名な犯罪小説評論家の一人であるバリー・フォーショーは、『カウンター・ポイント』（二〇一五）を次のように評している。「サラ・パレツキーのV・I・ウォーショースキーは、昔もいまも、アメリカの犯罪小説の中で最も異彩を放つ女性の私立探偵であり、肉体的、精神的に何度も打ちのめされながら生きのびていく姿には説得力があり、読者の熱い支持を獲得している。パレツキーの探偵は、相変わらず血の気が多く、『カウンター・ポイント』ではいつも以上に大勢の人間を苛《いら》つかせることに成功している」

パレツキーの作品の最大の特徴は、欧米での右派の台頭や、女性の自由や市民の自由の侵害、現代におけるアイデンティティの問題といった、喫緊の社会的・政治的問題を率直に論じていることだろう。パレツキーは、タフで鼻っ柱の強い主人公が多くの事件に感情的に関わって、たびたび混乱や騒ぎを引きおこすのを止められない。しかし一方で、犯罪小説史上最も重要な私立探偵を生みだしたという自負も持っている。パレツキーの作品に登場する女性キャラクターは、極めて活動的な女性ばかりだ。彼女たちの活動はそれまでの作家が男女を問わず犯罪小説の中でよく描いていたような性的なものではない。この転換期においては性別によって行動を規定されていないのである。ウォーショースキーはステレオタイプに抗う。独立心旺盛で、鋼の心を持ち、きっぷがよく、思いやりに溢れ、どこまでも勇敢だ。依頼者のために戦い、決して沈黙しない。パレツキーはいう。「わたしにとってV・I・ウォーショースキーは女の声を、もっといえば、わたし自身の声を代弁しています。だから、ウォーショースキーの声は耳を傾けることを要求する声なのです」

大西洋の両側で現代の犯罪小説に登場する強い女性の主人公たちは、ますます激しくなっていく暴力によって、たびたび痛めつけられてきた。「わたしにいわせれば、ネオンを掲げて、女は幅を利かせるなと警告しているようなものです」パレツキーはいう。「それと密接に関係していると思うのは、成功した女性が感じている、痩せていなければならないというプレッシャーです。女は幅を取ってはいけない。なるべく幅を取らないようにして、威圧感を与えないようにしなければならないのです」。そして、女性の探偵はたいてい、かなり小柄だとも述べている。

また、パレッキーは、現代の女性探偵は強いだけではなく、しばしば、ひどく傷ついているとも見なされていることを指摘した。「女の探偵は強くなければいけませんが、その誕生の背景には傷つけられた過去があります。ひどい不運に見舞われたり、レイプされたり、虐待されたりして、探偵になっているのです」

現代小説において女性の声は昔よりずっと強くなっているにもかかわらず、犯罪小説に登場する女性たちは昔よりむごたらしく殺されている。だが、パレッキーの本は違う。

「いいえ、あの人たちはサディズムの欲求に駆られているわけではありません。でも、わたしはあちら側に行こうとは思わない。以前、ギリアン・フリンと講演をしたことがあるんですが、彼女は『KIZU－傷－』のように、まったく安全ではない場所で、信頼できない人々に囲まれているのが好きなんだそうです。そんな場所、わたしならぞっとしてしまいます。もちろん、ギリアンは素敵な人ですが、彼女の頭の中には入りたくありません。わたしにとって重要なのは、小説のエンディングで秩序と安全が取り戻されることです。小説の中の安心感というのは、わたしにとって大切なものなんです」

「わたしたちは、恐怖心が意図的に操られる時代に生きています。毎日恐ろしいことばかりが起きています。いまや大量殺人はアメリカの日常生活の一部です。それでも、安全な島を見つけることはできます。うちのお手伝いさんは移民ですが、あたたかい小さな島のような家族に囲まれています。生きづらい国からやってきて、いまもそこに親戚がいるのですが、彼らの家はまるであたたかい島のようで――わたしが経験上知っている家族の中では珍しく――お互いを大切にしています。きっと、あたたかい小さな島は皆さんにもあると思いますし、V・Iにとってのそれは、おそらく、コントレーラスやロティ、バーテンダーのサルたちとの生活なのでしょう。その島は、現実的な場所ではなく、精神的な場所にあるかもしれません。自分にもそういった小さな場所があってほしいと思いますし、読者の皆さんもそう感じてくれるのではないかと思います。一時的なものかもしれないし、どこか不安定だったりするかもしれない。でも、そういう小さな島があり、そこに住むことができるのです」

トリオとその後継者

この活発で精力的なトリオは、アメリカの重要な女性作家たちの手本になっている。三人を模範とする女性作家の一人、テキサス州オースティンのメグ・ガーディナーは元弁護士で、同じく元弁護士でフリーランスのジャーナリスト、エヴァン・ディレイニーを主人公にしたシリーズでよく知られている。ほかにも、心理検死官のジョー・ベケットと、FBIプロファイラーのケイトリン・

ヘンドリックスを主人公とするふたつのシリーズを刊行しており、スタンドアロン作品も三冊執筆している。

トリオの後継者はほかにもいる。ローラ・リップマンは、『The Girl in the Green Raincoat』（二〇〇二）で、それまでの作家がほとんどやらなかったことをやってのけた。ボルチモアで活動する元記者の私立探偵テス・モナハンに子どもを持たせたのだ。カーラ・ブラックは、パリに事務所を構える、頭脳明晰で頑固な、コンピュータ関係の事件を専門とする探偵エイミー・ルデュックに命を吹きこんだ。アリソン・ゲイリンは、行方不明者捜索を専門とする四十代の私立探偵で、記憶増進症という珍しい神経疾患によって驚異的な自伝的記憶を持つブレナ・スペクターを創造した。

ビッグ・トリオのスタイルを最も色濃く受け継いでいる作家はリンダ・バーンズだ。彼女の探偵カーロッタ・カーライルは赤毛で口が悪いボストン警察の元警察官で、グラフトンのキンジー・ミルホーンを彷彿とさせる。反抗的な態度でボストン警察を追いだされ、副業でタクシーの運転手もしているカーロッタは、身長百八十三センチの堂々たる体躯で、このミステリシリーズの世界を縦横無尽に闊歩している。歯に衣着せぬ物言いはとても痛快だ。シリーズ第一作の『赤毛のカーロッタ奮闘する』（一九八七）は雑誌〈Mystery Scene〉が選ぶアメリカン・ミステリ・アワードを受賞し、エドガー賞とシェイマス賞にノミネートされた。このデビュー作は、緻密なプロットを備え、スリリングかつ感動的でウィットに富んでいる。グラフトンはカーロッタを「唯一無二の存在」と絶賛している。また、二作目の『コンバット・ゾーンの娘』（一九八九）は、イギリスのタイムズ紙で「今年の傑作」と紹介された。

イギリスの作家リザ・コディは、一九八〇年に出版したデビュー作『見習い女探偵』で、勇敢で愛すべき元警察官アンナ・リーを生みだし、イギリスの探偵小説界にプロの女性私立探偵を初登場させた功績を持つ。そしてあとに続くように、一九九四年、バンクーバー出身でケンブリッジ在住のミシェル・スプリングが、学者出身の私立探偵のローラ・プリンシパルを主人公とするシリーズの第一作『Every Breath You Take』を出版した。

カナダ人の作家ゲイル・ボウエンが生みだした女性探偵ジョアン・キルボーンは、洞察力に優れた政治アナリストで、夫を亡くしたシングルマザーでもあり、一九九〇年にシリーズが始まって以来、次から次へと、奇怪で恐ろしい犯罪事件の捜査に巻きこまれている。ジョアンがごく身近で起こった三人の殺人事件を調べることになる十七作目の『The Winners' Circle』（二〇一七）は、二〇一八年、アーサー・エリス賞最優秀長篇賞の最終候補作に選ばれた。ボウエンは、充実した作品群があり、国内外から高く評価されているカナダ人の犯罪小説作家を対象にした、アーサー・エリス巨匠賞も受賞している。

キルボーンは政治学の教授だが、ボウエン自身も学者である。ボウエンがキルボーンを創造したのは、小説には自分のような女性があまり登場していないと感じたからだ。シリーズ開始当時は四十六歳だったキルボーンも、十九作目になると六十代に突入し、架空の探偵としては最高齢の部類に入っている。最初の夫は、キルボーンが博士課程の学生だったころに殺されており、ひとりで三人の子どもを育てているため、経済的には安定していない。それでも、ともに育った男の四歳の娘を引きとっている。

キルボーンは定期的に教会に通い、強い道徳意識を持っている。先住民の警察官アレックス・ケカトウェイと異人種間の興味深い関係を築き、下半身不随の弁護士ザック・シュリーヴと結婚しているが、たびたび自信喪失に悩まされてもいる。ボウエンはいう。「主人公は女性にするつもりでしたし、強い主人公にしたいと思っていました。でも、完璧であってほしいとは思いませんでした。キルボーンは大きな欠点があるキャラクターです。自信を失いがちですし、スーパーウーマンでもない。家庭も仕事もあり、いろんなことを同時にこなそうとしますが、いつもうまくいくわけではありません。ときには間違った選択をしてしまうんです」

そのほかにも、ケイト・ローズが生んだロンドンの心理学者アリス・クエンティン、ステラ・ダフィによる誠実でひたむきなレズビアンのサズ・マーティン、アリソン・ジョセフの現代的な修道女シスター・アグネス、ゾーイ・シャープが創造した元特殊部隊隊員で女性ボディガードのチャーリー・フォックスといった架空の探偵たちが、それぞれ違った形でビッグ・トリオから恩恵を受けている。

トリオの一人であるパレツキーは、これまでの女性探偵が活躍する小説には、あるテーマが存在していることを明らかにしている。それは、私立探偵は悪を完膚なきまでに滅ぼすことはできないが、警察のような道徳的に疑わしい節のある組織より、生きやすい社会を作るために貢献できるというテーマだ。では、ビッグ・トリオが築いた探偵小説の基盤は、いまの私立探偵の考え方にどのような影響を与えているのだろうか。いまの探偵も社会正義を信奉しているのだろうか。彼らにとって、女性の言葉は重要なのだろうか。そして、安全や危険といった問題に対して、どのような立場をとっているのだろうか。

モラルに関わる危険と安全は、ケイト・ローズが犯罪小説を書くにあたって特に重視している問題だ。ローズはいう。「犯罪小説の中でモラルの問題に触れることに興味があるんです。生と死の問題は常に議論されています。そうした問題のひとつに汚染血液事件があります。わたしの夫も汚染された血液を輸血されて、被害を受けています。この問題についてスリラーを書くと、みんなが読んでくれました。犯罪小説作家になるまえは詩人でしたが、この問題を詩に書いたとしても、たぶん、だれにも読んでもらえなかったでしょう。犯罪小説は、そういった重要な問題を書くための場を与えてくれるのです」

ローズの探偵アリス・クエンティンを見ると、「いまの探偵はかなり小柄でほとんど幅を取らない」というパレツキーの批判にぴたりと当てはまっているのがわかる。だが、ローズは、男性優位の世界に生きるアリスを意図的にひ弱に描いていた。「小柄な主人公にしたかったんです。アリスの身長は百五十三センチ、華奢でかなり小柄な女性です。ブロンドで、見た目はいたってひ弱ですが、戦士の精神を持っています。マラソンランナーで、一人の人間としてはとても強い。わたしは、社会で軽視されがちな、小柄なブロンド女性というステレオタイプを——自分の声に耳を傾けてもらうために闘わなければならない女性を描きたかったんです。そのほうが、男性のキャラクターを描くより面白いと思いました」。作者が意図したとおり、アリスはどの本でも、自分の声に耳を傾けてもらうために多くの闘いを強いられている。

「実をいうと、男であれ女であれ、欠点のあるキャラクターが好きなんです」ローズはいう。「それでも、わたしの小説の女性には――女性の主人公には、力強く、独立した、一般的な社会規範に挑戦するようなキャラクターであってほしい。何千人もの読者が小説を読み、その登場人物に愛着を持ってくれるからです。作家にとって、そういうキャラクターを描くことは、女性にも男性と同じように価値があると伝える方法のひとつなんです」。ローズはアリスをあえて警察官にはしなかったという。「犯罪を間近で見ることができるように、犯罪心理学者にしました。心の仕組みに魅せられている主人公を描きたかったんです。わたしもそうですから。でも、彼女は人々の精神構造にも魅せられている。アリスは人に出会うたびに、その人間の精神分析のようなことをしています。わたしもよくやるんですよ」

ゾーイ・シャープは、力強く並外れた探偵であるボディガードのチャーリー（シャーロット）・フォックスを生みだすまえ、当時はかなり男性優位だった報道写真界でフォトジャーナリストとして働いていた。「業界に参入して仕事をする女性は、かなり攻撃にあいました。わたしの写真が掲載されるたびに、殺害予告の脅迫状が届いたものです。身代金要求の手紙みたいに、新聞から切りぬいた文字で、首を洗って待っていろといったことが書かれているんですよ。幸い、脅迫状はすべて雑誌を発行していたロンドンの出版社宛に送られていて、当時わたしが住んでいたのは北部のほうでしたから、〝おまえの居所はわかっている〟というのは、明らかに脅しにすぎませんでした。でも、恐ろしいことには変わりありません。結局、警察は脅迫状を送ってきた犯人を突きとめられなかった。うちの郵便受けに毎日届くようになったらどうしようと不安でした。チャーリー・フォックスは、しばらくまえからぼんやりと頭にあったキャラクターでしたが、そのとき、はっきりとした形になり、最初の本を書きはじめたんです」

シャープは、自動車業界や、セーリング、ヨット業界、天文航法といった分野でかなりの経験を積んでいた。そういった分野では女性が珍しいため馬鹿にされることが多い。たとえば自動車業界では、女性が電子制御式点火装置のリマッピングなどといった複雑な話をすると、頭を撫でられかねなかったという。シャープは、天文航法を習得した航海士としてヨットやセーリングにも関わってきた。

「でも、ヨットに乗っている女性といえば、オーナーのガールフレンドか料理人のどちらかなんです。それ以外に女性がヨットに乗る目的なんてありっこないんですよ。六分儀がふたつの視認可能な天体の間の角距離を測定する航海用の反射計器であることを、わたしが知っているなんて、それどころか、日常的に使いこなしているなんて、だれ一人思っていませんでした。スリラーを書けば、少なくとも公平な競争の場に立てると思ったんです」

もちろん、そういうわけにはいかなかった。いまでは多少抵抗も薄れたようだが、それでも多くの女性たちから、うちの夫は兵器やそういった類いのことについて女性が書いた本を読もうとしないといわれるという。「女性が兵器やそういった類いのことについて書くと、信憑性を疑われてしまうんです。それに、女性の犯罪スリラー作家の間違いは厳しい目で見られがちです」

シャープがこのシリーズを書きはじめたころ、女性のボディガードという小説のキャラクターはほとんど見あたらなかった。だが、現実の世界では、男性に比べて目立たない女性は重宝されているという。「敵が最初にしなければならないのは、ボディガードを排除することです。敵にボディガードだと特定されにくい人間はこの仕事にとても向いています。そう簡単には見つからないということですから」。シャープは、女性が優秀なボディガードになりうることを示そうとしたのだ。「女性がどれだけ過小評価されがちかを伝えたいんです。単に性別が違うというだけで、特定の仕事ができないなんて、ナンセンスですよ」

ラジオドラマ作家であり、テレビドキュメンタリー作家でもあるアリソン・ジョセフは、最初の小説を書きはじめたころ、パートタイムでラジオドラマの朗読もしていた。「あのころ犯罪小説をいろいろ読んでいました。スー・グラフトンやサラ・パレツキーを読んで、新しいタイプの女性の探偵に、また女性の探偵という新たな波そのものに興味を持ちました。そして、ふと思いついたんです。そうだ、尼僧の探偵にしようって。修道女探偵というアイディアが頭に浮かんできたんです」

ジョセフが架空の探偵に惹かれたのは、魅力的な探偵には原型のようなものがあったからだ。「一匹狼で、ある意味、社会から切り離されています。リー・チャイルドの主人公であるジャック・リーチャーのような探偵になると、たいていは典型的な一匹狼ですね。男性に期待されているのは、主にそういうことなのかもしれません。女性は人とのつながりや、家庭生活に貢献することを期待されます。道徳的に優れた女性という理想像があるからです。少なくともそれは、バイクで砂漠を横断するような孤高のヒーローではありません」

主人公を修道女にしたことで、パートナーや子どもを持たせるべきかといった様々な問題は解決できたとジョセフはいう。アグネスは、現代ロンドンの比較的自由な修道会に所属しているが、どこにでもいるような修道女ではない。修道女という設定にしたため、このアマチュア探偵は、ときとして警察が入手できないような情報にも接触することができる。「人が死んでいるのを発見したら、普通はまず警察に連絡します。警察は科学捜査の知識に精通していますからね。素人が警察より詳しいというのはおかしな話ですし、読者の信用を失いかねません。その点アグネスなら、仲間に何かあっても警察に通報しないような子どもたちと接点があったとしても、おかしくはありません。アグネスになら相談するかもしれない」

執筆をはじめてみると、シスター・アグネスは単なる文学的装置を超える存在になったという。「ある意味で絶対的な善を信じている人——信仰を持っている人が、否応なく、人間になし得る最悪の行為に直面させられる。それがどれほど奥深いテーマなのか、想像もしていませんでした。アグネスというキャラクターにとっては非常に興味深い。こんな探求をすることになるとは、書きはじめたときには思ってもみませんでした」

同じ犯罪小説作家のメラニー・マグラスは、北極圏を舞台にしたクライムミステリシリーズを手がけ、さらに並外れた探偵を創造した。白人とイヌイットのミックスルーツで、ハンター兼旅行ガイドとして、狩猟や観光客相手のガイドをしながら暮らしているイーディ・キグラトゥクだ。シリーズ第一弾の『White Heat』（二〇一一）では、そんなイーディが探偵に転身する。案内していた観光客の一人が射殺されたのだ。地元オーティサックの小さな集落をまとめるカナダ北極圏評議会は、あくまで事故として処理しようとするが、頑固なイーディは納得がいかない。銃撃事件について調べはじめるが、やがて岩と氷に閉ざされた世界の中で、自分が恐ろしい危険にさらされていることに気づく。イーディは従来のどんな探偵にも似ていないが、素晴らしい洞察力と捜査の才能に恵まれている。

私立探偵に関するこの章を、現代の最も優れた架空の探偵ふたりに触れずに終えるのは、怠慢というものだろう。そのふたりとは、非凡な犯罪小説作家ケイト・アトキンソンによるジャクソン・ブロディ、そしてJ・K・ローリングとしても知られるロバート・ガルブレイスが生みだしたコーモラン・ストライクである。

障がいのある主人公についてはーー片足のキャラクターであるコーモラン・ストライクが、作者によって、生き生きとリアルに、あたたかなウィットを込めて描かれていることについては、別の章で詳しく取りあげることにしよう。ここでは、ストライクと優秀で感じのいい助手のロビン・エラコットが、古典的な私立探偵のキャラクターとして確立していることを述べるにとどめておきたい。この作品は非の打ち所のない散文で書かれており、ローリングのトレードマークである中毒性の高いリーダビリティも健在だ。

ケイト・アトキンソンのデビュー作『博物館の裏庭で』(一九九五)は、ウィットブレッド文学賞(のちのコスタ賞)の新人賞を受賞した。その後の小説『ライフ・アフター・ライフ』(二〇一三)と『A God in Ruins』(二〇一五)もコスタ賞の最優秀長篇賞を受賞している。さらに、『ライフ・アフター・ライフ』はサウスバンク・スカイ・アーツ文学賞を受賞、女性小説賞の最終選考に残り、英米の独立書店協会のブック・オブ・ザ・イヤーにも選ばれた。こういった高い評価を得ている純文学のほかに、ケイト・アトキンソンは犯罪小説のシリーズ作品も手がけている。主人公は、元兵士で警察官でもあったジャクソン・ブロディ。人生に疲れた一匹狼の探偵ブロディは、いかにも私立探偵らしい屈強な外見を備え、暗い過去を背負っているが、人情味に溢れている。シリーズの最初の三冊はテレビドラマ化され、このぶっきらぼうだが愛すべき探偵をジェイソン・アイザックスが演じている。

小説家・コラムニストのペニー・ペリックは、サンデー・タイムズ紙で次のように述べている。「アトキンソンにとって、どのジャンルで書くかはあまり重要ではない。彼女がテーマとするのは、一貫して、取りかえしのつかない愛の喪失であり、〝世の中そういうものだ。多少ましにはなったが、結局何も変わらなかった〟と悟ってから、人はどう生きていけばいいのかという問題である。アトキンソンには、この無気力で破壊的な哲学を、見事なエンターテインメントに昇華させて差しだす才能がある」アトキンソンは、その卓越した筆致――細やかな感情描写や風刺の効いた会話、個性と思慮に富んだ語り口――で、犯罪文学に、いや文学そのものに貢献しているのだ。

犯罪小説というジャンルの画期的な女性作家三人とその主人公たちを取りあげることではじまったこの私立探偵についての章は、イギリス文学の最先端を行く二人の女性作家を紹介したところで幕を下ろすのがふさわしいだろう。どちらも「犯罪小説作家」という枠を超えて、ジャンル小説と純文学の間にある見えない境界線を取りはらうのに貢献している。

第六章　イギリス警察の女性たち

これまで警察には女性の居場所がなかった。イギリスでも、アメリカでも、カナダでも状況に変わりはない。それは、それぞれの国の現実を反映した小説の中でも同様だった。

イギリスの警察小説にようやく女性の主人公が登場すると、女性の犯罪小説作家たちはこぞって、女性警察官が性差別的な同僚たちからどのような扱いを受けているか小説に描いてみせた。データを見ると、当時の厳しい状況がわかる。一八八三年、ロンドン警視庁は初の女性職員を採用し、その後六年の間にさらに十四名の女性を採用した。そのほとんどが男性警察官の妻か親戚で、主な任務は女性や子どもの警護だった。第一次世界大戦までは、女性が警察官になることは許されていなかった。一九一〇年、五人の女性が抗議グループを結成し、留置されている女性は大勢いるのに、女性の警察官がいないことを警察当局に訴えた。それから五年経ってようやく、エディス・スミスがイギリス人女性としてはじめて、完全な逮捕権限を持つ警察官に任命された。

数十年にわたって、イギリス警察では女性の数が厳しく制限され続けていた。一九七〇年代に入るとわずかに増加し、一九七〇年には同一賃金法が、一九七五年には性差別禁止法が施行された。とはいえ、イギリスの女性警察官が軽視され、ほとんど無視されているような状況は続いていた。一九九九年まで、女性警察官の階級名には、わざわざ「女性」という言葉が冠されていたほどだ。二〇二〇年三月には、イギリスの警察官の約三分の一を女性が占めるまでになったが、そのうちの多くは巡査で、上位の警察官の割合は少なかった。二〇二一年現在のロンドン警視総監は聡明で尊敬すべき女性クレシダ・ディックだが、にもかかわらず、いまでも女性警察官は概して低い地位に甘んじている。

女性警察官は、自分たちが軽んじられていることをいやというほど意識しており、わたしが話を聞いた女性の多くが、孤立していると感じ、激しい性差別を見かけたことがあると語っている。中には実際にひどい扱いを受けたという人もいた。そして、インタビューしたイギリスの女性警察官全員が、「よい警察官」が未だに「本物の男」であることと同一視されているのを、この国特有の問題だと考えていた。わたしは、女性と男性とでは、警察官の定義づけに大きな違いがあることに気がついた。女性は、人をコントロールすることよりも助けることを重視していた。女性も、指揮命令や身体能力、統制行動や警察官の安全を重要なものと見なしていたが、男性警察官とは違い、そういったことをほかの特性よりも重んじたりはしていなかった。

イギリスの有能な女性警察官は、同僚の男性たちに負けないくらい優秀であることを証明しなければならないが、男性警察官はお互いに同程度であればそれですむ。女性が攻撃性や野心、力強さやタフさを示せば、出しゃばり、口うるさいといった悪評を立てられるおそれがあるが、男性が同じような資質を持っているると、出世の見込みがあるということになる。

深刻で、多くの場合、耐え難い制度的な性差別の状況と、それが女性の上級職にどのような悪影響を及ぼすかについては、イギリスのリンダ・ラ・プラントが一九九〇年代に力強い警察ドラマ『第一容疑者』でフィクション化し、大きな成功を収めている。このドラマでは、ヘレン・ミレン演じるジェーン・テニソンが、警視庁初の女性主任警部の一人として、性差別の過酷な状況を伝えている。ジェーンは、男の同僚たちからの執拗な差別や性差別、そして自分の失敗を手ぐすね引いて待ちかまえている上層部の敵意と戦いながら、警視にまで昇りつめていく。

一九七〇年代に入り、賞を受賞するような犯罪小説やテレビドラマが続々と登場すると、読者や視聴者は、女性刑事に性差別と闘うことを期待するようになった。だが、黄金時代の先達たちは、まったくといっていいほどこの問題には触れようとしていない。というのは、一九三〇年代には、逮捕権限を有する女性警察官がほとんど存在しなかったため、魅力的かつ刺激的な男性の警部を主人公にするほうが合理的だったからだ。一九三四年にナイオ・マーシュが創造したロンドン警視庁のロデリック・アレン警部を思いだしてほしい。作者は一九八二年に亡くなるまで、シリーズ三十二作にわたってこのハンサムでエレガントな刑事を描きつづけた。アレンは、黄金時代の紳士的な探偵の典型だ。背が高くエレガントで、イートン校を卒業し、外交官としての訓練を受けたあと、巡査としてロンドン警視庁に入っている。マーシュは、アレンの人間的な面や感情の動きを描き、当時の典型的な探偵とはひと味違った存在にしている。人間的なアレンは、初登場から十二冊にわたって登場する、才能豊かな芸術家のアガサ・トロイに求愛し、最終的には結婚までしてしまう。中には、アレンは力強さや情熱に欠けているという読者もいるが、探偵小説に登場するキャラクターの中で、最も愛されている警察官の一人だという読者もいる。

一九六二年まで時を進めると、P・D・ジェイムズの人気ミステリ小説十四作で主人公を務める、ロンドン警視庁のアダム・ダルグリッシュ主任警部が、この年『女の顔を覆え』で初登場している。ジェイムズは、ダルグリッシュを一途な失意の詩人、頭脳明晰で内向的な人物、妻を出産で亡くした繊細な男やもめ、人を引きつける魅力的な男性として描き、ステレオタイプ的な男らしい警部像に陥るのを避けている。われわれ読者の目に映るダルグリッシュは失意に沈んだ洞察力ある詩人であり、ジェイムズはそんな彼を、社会意識の高いテーマを描くための手段として使っている。

P・D・ジェイムズは、先達である黄金時代の女性作家たちと同じように主人公を男性にすることで、差別そのものや、性差別的な同僚たちの屈辱的なひやかしに立ちむかわなければならない女性警察官を描くことを回避したのだ。ジェイムズは亡くなる数年前に、もしダルグリッシュの小説を執筆したのがもっとあとだったら、女性の主人公にしていただろうと語っている。「いまから書きはじめるとしたら、ほぼ間違いなく（主人公は）女性の警察官にするでしょうね。そのほうがずっと合理的ですから。ですが、わたしが書きはじめた五十年代後半は、いまとはまったく状況が違いました。女性警察官が扱うのは、もっぱら女性や子どもに関する問題ばかりでした。おそらく探偵界にも女性はいなかったはずですから、性別については選択の余地がなかったんです」一九七二年、ジェイムズは聡明で熱意に溢れた女性主人公コーデリア・グレイを生みだしたが、そのときでさえ、警察の上級職ではなく私立探偵という設定にしている。

ジェイムズには、人の心を鋭くえぐり、剥きだしにしてしまうような感受性と洞察力があった。だが、犯罪小説という前提に立っていたため、初期の作品では、大学や病院といった、高い教育を受けた主人公がいても不自然ではないような場所を舞台にしていた。後期の作品ではこうした舞台設定の方法を修正していることがわかる。ジェイムズが犯罪小説というジャンルの第一人者である理由はいくつかある。そのひとつは、彼女が探偵小説を洗練された文学の域にまで高めたことだ。そのほかの理由としては、エレガントな散文、驚くほどリアルな人物描写——そして、登場人物を鋭く厳然と捉えていること、同じような本は決して書かないことなどが挙げられるだろう。

アダム・ダルグリッシュとは社会階級も、スタイルも、見た目も、話し方もまるで違う主人公が、ジェイムズの友人で作家のルース・レンデルによって生みだされている。一九六四年にレンデルのデビュー作『薔薇の殺意』で初登場したレジナルド（レジ）・ウェクスフォード警部だ。

ウェクスフォードは中年の既婚者で、温厚な父親でもある。政治信条は左寄りで、警察でのハードな一日の終わりには刺激的な文学を楽しんでいる。この〈ウェクスフォード〉シリーズは、イギリス人以外の読者に伝統的なイギリスのミステリとでもいわれてしまいそうな作品だが、堅苦しさはいっさいなく、ややシニカルな社会批判がたっぷりと盛りこまれている。後期の作品にははっきりと現れているが、レンデルが従来の犯罪小説の方式に加えたのは、性差別や人種差別に対する問題意識だった。だがこれは、ごく初期の小説には当てはまらない。そのころの作品の中には、女性を馬鹿にしたような理不尽なセリフがちょこちょこ見受けられ、その多くはウェクスフォード本人の口から発せられている。シリーズが進むにつれて、そうした問題はだいぶ改善されたが、初期の作品について、レンデルが時代を反映していたというのは安直だろう。レンデルと同時代の作家の多くは、決して女性の登場人物を見下したりはしていなかった。そういうセリフを書きながらも、レンデルはP・D・ジェイムズ同様、ステレオタイプにはまったキャラクターを書くことを避けている。

タクシー運転手、洋裁師、塗装工、電気めっき工といった職歴を持つ現代の犯罪小説作家アリソン・ブルースは、好感の持てる男性刑事ゲーリー・グッドヒューを主人公とした〈ケンブリッジ〉シリーズの作者だ。グッドヒューは『Cambridge Blue』(二〇〇八)で初登場している。男性をシリーズの主人公に選んだが、グッドヒューには自分に似たところがあると、ブルースはいう。「グッドヒューは数学が好きで、飄々としていて、頭の中で人を分析します。そして、ジュークボックスを持っている。わたしも欲しかったんですよ、ジュークボックス。彼は、わたしがずっとこんな主人公がいたらいいなと思っていた——でも、ほかの作家は書いてくれなかったキャラクターなんです。退職寸前で、三回も結婚していて、鬱っぽくなったり、アルコール依存症っぽくなったりしている刑事なら山ほどいましたけどね。グッドヒューは、殺人事件の捜査にはじめて取り組んでいます。十一歳のときから警察官になるのを夢みていた青年で、理想の刑事像を持っています。つい応援したくなるような人間なんです」

ブルースのデビュー作は、〝救いがたいほどうまくいかなかった〟極めて不快な恋愛関係から生まれた。その関係が終わり、自分が被害者だったという事実を受けいれたとき、ブルースは、もっと悲惨なことになっていた可能性について、あれこれ想像をめぐらせたという。「しまいには、想像の中に死体まで登場する始末でした。しかもそれは、どの本でも読んだことがないような殺され方だったんです。これは面白いと思いました」

警察小説を書くつもりはなかったという。「虐待的な関係にある女性を中心に話が展開していきます。関係が破綻すると、彼女は、虐待者をストーキングして居場所を把握することで、自分の人生をコントロールしようとする。そして、虐待者の居場所が、常にその町で起きている連続殺人事件と関連していることに気づくんです。女性は匿名で警察に電話をかけ、〝この男を捕まえれば殺人は止まる〟と伝える。その電話に応対する警察官が必要でした。要するに、この警察官は、完全にその場の思いつきで生まれたキャラクターなんです」

ブルースは、主人公を男性にすることにはメリットがあると考えている。「犯罪小説を書こうとすると、危険にさらされるのはたいてい女性になります。女性や子どもはそういう目に遭う確率が高いからです。それに、わたしは男兄弟が三人いて、昔からおてんばだったので、男性のほうが書きやすそうだと思いました。男性の主人公を書くのはまったく違和感がありませんでしたが、わたしの本に登場する強いキャラクターは女性ばかりです。危険な目に遭っているかもしれませんが、危険な状況で難しい判断をするためには、決断力が必要です。彼女たちは皆、決断力があります。わたしの本の女性たちは逆境にあっても強いんです」

アリソン・ブルースの小説にはふたつの際立った特徴がある。ひとつは詳細で印象的なケンブリッジの描写であり、もうひとつは、女性に愛情や敬意を抱いているグッドヒュー刑事と、女性差別的なキンケイド部長刑事を対比させる手法だ。

タナ・フレンチは、アリソン・ブルースがケンブリッジを描いたようにダブリンを描いた。バーモント州バーリントン生まれのフレンチは、アメリカ系アイルランド人の作家で舞台女優でもあり、長年アイルランドに住んでいる。〝アイルランド犯罪小説界のファーストレディ〟とも呼ばれている。二〇〇七年に刊行されたデビュー作『悪意の森』は、サイコスリラーと警察小説の境界線を巧みに行き来する作品だ。

『The Secret Place』（二〇一四）と『The Trespasser』（二〇一六）の主人公である、ダブリン殺人捜査班の無愛想な刑事アントワネット・コンウェイは、労働者階級出身で頭に血が昇りやすく、その疑い深さ、粘り強さ、率直さで――どれも優れた刑事の資質にほかならないが――上司に（そしてどういうわけか班員にも）嫌われている。コンウェイは、自分が失敗するのを待ちかまえている同僚たちの鼻を明かしてやろうと、固く決意している。

アリス・ヴィンテンは、自身が新米巡査から十年かけてベテラン警察官になるまでの経験を基に『On the Line: Life – and Death – in the Metropolitan Police』（二〇一八）という回顧録を執筆している。この本は、犯罪小説のような緊張と興奮を味わえる作品だが、事実であるという点で、犯罪小説を凌いでいる。この気骨に溢れた迫力ある回想録は、警察官アリス・ハーンがロンドン警視庁に入り一人前の警察官になるまでの十年間を追ったものだ。アリスは、軽犯罪や凶悪犯罪を取り扱い、数々の悲惨な家庭環境を目の当たりにしながら、自分の警察人生が、同僚の男性警察官のそれとはまるで違い、ずっと過酷なものであることを実感している。

ヴィンテンの回顧録を「深い感動を呼ぶ、刺激的な作品」と評した犯罪小説作家ジェーン・ケーシーは、〈メイヴ・ケリガン刑事〉シリーズでアリスのような主人公を描いている。メイヴの捜査に対する向きあい方は、酒が強くハードボイルドな、従来のステレオタイプ的な男性刑事のものとは違う。「メイヴはその場にいるだれよりも被害者に近いんです」ケーシーはいう。「刑事たちは若い女性の死体を目の当たりにしますが、メイヴはその若い女性です。当然男性刑事とは違った見方をすることになる。メイヴは、そこに横たわっているのは自分だったかもしれないと感じていますが、男の警察官たちは、その女性が何か間違いを犯したから、こういうことになったのだと考えています。まるで死んだのは被害者のせいだとでもいうように」

ケリガンはよそものだ。作者と同じロンドンに住むアイルランド人の女性で、まわりにうまく溶けこめないと感じている。「犯罪小説作家やその登場人物は、よそものであるのが一番です。第一作の段階では、メイヴは班唯一の女性で、あらゆる点で完全に孤立していました。だれよりも努力して、自分にはそこにいる資格があるのだと証明しなければいけない。現実の警察官に聞いてみると、警察の社会は未だにボーイズクラブのようだというでしょう。その中でうまくやっている女性は、そういったユーモアのセンスを受け流せるか、完全に無視して何事もなかったように振る舞える人間です」

ケーシーは、自分の主人公にきつい反応をさせないよう、気をつけている。「メイヴは繊細で、他人に同調するという特徴があります。そうすることで、まわりに受けいれてもらう方法を探り、物事に対処するすべを考えだそうとしているのです」

メイヴは日々、直属の上司であるジョシュ・ダーウェント警部に立ちむかわなければならない。ダーウェント警部は気難しい同僚で、見た目はいかにもマッチョだが、実は心優しい人間だ。ふたりはいつも喧嘩している。「メイヴにとって扱いにくい人物にしたかったんです。だから、あからさまに性差別的な態度をとる、しゃくにさわる男として描きました。おかげでメイヴはいつも厄介な立場に追いこまれています。始終難癖をつけてくる上司にぶち切れないようにしながら、自分の仕事をこなさなければいけません」

「でも、警察官のように長い時間協力して殺人事件の捜査のような大変な仕事に取り組んでいれば、自分と同じ経験をして同じものを見ている人たちを、頼りにするようになりますよね。メイヴには、ちょっと優等生っぽいところがあります。こだわりが強く、完璧主義で、なんでも完璧にやり遂げたいタイプ。ダーウェント警部がかなり向こう見ずなので、それをメイヴが引き止めるという形で、うまくバランスが取れています。ダーウェント警部もまた、正義のために突っ走りがちなメイヴを引き止める役割をしています」

シリーズが進むと、メイヴには女性の同僚ができる。「とてもエレガントで可愛らしい」レズビアンのリヴと、メイヴに対抗意識を燃やすジョージアだ。「ジョージアはリヴより年下で、必要とあらばメイヴを押しのけてでも、彼女に取って代ろうとしています。とても面白い関係です。メイヴはジョージアの指導者になるつもりはないし、被害者になるつもりもない。ふたりはいつもお互いを出しぬこうとしています。ジョージアのやり方がメイヴとまるで違うのも面白い。ジョージアは自分の美貌を武器にしようとしますが、メイヴは、その気になったらできるとしても、そういう行動は控えるようたしなめています」

「女性は常に選択を突きつけられています。自分と相手の場所はあるのだろうか。この極めて男性的な環境の中で、自分たちふたり分の場所はあるのだろうか。どちらか一方を選ぶしかないのだろうか」

ケーシーの小説には、警察小説とサイコスリラーを掛けあわせたような緊張感がある。ケーシーは自分の警察小説で取りあげたい問題があるというが、冒頭から重要な問題を書くことには慎重だ。

「議論をはじめたいわけではないからです。それに、わたしは一人称で書くので、自分のいいたいことをいわせて、そのキャラクターの人格を奪ったりしないように気をつけなければいけません」

女性作家たちは、イギリスの現実の警察が女性との関係においてどのように変わってきたと考えているのだろうか。ケーシーはいう。「以前よりも女性を歓迎し、女性に配慮し、女性のキャリア向上と向きあおうとしています。この国の警察では、あまり感心できないことも進められていますけどね。たとえば、直接入庁の警視がそうです。警察で働いた経験のない人間を採用し、警視として迎えいれるんですよ。基本的に管理職ですからね。信頼やチーム、権威の尊重に基づく組織では、受けいれがたいことではないかと思います。経験もなく、警察活動のひとつもしたことがないのに、この人にも同じように敬意を払えというのは無茶な話ですよ」

ケーシーは、現代の多くの犯罪小説作家と同じように、ある意味ステレオタイプにはまった主人公を採用した。メイヴは白人で比較的若く、健常者で異性愛者だ。「年寄りや黒人、同性愛者や障がい者にするつもりがなかったのは確かです。でも、わたしが彼女に与えた一見強みに見える特徴のいくつかは、はじめは弱みでしかありません。女性で魅力的で若いということは、警察の男たちにまともに取りあってもらえないということでもある。メイヴは、自分の人生について、男性の刑事ならしなくてもいいような決断をしなければなりません。子どもを持つべきだろうか？　デスクワーク中心の仕事をしたほうがいいのか？　様々な特権に恵まれているにもかかわらず、メイヴの目の前には多くの困難が立ちはだかっています。ある種の特権はそれ自体、困難の一部なのです」

「それについては、まだ態度を決めかねています」ケーシーは続ける。「わたしは白人女性で、ロンドン警視庁で活躍する黒人刑事の物語を書きたいというわけでないからです。だれかがそういう物語を書いて、素晴らしい作品に仕上げてくれるのを望んでいますし、その手伝いができればとは思いますが、知ったかぶりをするような人間にはなりたくありません」

ケーシーは、自分の小説の登場人物を異性愛者ばかりにしないよう心がけてきたという。レズビアンのリヴのほかに、トランスジェンダーの主人公も登場させている。「何度も考えました。いつも同じ自問を繰りかえしています。このキャラクターを創造したとき、わたしは十分な仕事をしただろうかと。四、五年前に書いた作品で、そのころは、トランスのことがいまほどは知られていませんでした。わたしはやれるだけのことをして、リサーチもしました。自分の体験に基づいているわけではありませんから、できる限り当事者の立場に立って書いたつもりです。登場人物は公平に描いたつもりですが、トランスの人がこの作品を読んで、これは自分だ、自分のことをわかってもらえた気がすると思うかどうかはわかりません」

アリソン・ジョセフが二〇一三年に発表した小説『Dying to Know』の主人公ベレニス・キリック警部も、男性優位の警察署で唯一の女性刑事だ。ケーシーのメイヴ・ケリガン同様、ヨークシャー生まれのキリックはよそものであり、自分の声に耳を傾けてもらうために闘わなければならない。ジョセフは次のように語っている。「警察で働く主人公を描くにあたって、大きな変化をつけたいと思いました。そこで、ミックスルーツのよそものという設定にして、旧態依然とした警察組織で浮いた存在になるようにしたんです。また、型破りな警察小説にしたいとも考えました。一般的に警察小説では、チームワークやチームスピリットが重視されるので、主人公を孤独なヒーローにすることはできません。チームワークを大事にするのは素晴らしいことですが、わたしが考える犯罪小説の面白さはそういうものではありません。わたしの警察官ベレニスには、少しまわりと距離を置いてもらいたかったんです」

元書店員のサラ・ヒラリーは、デビュー作『Someone Else's Skin』（二〇一四）でシークストン・オールドペキュリア社のクライム・ノヴェル・オブ・ザ・イヤー賞といった賞を総なめにし、リチャード&ジュディ・ブッククラブに選書され、イギリスのワールドブックナイトのタイトルにも選ばれた。アメリカではシルバー・ファルシオン賞を受賞している。また、その一年後に刊行された第二作『No Other Darkness』（二〇一五）はバリー賞の最終候補作に選ばれている。ヒラリーの主人公、マーニー・ローム警部と、その相棒のノア・ジェイク部長刑事の経歴や背景には、ありふれたところが何ひとつない。ひたむきで、短気なところのあるロームは、犯罪小説界で最も問題を抱えた刑事の一人だ。ロームの両親は、刑務所にいる養子の兄に殺害された。ジェイクはミックスルーツのゲイで、同じく家族の問題を抱えている。

第一作ではDVシェルターが襲撃され、ふたりはその対応に追われることになる。生き馬の目を抜く警察社会でタフに生きるロームだが、やがて、思いやりや知性、面倒見のよさといった別の面も表に出していく必要があることに気づく。ヒラリーの小説のプロットは、どれもスピード感がありながら繊細で、その散文は淀みなく綴られている。

リー・ラッセルも、典型的な警察小説のスタイルをとりながら、非凡な作品に仕上げている。女性のジェラルディン・スティール警部と、堅実で頼りになる相棒イアン・ピーターソン部長刑事は、同じような刑事コンビで溢れかえっているこのジャンルの中では、かなり画期的なペアだ。大勢の架空の刑事たちの中で、自分の主人公を進取の気性に富んだ好感の持てる警部として際立たせたラッセルは称賛に値するだろう。

ラッセルのもうひとつの際立った特徴は、わたしがインタビューした女性作家の大半とは違い、警察に批判的な目を向けることもなく、自分を政治に興味がない人間だと見なしている点だ。「情報筋によれば、少なくともロンドンでは、いまや警察の上級職の半分以上が女性で、制度化された性差別はほぼ見られません。以前は差別が横行していましたが、状況は変わりました」。内務省の統計によると、二〇二〇年三月時点、イングランドとウェールズで働く女性警察官は四万人強で、全警察官の三十一パーセントに過ぎないが、ラッセルは次のようにいう。「わたしは男女の性差という問題について百パーセントの確信を持っているわけではありません。男性が何を考えているかわからなくても、根っこの部分は同じ人間だと思っています。みんな同じように恐怖や希望を感じ、不安を覚えます。たとえ、別々の訓練を受けて大人になっていても、同じ人間であることは変わらない。女性犯罪小説作家の組織や、男性犯罪小説作家の組織が必要だとは思いません。同じ犯罪小説作家ですからね、みんな。わたしたちは、肌の色や年齢、性別といった違いにこだわりすぎています。わたしの小説ではみんな公平に扱っています。男性の殺人者も女性の殺人者もいるし、虐待される男性や、ストーキングされる男性も登場する。もちろん、虐待される女性や、ストーキングされる女性も出てきますよ。わたしは正義を描くことに情熱を注いでいます。大事なのはそこなんです」

高い評価を得た才気溢れる作家といえばケイト・アトキンソンとスーザン・ヒルだ。アトキンソンの業績については前章の最後で述べたとおりだ。スーザン・ヒルは、『ぼくはお城の王様だ：罪深き天使たち』（一九七〇）でサマセット・モーム賞を受賞し、『君を守って』（一九七二）ではウィットブレッド文学賞を受賞、ブッカー賞の最終候補作にも選ばれ、短篇集『The Albatross and Other Stories』（一九七一）ではジョン・ルウェリン・リース賞を、クリスマス絵本『Can It Be True?』ではネスレ・スマーティーズ賞を受賞している。二〇二〇年には、文学への貢献が評価され、大英帝国二等勲爵士（DBE）を授与された。どちらの作家も、自殺、認知症、児童虐待、性的搾取の人身売買、あおり運転、放火など、様々な苦しみやトラウマを伴う事件を扱ったシリーズ作品を手がけている。前述したとおり、アトキンソンは、精神的な問題を抱えているが人情味溢れる私立探偵ジャクソン・ブロディが活躍するシリーズを、現在までに五作執筆している。ヒルは、イギリスの素朴な大聖堂がある架空の町ラファトンを舞台に活躍する、冷静沈着で非凡なサイモン・セレイラー警部を創造した。どちらの作家のプロットも巧みで魅力的だが、アトキンソンとヒルが、わたしが知る大半の作家と一線を画しているのは、その人物描写の緻密さや、主人公のみならずすべての登場人物に対する深遠で洞察に満ちた捉え方、そして想像力に富んだ哲学的な世界観である。文学的でドラマチックな小説を書くということにかけて、ふたりに太刀打ちできる作家はいないだろう。わたしが話を聞いた犯罪小説作家の中には、自分の作品は短命で長く読まれないのではないかと心配している人たちもいた。だが、ケイト・アトキンソンやスーザン・ヒルに限っては、そんな心配はまったく無用だ。

マリ・ハンナは、〈ケイト・ダニエルズ主任警部〉シリーズをはじめとする非凡な警察スリラーで成功を収めた作家だ。初期の犯罪小説で数々の賞を受賞し、いまや受賞作家として確固たる地位を築いている。主人公のダニエルズはレズビアンであることを公表しているが、警察の中ではそのセクシュアリティを隠している。ハンナはいう。「主人公のケイトは、わたしの三十年来のパートナーがモデルなんです。彼女は、第一作のケイトと同じ理由で、警察の中では自分のセクシュアリティを隠すことにしました。オープンにすると、道を切り開いて昇進するチャンスが失われてしまうと思ったからです」

今日、警察内部では、女性たちがカミングアウトしても、あからさまな非難を受けずにすむような環境を作ろうという動きがある。「ええ、その通りです。でも、まだ懲罰的な組織であることには変わりがありません。ほかの警察官に冷やかされて警察を辞めた友人たちもいます。みんな、一生後ろ指を指されることになるんじゃないかと不安そうでした」

ケイト・ダニエルズは、ステレオタイプ的な外見の女性ではない。「ケイトは十三センチのハイヒールは履きません。だから走ることもできるし、非常に聡明で、まわりからもそう見られています」。その聡明さが一層際立つ『Without a Trace』（二〇二〇）では、ダニエルズの恋人が乗った飛行機がロンドンからニューヨークへ向かう途中で忽然と消えてしまう。失踪事件を捜査する権限はないが、居ても立ってもいられないダニエルズは、真相を突きとめるため、自ら危険に飛びこんでいく。

ハンナは、警察の女性に対する態度は、少しずつではあるが変わりつつあると考えている。「偏見はなくならないでしょうね。ですが、いろいろな取り組みをしています。ホモフォビア［同性愛嫌悪］にならないように学ぶことができる訓練コースもありますし。口でいうことと、考えていることは別ですけどね」

それでも、ハンナは犯罪小説の執筆はエンパワメントであると感じている。「犯罪小説を書くことで、政治や経済の大きな問題に取り組むことができるのではないかと思っています。最高の犯罪小説は、社会を映す鏡になるのです」

気骨と情熱に溢れる作家マーティナ・コールも、ひと味違った小説を生みだしている。コールの主人公ケイト・バローズ警部には、悪名高い犯罪組織の一員であるパトリック・ケリーというパートナーがいる。興味深いことに、コールはケイト・バローズを登場させるために、犯罪者の視点から書くといういつものパターンを破って、警察の視点から書いている。コールは裏の世界に足を踏みいれる覚悟を決めたのだという。『The Ladykiller』（一九九三）でバローズを初登場させたとき、生き馬の目を抜く男性優位の警察社会に立ちむかうには、かなり強い女性にする必要があるのはわかっていた。バローズを生真面目な性格にしたのは、高潔でしっかりした道徳観のある女性が、悪名高いギャングの有力者と恋に落ちることができるか試すためだ。四冊を通じて深まっていくバローズとケリーの関係は、複雑で目の離せないプロットに負けず劣らず魅力的だ。

イギリス犯罪小説の女王と呼ばれ、世界中にファンがいるコールは、イギリスでは、J・K・ローリングに次いで成功した女性小説家だ。六十一歳までに二十二作以上の犯罪小説を刊行しており、そのほとんどが、ギャングが跋扈するロンドンの暗黒街を描いたものである。コールの著書は九百万部以上売れ、十数作がベストセラーとなり、二十八の言語に翻訳された。ハードカバーはそれぞれ約三十万部売れている。一見するとコールは、金髪の典型的なエセックス娘（頭が悪く、ミニスカートをはき、大声で話し、セックス好きな女性）に見えるかもしれない。正直であけすけで、驚くほどよく喋り、しゃがれた声にはイーストロンドン訛りがある。出身は殺伐としたロンドンの裏社会。放埒なガールギャングのエピソードも、男のあるいは女の連続殺人犯の描写も単なる想像ではない。コールは自分が書いていることを熟知しているのだ。コールが「わたしがお金持ちすぎるせいからか、夜中に斧を振りおろしそうだからかは知らないけど、男たちはわたしを怖がってる」といったのは有名な話だ。コールの本にはカリスマ性があり、圧倒されずにはいられない。書いた本人に会っても同じように感じるだろう。

　良質な白ワインの愛好家であり、良質な赤い本《レッドブック》［暗い考えや想像を記した本、悪魔の本］の作者でもあるコールだが、犯罪小説のシリーズがその生みの親に似ることがあるとすれば、まさにコールの場合がそうだろう。鋭くてスマートで、常に面白く、ときに暴力的だが、コールと同じように辛辣で切れがいい。コールのストーリーテリングは非の打ちどころがなく、病みつきになる。

コールに会うまえから彼女の本には好感を持っていたが、会ったあとは作家本人にも好感を持たずにはいられなかった。彼女を知る人は口を揃えて、思いやりがあって情が深く親切で、「馬鹿にされたら黙っちゃいない」人間だという。コールはおそらくイギリスで最も独立心旺盛な女性だが、その彼女がずっと憤っている事実がある。コールは未だに文学界の隅に追いやられており、高級紙に長い書評が（それどころか、どんな書評でも）掲載されることはめったにない。お高くとまったジャーナリストや批評家たちは、コールとその作品の価値を過小評価しているのだ。

アン・クリーヴスは、イギリスの才能豊かな作家で、三人の素晴らしい警察官の主人公を生みだした。ノーサンバーランド州のヴェラ・スタンホープ主任警部と、シェトランド島の緊密に結びついた社会で起こる犯罪を捜査する、頑固で粘り強いジミー・ペレス警部、そして、北デヴォンを舞台にした新シリーズ〈Two Rivers〉で主役を務める、内気で短気なゲイの刑事マシュー・ヴェンである。ヴェンが初登場した『The Long Call』（二〇一九）は、イギリスのテレビ局ITVのテレビシリーズ『ヴェラ～信念の女警部』やBBCの『シェトランド』を制作したシルバープリント・ピクチャーズが映画化権のオプションを取得している。

ヴェラ・スタンホープの描かれ方はユニークだ。この刑事は、ステレオタイプに抗いながらも、絶大な人気を誇っており、犯罪小説に登場するあらゆる女性刑事の中でも異彩を放っている（ちなみにクリーヴスは、最新シリーズの主人公マシュー・ヴェン警部に夫を作り、ステレオタイプに抗う姿勢を貫いている。イギリスの主流どころのベストセラー・ミステリ作家で、これほど大胆に男性の同性愛者について積極的な姿勢を見せた作家はほかにいない）。スタンホープは、中年の坂を越えたことに誇りを持っているが、服装は野暮ったいし、地味だし、太り気味でもある。だが、極めて有能で頭が切れ、繊細でウイットに富んでおり、読者にも視聴者にも大いに愛されている。

犯罪小説を読んでいて、ヴェラのような女性主人公を見かけることはめったにないが、エリー・グリフィスが創造した、ずっと年下のルース・ギャロウェイには、ヴェラと共通した重要な特徴がいくつかある。ギャロウェイは三十代後半、不器用で女性らしさに欠けていて、クリーヴスのヒロインのように、読者に慕われ、愛されている。ただし、ギャロウェイは警察官ではなく法人類学者で、ハリー・ネルソン主任警部と協力して、様々な謎の解明や殺人事件の捜査に取り組んでいる。

次に引用するのはグリフィスのシリーズ第一作『The Crossing Places』（二〇〇九）で、ギャロウェイが初登場する、シャワーを浴びているシーンだ。「ルースはタオルでごしごしと体を擦り、湯気で曇った鏡を見るともなしに見た。何が見えるのかはわかっていた。肩まで伸びた茶色の髪、青い瞳、白い肌、そして、体重計に乗ると――いまは掃除用具入れにしまいこまれているが――約七十九キログラムを指す身体。ため息をつきながら（わたしの価値は体重で決まるんじゃない。太っているかどうかなんて、気の持ちようだし）、歯磨き粉をブラシに絞りだす。そしてにっこり笑った」

クリーヴスのヴェラ・スタンホープが『The Crow Trap』（一九九九）で初登場したときも、それまでの女性主人公たちとはまるで様子が違っていた。「大柄な女だ。がっちりとした身体にはたっぷりと肉が付いている。鼻は団子鼻、足のサイズは男並みで、素足に革のサンダルを履いている。角ばった足の指は泥だらけだ。顔は染みとあばたに覆われている。皮膚病かアレルギーでも患っているのだろうとレイチェルは思った。服の上に透明なビニールのレインコートをはおり、ブラックプールの遊歩道で突然嵐に巻きこまれた中年の旅行者のように、濡れて黒っぽくなった灰色の髪を額に貼りつけて、ぽたぽたと床に雫を滴らせている。女は女性警察官を下がらせた。『お茶をいただけるかしら』そういって、シャベルのような手を差しだしてくる。『ヴェラ・スタンホープよ』女は名のった。『警部をしています。これから何度もお目にかかることになると思うけど』」

わたしたちは様々なヴェラを見ている。どのヴェラも面白くて、颯爽としていて、パワフルで、魅力的だ。クリーヴスは、ヴェラを創造したとき、自分が何をしているのかよくわかっていたという。

「ヴェラが、これまで読んできたどの小説の女性主人公とも違うことはわかっていました。それまでの主人公といえば、長い髪ですらりと長い脚の女性ばかり。本物の捜査官なら、あんな格好はしませんよ。サラ・パレツキーの本は大好きでしたが、V・Iもあれで走ってますよね？　V・Iは男を捕まえることができますが、わたしの主人公は違うタイプにするつもりでした。ヴェラは野暮ったくて太り気味にしたかった。それでいて、威厳と自信に満ちた女性であってほしかったんです」

クリーヴスは、ヴェラを初登場させたとき、刑事ではなくホームレスのように描いたという。「ヴェラというキャラクターは初登場のときから完成していました。名前もね。みすぼらしいなりで現れますが、頭は切れる。わたしは自分の登場人物たちに説得力を持たせたいんです。だから、全員が中流階級である必要はありません。ヴェラは間違いなくそうではありませんし。ヴェラには、まわりの偏見を揺るがすような、力強い女性キャラクターであってほしいのです」

出版社はこんな型破りな主人公をすんなり受けいれたのだろうか。「『The Crow Trap』が刊行されたとき、わたしの本の売り上げはほとんどないようなものでしたから、わたしが何を書こうがだれも気にしませんでした」クリーヴスはいう。「二〇〇六年に〈シェトランド〉シリーズの第一作が出るまで、わたしは底辺の作家でした。公立図書館のおかげで何とか出版社に切られずにすんだんです。図書館の読者に支えられたようなものですよ」

長い間無名だったことは、今日の大きな成功に対する気持ちに、何か影響を与えているのだろうか。「ええ、もちろん。わたしは何事も当然だとは思っていません。この業界がどれだけ不安定か知っていますし、自分が信じられないほど幸運だったことも知っています。大勢の素晴らしい――特に犯罪小説の――作家が、わたしのような幸運に恵まれず、未だに見いだされずにいる。若い新人の作家は、大げさな売りこみ文句に勘ちがいしてしまいがちです。自分が優秀だから成功したのだと思いこんでしまうのです。本が売れるのは、たいていの場合、作家を支えてくれるとてつもなく優秀なマーケティングチームのおかげなのに」

クリーヴスにとって物語の舞台となる場所は、登場人物を形作る上で非常に重要だ。「コミュニティはとても重要です。人は隣人たちとのかかわりによって成長します。住んでいる場所の風景が人を形作っているのです」。ヴェラの相棒ジョー・アシュワースも、ヴェラと同じように、ノーサンバーランド州［イングランド北東部の州］の丘陵地帯に育まれている。「ヴェラはこの国のある部分を象徴しています。それは田舎であり、丘であり、果てしない地平線であり、大きな空です。そしてジョーは、かつて炭鉱で栄えた南東部の出身ですが、かなり北東部的な道徳観を持っています。繰りかえしになりますが、場所が人を作っているのです」

「ふたりがどんなふうに仕事をともにするのか、あれこれ考えました。ジョーははじめのころかなり不器用で、教養ある中流階級に怖気づいています。ヴェラはそんなことは気にもかけません。ずかずかと中に入っていって、ずばっと切りだします。ヴェラがジョーを成長させ、自信をつけさせる、そう描いたつもりです。ジョーが彼女を必要としているように、彼女もジョーを必要としています。ジョーはヴェラの良心のようなものですね。ジョーはルールを破ることを嫌います。これも、一般的な犯罪ドラマや犯罪小説とは逆です。女性の登場人物はたいてい思いやりがあって素直です。それをひっくり返してみようと思ったんです」

　心理学者として警察に勤めていたエマ・カヴァナーはふたつの理由で興味深い作家だ。ひとつは、心と身体に傷を負った部長刑事アリス・パーが有能な相棒刑事ポリーとタッグを組んで活躍する三部作を執筆していること。ふたつめは、弱冠二十四歳で、警察と軍の心理学者として、警察官たちに人質交渉人の研修を実施していたことだ。カヴァナーが犯罪者の心理と、極限状況で任務にあたる人々に興味を抱くようになったのは、大学生のころだ。「ほかの学生たちは、脳が異常をきたすと何が起こるのか知るために臨床心理学を学んでいました。でもわたしが知りたかったのは、脳がまったく正常なときに何が起こるかです。普通の人間が異常な状況に追いこまれたらどうなるのか。そういうとき、人はどう対処し、脳の働きやパフォーマンスといった点ではどう見えるのか。誘拐され、身代金を要求されるというのは、警察が扱う多くの事件同様、極限状況のひとつだと思います。交渉人として非常に重要なのは、冷静さを保つこと、感情に流されないことです。そういった、他人を演じ、他人の感情を操るという能力に強く惹きつけられました」

「わたしは、極限状況で——極めて過酷な環境で、任務を遂行する人たちに興味があります。そして、その任務をどう成功させるかということにも。人がトラウマから回復しようとしているとき、わたしたちはトラウマの原因について繰りかえし説明します。ですから、何よりもまず、極めてストレスのかかる状況で脳がどう機能するのか、事前に知っておいてもらうように心がけていました。意思決定や注意力といった面で、行動に大きく影響するからです。そうした知識を身につけ、訓練に取りいれることで、大きな違いが生まれると感じていました」

はじめたばかりのころは怖かったという。「がっしりとした体格の大きな男たちに向かって、〝わたしは皆さんの役に立つことを知っています〟というわけです。かなり胡散臭そうな目で見られましたよ。でも、わたしの仕事は彼らの世界を理解することでした。わたしは銃に詳しかったし、作戦にも通じていました。そして、彼らの〝言葉〟を話すことができた。当時はとても若かったので、怖かったのは確かですが、わたしなら状況を改善できると思っていました。話を聞いてもらえれば、きっと役に立てると」

カヴァナーは、NATO軍にも協力し、アフガニスタンで死と向きあうことになる兵士たちの心の準備を助けた。「結局すべて同じなんです。知覚意識、緊張、記憶、そういったものがストレス下でどう機能するかという問題です。そこがどんな環境であろうと関係ありません。たとえば、だれかがスーパーマーケットでパニック発作を起こしたとしても、その生理反応は、アフガニスタンで銃撃戦をしている人間のものと同じなのです」

友人や同僚たちは、カヴァナーが自分の体験を基にしてノンフィクションを書くものだと思っていた。「でも、わたしは自分がストーリーテラーであることを知っていました。極限状況に置かれた人々のストーリーを綴りたかったんです。そして、いうまでもなく、犯罪はこれ以上ないほど極限的な状況です。それで、ある物語を書いてみたところ、エージェントに、これは犯罪小説だといわれました。そういうものかと思い、そのジャンルの制約の中で作品を書くことになったわけです。でも、はじめから犯罪小説を書こうと思っていたわけではありません。物語を綴ろうとしただけです。いまでも、犯罪小説というよりは、物語を綴るつもりで書いています」

第七章　アメリカ警察の女性たち

アメリカでは、警察内での女性の役割、代表性、経歴についての事実や統計が大きな関心を集めている。国の規模こそ違うが、カナダも同様だ。

現在アメリカでは、全警察官に占める女性の割合は一割程度にすぎない。これは極めて低い数字だ。しかも、この数字はここ二十年、ほとんど変わっていない。女性がはじめて警察組織に入ったのは十九世紀で、当時は看守として女性囚人の福祉を確保する役割を担っていた。一九〇〇年代初頭には、一部の女性たちが、売春、アルコール依存症、賭博、公然わいせつといった不道徳と見なされる行為の撲滅を目指す道徳改革運動に参加するようになった。

アメリカの初期の女性警察官には、一九一〇年に、三十七歳でロサンゼルス市の巡査に任命されたアリス・ステビンス・ウェルズ、一九〇八年にポートランド市警察に入り、女性や子どもの問題に取り組んだローラ・ボールドウィン、一八九一年にシカゴ市警察に入庁したマリー・オーエンス、一九〇八年からカリフォルニア州のロングビーチ市警察で勤務したファニー・ビクスビーらがいる。その後登場した女性警察官たちは、主に中流階級か上流階級の出身だった。犯罪者のカウンセラーをしていた者もいれば熱心なキリスト教徒もいたが、そのほとんどは、デスクワークや、犯罪者の監督、家出少年や「性的非行者」、売春婦への対応、ホームレスの女性や少女の支援に従事していた。女性警察官の役割には万引き犯やこそ泥への対応も含まれ、道徳改革への関心の高さが反映されていたが、それこそが、一八〇〇年代後半から一九〇〇年代初頭にかけて、警察で女性がどう見られていたかを物語っていた。

一九一五年、国際婦人警察官協会［国際女性警察官協会 International Association of Women Police、略称ＩＡＷＰの前身］が結成され、女性の活躍の場を広げるための活動が行われるようになった。その甲斐もあって、より多くの女性が警察に入るようになったが、残念ながらこの運動は次第に衰退し、その役割も廃れていった。一九三〇年から一九六〇年代初めまで、女性警察官は主に、秘書のように事務的な仕事を担当していた。また、駐車監視員や通信指令員として働いたり、女性の犯罪者や目撃者に尋問したりもした。だが、犯罪捜査に走りまわっているような女性警察官はほとんどいなかった。労働者階級の女性が警察官としての訓練を受けるようになり、一九六四年に成立した公民権法の後押しを受けて、職務の多様性と権限を求めて運動するようになると、女性警察官は警察組織のあらゆる階級において、より公的でより幅広い役割を担うようになった。

一九七〇年代後半から一九八〇年代にかけてフェミニズムの第二波がアメリカを席巻し、機会均等法が制定されると、女性が指導者的役割を担う機会を制限していた政策が改正され、男性たちは採用にあたって、女性やマイノリティを公然と差別することができなくなった。女性警察官の数はじわじわと増え、二〇一四年には十一・九パーセントに達したが、それでも間違いなく〝真鍮の天井［軍隊などにおいて、女性がより高い地位に就くことができない段階を指す］〟は存在し、どこの警察も、女性警察官を積極的に採用しようとはしなかった。その文化は完全に男性優位だった。家庭に優しい方針がとられることもなく、採用方法は身体能力を重視する方向に大きく偏っていた。当然のごとく、女性の就業率は低迷した。〝ボーイズクラブ〟に入りたくない、あるいは入れない女性は、警察には入らなかった。採用試験に合格しても、女性は交通関係の仕事や事務職に就くことが多く、パトロールに出る女性はほとんどいなかった。未だに採用では、鍛えあげられた肉体を持つ軍隊経験者が有利だ。現在、女性警察官の割合が最も高いのは、ロサンゼルス、ニューヨーク、シカゴといった大都市の大規模な警察署である。

現代アメリカの女性犯罪小説作家たちはある現実に直面している。小説の外の世界では、法と秩序を守る女性たちが男性の同僚たちに受けいれてもらうために何十年も闘っているという現実だ。女性警察官たちは著しく軽視され、女性に対する偏見があらゆる場面で彼女たちの足を引っ張っている。アメリカの警察官の女性比率は未だにかなり低い。女性警察官は、男性の同僚より昇進するのをためらいがちである。嫌がらせや抑圧を受けるはめになるからだ。また、日常的な警察生活においては、職場の行事や、班の絆を深める催しにも呼ばれず、無礼な――ときには卑猥な言葉をかけられたり、セクハラを受けたりすることが多い。そのような状況で、同僚たちと信頼関係や絆を結ぶのはほぼ不可能だ。そのため、現場での仕事はより危険なものとなる。

アメリカの犯罪小説作家クリステン・レピオンカは、私立探偵ロクサーヌ・ウィアリーを主人公とするシリーズを四作執筆している。ウィアリーが初登場した『The Last Place You Look』（二〇一七）は、シェイマス賞の最優秀新人賞を受賞している。レピオンカが女性私立探偵の視点で書いたのは、ほかの女性犯罪小説作家同様、昔ながらの〝ボーイズクラブ的なもの〟に挑みたかったからだという。「女性探偵視点の犯罪小説には、単に主人公の染色体が違うというだけに留まらない何かがあります。世の中を――警察社会を渡っていくにあたって、女性は明らかに男性とはまるで違う経験をしています。その経験が必然的にこうした物語に反映されるのです。小説の女性探偵たちは、過小評価されたり、除け者にされたり、嫌がらせを受けたりして、社会に蔓延する性差別と闘いながら、事件の中核をなす謎に取り組んでいます。そして、独自の感性を仕事に生かし、男性には決して真似できないような方法で、事件を解決しています」

ロサンゼルス市警のレズビアン刑事ケイト・デラフィールドを生みだしたアメリカの犯罪小説作家キャサリン・V・フォレストは、警察の女性や、こうした問題を小説に書く女性が直面する問題について、少し違う見解を持っている。「警察組織には、女性に対するまぎれもない反感が存在しています。女性は、警察の仕事に必要不可欠な変化をもたらすにもかかわらずです。一部の重要な小説はそういった現状を映しだしています」

フォレストによれば、アメリカの警察はここ数年で、同性愛者の女性に対する態度をだいぶ改めたという。「アメリカの警察組織は、この一般社会を映しだしています。たいていの場合、レズビアンは、ゲイの男性よりも多少生きやすいものです。どうも世間には、ゲイの男性に対する理不尽な――理不尽極まりない――憎悪が存在しているようです。ゲイの友人たちにはことあるごとにいってきました。フェミニズムはわたしたちの問題じゃなくて、あなたたちの問題なんだってね。同性愛嫌悪《ホモフォビア》は間違いなく、女性蔑視に根差しています。わたしが、男性の同性愛者は女性の同性愛者よりもずっと危険な状態に置かれていると考えているのは、そういう理由からです」

フォレストはサラ・パレツキーを高く評価している。社会正義の問題をはじめてミステリに持ちこみ、警察相手でも果敢に立ちむかう私立探偵V・I・ウォーショースキーを世に送りだしたからだ。「わたしたち女性は、ずっとこういう、強くて自信に満ちたパワフルな女性のキャラクターを求めていたんだと思います」。フォレストは、一九八四年に『Amateur City』で初登場した自身の探偵、ケイト・デラフィールドも、ささやかながら世の中に正義をもたらしたのではないかと自負している。「あのころわたしたちは、思うように正義が通らない世界に生きていました。だからこそ、ああいった人物像は、女性にとってとても重要だったんだと思います。正直なところ、書いている最中はまったく意識していませんでしたが」

犯罪小説の主人公として登場する女性警察官たちは、男性の同僚たちから受ける差別や性差別、言葉の暴力に敢然と立ちむかっているが、あいにく現実の女性警察官はそうはいかない。元内科医で小説家のテス・ジェリッツェンは、自分の作品を読んだ警察官たちに、あなたの小説は現実を正確に反映していない、女性警察官の立場が現実よりずっと強く描かれているし、警察内での待遇の捉え方もかなり楽観的だといわれたという。たとえばシカゴでは、女性が刑事任用試験を受けて、晴れて刑事として警察組織で活躍できるようになったのは一九八二年になってからのことだ。テス・ジェリッツェンが小説の舞台としているボストンも似たような状況だった。

「〈リゾーリ〉シリーズを書くために取材をはじめたころ、警察での女性の状況はとても厳しいものでした。ボストン市警殺人課の刑事たちにインタビューしたんですが、その当時、課に所属する十二名の刑事のうち、女性は一人だけでした。数年後、もう一度取材に行ってみると、その一人は退職していて、課は昔のように男性だけになっていました。ボストン市警の女性は間違いなく苦労しているでしょうね。あの街は昔から、女性警察官に優しいとはとてもいえませんから」

女性にとって問題なのは、男のほうが優れていると思っている人間ばかりが警察に集まってくることだとジェリッツェンは考えている。女性が警察官として成功したければ、男性よりもタフでなければならない。そして、ときには――小説の女性警察官たちとは違って――屈辱を甘んじて受けいれなければならない。「ボストン市警の女性巡査たちに話を聞いたところ、男の警察官と仕事をするとろくなことがないけれど、どうせ何も変わりはしないので、わざわざ文句をいうこともないそうです」

ジェリッツェンの小説に登場する女性警察官は、現実の女性警察官だったらとてもできないような活躍を演じて、成功を収めている。『The Silent Girl』（二〇一一）では、チャイナタウンで起きた若い女性の惨殺事件を解決するために、捜査担当刑事のジェイン・リゾーリが、同僚の男たちの倍の努力を強いられている。夫のガブリエルに心配されても、ジェインは一歩も引こうとしない。ジェリッツェンがシリーズ第一作『外科医』(二〇〇一)の主人公を私立探偵ではなく警察官にすることにしたのは、連続殺人犯の話だったため、犯人探しにはどうしても警察の公務が関わってくるからだった。「その時点では、アメリカの警察のことはほとんど知りませんでした。でも、ボストン市警察を見学したことが役に立ちましたし、ボストン市警の元警察官から聞いた、身の毛がよだつような話も参考になりました」

ジェリッツェンは、女性の警察小説の書き方は、男性とは違うと考えている。「わたしの主人公たちは女性ですから、まずそこから違います。わたしの場合、たとえば恋人探しのような主人公の私生活や、個人的な葛藤について重点的に描くようにしています。女性の犯罪小説作家は、そういったところに力を入れているようです。わたしたち女性は生物学的なタイムリミットが刻々と迫っているのを感じていますからね。子どもを持ちたいなら、早めに結婚して落ちつかないといけません。自分は子どもが欲しいのか、きつすぎる仕事と子育てをどうやって両立させるかといった問題に向きあわなければならないんです」

それでは、女性のキャラクターを創造する際、彼女はどうやってステレオタイプに陥らないようにしているのだろう。女性警察官をはじめとする、犯罪小説の女性主人公たちは、白人で若くて魅力的なものと相場が決まっているのだろうか。「リゾーリはステレオタイプに陥らないようにしました。魅力的ではないとあえてはっきり書いたんです。見た目のよい女性にはしたくありませんでした。だれもが共感するような女性にしたかったからです。登場したばかりのころ、ジェイン・リゾーリは、男性に見向きもされないような冴えない女の子で、そういうところが気に入っていました。シリーズが進むにつれてわかってきましたが、読者の大半が気に入っているのは、ジェインのそういうところ——魅力的ではないところのようです。ジェインはどこにでもいるような女性なんです。テレビドラマ化されると、案の定、ゴージャスな美女になりましたけどね。何もかも変えられてしまいました」

シリーズ第二作の『白い首の誘惑』（二〇〇二）で登場し、リゾーリとともに犯罪と闘う検死官のモーラ・アイルズも、ステレオタイプに陥ってはいない。そして、『Body Double』（二〇〇四）では、養子として育ったアイルズが、長い間行方不明だった実の母親が連続殺人犯で、その上弟までもが殺人犯だという事実を突きつけられることになる。ジェリッツェンは、自分の父親と祖父が連続殺人犯であることを知った男性の実話を読んで、小説のアイディアを思いついたのだという。「向きあうにはあまりにも恐ろしい事実です。こんな事実を突きつけられたらどうするでしょう？　きっと自分自身に問いかけるようになる。人を殺すような邪悪な人間から生まれた自分はいったい何者なのかと。そういった想像からあの話が生まれたんです。モンスターの子どもに生まれた人間が、その事実を知って愕然とする。将来自分がどうなってしまうのかと悩んだりすることもあるかもしれません」

ジェリッツェンは、自分が書いてきた小説の登場人物には年配者やゲイの警察官がいなかったことを自覚しているが、現在は六十代の引退した女スパイが活躍する小説を執筆中だという。「年配のヒロインがもっと必要です。能力だって若い人に負けていませんし、経験に基づく知恵もあります。でも現実には、わたしたちがどんな小説を書こうと、ハリウッドは若く魅力的なキャラクターが登場する物語にしか興味がないようです。わたしたちの頭の中には、この本の映画化権は売れるだろうかといった、マーケットの問題が常にあります。それに、読者も見目麗しい人たちの話を好む傾向が強いようですね。ですから、読者層の問題でもあります。でも、自分によく似た人間の話を読むのが好きだという読者も大勢いるはずです」

カナダを代表する二人の犯罪小説作家、モーリーン・ジェニングスとルイーズ・ペニーは、どちらも警察の捜査官を主人公にしている。ふたりは在籍していた時期こそ違うが同じ大学を出ており、ともに遅咲きの作家である。ふたりとも初期の作品は出版社に見向きもされなかった。元ラジオ局報道記者のルイーズ・ペニーは、二〇〇五年にデビュー作『スリー・パインズ村の不思議な事件』を出版したとき、四十六歳だった。この作品は、五十社もの出版社からことごとく突きかえされたり、無視されたりしていたが、のちに、CWAの新人賞、アーサー・エリス賞、ディリス賞、二〇〇七年のアンソニー賞、バリー賞を総なめにすることとなった。ニューヨーク・タイムズ紙ベストセラーとなり、その後三十以上の賞を獲得し、全世界で六百万部以上を売り上げている。二〇一四年、ペニーはカナダ文化への貢献を称えられ、カナダ勲章を授与された。

ペニーの主人公は、ケベック州警察の警部である、思慮深く強い自制心を持ったアルマン・ガマシュだ。母語はフランス語だが、ケンブリッジ大学クライスツ・カレッジの学生だったころに身につけたきれいなイギリス英語を話すガマシュは、親切で思いやりがあり、理性的で、知性に溢れている。架空の村スリー・パインズに暮らし、そこで起きた恐ろしい連続殺人事件を捜査しているが、その仕事は、一見牧歌的に見える村の生活の裏を探り、長い間埋もれていた秘密を暴くことでもある。ガマシュは、シリーズを通して常に家族や友人たちに囲まれている。

このシリーズは、カナダの歴史がふんだんに盛りこまれ、ガマシュ自身の性格や人生、妻や友人との関係を深く掘りさげることに焦点をあてたキャラクター重視の作品になっている。見事に紡がれた純文学に、たまたま犯罪が描かれているといった趣《おもむき》だ。ダン・ビレフスキーはニューヨーク・タイムズ紙で、ペニーの作品は「警察小説というより、精緻に作りこまれた音詩」であり、その道徳的中心にガマシュがいると述べている。また、ヒラリー・クリントンは回想録の中で、二〇一六年の選挙に敗れたとき、ルイーズ・ペニーの小説が慰めをもたらしてくれたと語っている。ペニーの小説は、型破りな手段による殺人、偽の手がかり《レッドヘリング》、牧歌的な村の風景、大勢の容疑者といった、伝統的なイギリス推理小説《フーダニット》の特徴を数多く備えている。

同じカナダ人作家のモーリーン・ジェニングスが、デビュー作のミステリ小説『Except the Dying』（一九九七）で、思いやりに溢れ多くの読者に愛されるヴィクトリア朝の刑事であり、プロテスタントの街に生きる心優しいカトリック教徒でもあるウィリアム・マードックを登場させたのは、五十五歳のときだった。マードックは時代の先を行く刑事で、腕力や拳に訴えるのではなく、当時としては画期的な、指紋法や嘘発見機、痕跡証拠といった科学技術を駆使して、トロントで起こった陰惨極まりない殺人事件の真相に迫る。『Except the Dying』でマードックは、死んだ婚約者を悼みながら、若いメイドの殺人事件を捜査する。この作品はアーサー・エリス賞とアンソニー賞の最優秀小説賞の最終候補作に選ばれ、トロント文化遺産賞を受賞した。その後も、〈マードック〉シリーズは、数々の文学賞を受賞している。世界的な人気を博したこのシリーズ作品はテレビシリーズ『マードック・ミステリー～刑事マードックの捜査ファイル～』としてドラマ化された。このシリーズはロングランとなり、賞を獲得して、世界中で放映されている。

モーリーン・ジェニングスはイギリスで生まれ育った。父親は第二次世界大戦で戦死しており、十代後半に母親とともにオンタリオに移住する。一九六〇年代に入ると、本の虫だったジェニングスはトロントに移って英文学の修士号を取得し、やがてライアソン大学で英文学を教えるようになる。教授陣には、詩人のゲーリー・ゲデス、カリフォルニア出身のラッパーであるエリック・リン・ライト、のちにマーガレット・アトウッドのパートナーとなり、娘ジェスをもうけるカナダの小説家グレアム・ギブソンらがいた。ジェニングスはこの同僚たちから刺激を受けて作家を志すようになるが、執筆活動に専念するのはその数年後、心理療法士としての教育を受けてからだった。

「わたしは、女性が――ほとんどが女性でした――自分の心の中に潜む何かを見つけるのを手伝うために、創造的表現に関する本を書きはじめていました。ある日、ふと我にかえったんです。わたしは何をやっているんだろう。女性たちの創造力を解放しようとしているのに、自分はだらだらと時間を浪費している。あれもこれも、ちょっとずつ齧ってばかり。そろそろ本気で執筆に専念しなければ――。これが本当にやりたいことだと宣言したときには五十三歳になろうとしていました。最初の本が出版されたのは五十五のときです」

ジェニングスにとって、犯罪小説というジャンルを執筆の場に選ぶのは、ごく自然なことだった。若いころ犯罪小説にはまったことがあったからだ。十九世紀末の警察組織に焦点をあてることにしたのは、ヴィクトリア朝に惹かれていたためだ。このシリーズのほかに、第二次世界大戦中のイギリスを舞台にした、〈トム・タイラー警部〉シリーズ四作と、法医学プロファイラーのクリスティン・モリスを主人公としたシリーズ二作がある。また、一九三六年のトロントを舞台にした小説『Heat Wave』(二〇一九)を執筆し、所長とふたりきりの探偵事務所でヒラ調査員として働くシャーロット・フレインを世に送りだした。

ジェニングスの小説はどれも、偏見、不正、不平等などの重要な社会的、政治的問題をさりげなく取りあげている。「わたしは、特に戦時中の家庭や社会の問題について書くのが好きなんです。家の中で問題に立ちむかっている人たちのことを書くのも。経済的な不平等、社会階級間、男女間の不平等は、決して受けいれられません。この国に限らず、どこの国の不平等でもね」

ジェニングスの主人公のうち二人は男性だが、彼女の小説の中では女性が大きな役割を果たしている。ジェニングスは、あらゆる階級の女性が、そして、警察をはじめとするあらゆる職業の女性が直面する問題について懸念を抱いている。『Heat Wave』では、シャーロット・フレインが労働搾取工場に潜入する。女性工員たちがストライキを起こすと考えた所長の命を受けて、扇動者である〝アカ〟の正体を突きとめるためだ。

ジェニングスにとって、一人称で女性キャラクターを描くのは、変化であり挑戦でもあった。「昔から男性の主人公を描くのが好きでした。理想の男性像を描いているようなものですから。万事心得ていて、事態を収拾することができる男。サラ・パレツキーやスー・グラフトンは尊敬していますし、二人の女性主人公たちも大好きですが、そういう父親的な人物に、なぜか惹かれてしまう。わたしは、探偵が事件を解決し、秩序を取り戻すという終わり方が好きなんです。胸がすっとしますからね」

「でも、いくら頑張って男性のキャラクターに説得力を持たせようとしても、それは無理なんです。どうもうまくいきません。男性が男性を描くなら別ですが、男性の内面をすべて捉えるのは無理だと思うんですよ」

心理療法士としての教育を受け、人の心の仕組みを理解していることが、執筆に大いに役立ったという。「確かに、セラピストは、ミステリ作家によく似ていますね。どちらも人が提起した問題の正体を突きとめなければいけませんから。執筆するときは、小説上にはっきり書かない場合でも、詳細な背景を設定するようにしています。たとえ殺人犯であろうと、行動には理由があるはずです。

どうしてそんなことをするのか。常にそういう視点を忘れないよう心がけていますし、できるだけ登場人物を立体的に描こうとしています。それは、単にプロット上都合がいいからというだけの理由ではありません。こうした姿勢は、セラピストとしての経験から来ています。どんな人間の中にも、計り知れない深淵が広がっているのを知っているからこそです」

元地方検事補のアラフェア・バークは、ニューヨークで刑法を教えながら、その間に五冊の犯罪小説を執筆した。最初の三作は、ポートランドの検事サマンサ・キンケイドを主人公としたシリーズだ。このシリーズは、個性的な文体、型破りなスタイル、軽快なテンポで、たちまち高い評価と称賛を獲得した。ふたつ目のシリーズは、ニューヨーク市警の刑事エリー・ハッチャーを主人公としている。バークはいう。「刑事ものにシフトするのは難しいことではありませんでした。検事として二年間、警察との連絡役を務め、警察管区で仕事をしていましたから。パトロール警察官と定期的に巡回もしていました」。バークによれば、アメリカの警察におけるミソジニーは、都市によって様相が異なるらしい。「署によっては、女性のみならず、有色人種の文化への対応も素晴らしいところがあります。逆に、あまりいいとはいえないところもあります。多様性の街であるニューヨークはかなり優れていると思いますが、ときにニューヨーク市警が見せる旧態依然とした対応には、驚く人もいるでしょうね」

バークはこれまでに二十作の犯罪小説を発表してきた世界的なベストセラー作家だ。スタンドアロン作品ではプロット作りの天才という名声を獲得し、ふたつのシリーズでは、信憑性の高いリアルな描写で称賛を浴びている。また、三つ目のシリーズ作品〈Under Suspicion〉は、二〇二〇年に九十二歳で亡くなったベストセラーサスペンス作家のメアリ・ヒギンズ・クラークと共同で執筆している。このシリーズの主人公も女性で、ローリー・モランというテレビ番組のプロデューサーである。ローリーは話題の未解決事件を、被害者や容疑者、目撃者といった事件の当事者たちにあたりながら調べなおしていく。

バークはフロリダ州のフォートローダーデールで生まれ、カンザス州のウィチタで育った。生涯にわたって犯罪とその爪痕に魅了されるようになった原因は、彼女の幼少期にウィチタで起こった連続殺人事件にまで遡る。一九七四年から一九九一年までの十七年間で十人を殺害した、デニス・リン・レーダーによる連続殺人事件である。この犯人は二〇〇五年まで逮捕されなかったため、バークは、殺人犯は地元のだれかかもしれない、いつどこで襲われてもおかしくないという不安を抱えながら成長した。

「わたしたちはウィチタに引っ越してきたばかりでした。この犯人は真っ昼間に家を訪ねてきて、家族全員を殺してしまうのです。わたしはまだ八歳でしたし、恐ろしくてたまりませんでした。ウィチタは人口三十万人ほどのごく小さな町で、そこで育った人間は皆、同じ習慣が染みついていました。帰宅するとすぐに、玄関のドアに鍵をかけるんです。地下室のドアは鍵をかけっぱなしで、家に帰るとまず、電話線をチェックしました。電話線を切るのが犯人の手口でしたから。電話がちゃんと使えるか必ず確認するわけです」

女性の安全は、バークの小説の主要なテーマだ。「最近の小説では、これまでとは別の種類の危険を探求しています。それは、警戒すらしていない危険です。人は、身近な人間がどれだけ危険な存在になりうるか気づいていません。統計的に見ると、その危険は女性特有のものです。女性は愛する人間や、守ろうとしている相手から被害を受ける可能性が高いことがわかっています」

刑事エリー・ハッチャーと、彼女が初登場した作品『Dead Connection』（二〇〇七）は、オンラインの出会い系サービスを利用して夫と出会ったバーク自身の実体験から生まれた。「届いたメールを開くたびに思っていました。〝どうやって、そしてどうして、見も知らぬ他人を信じてもだいじょうぶだと判断できるんだろう〟と」ハッチャーが初登場する本作では、ニューヨークに住む二人の女性が、オンラインの出会い系サービスでデートの約束をしたあとに殺害される。警察に入庁してわずか一年で殺人課の特別捜査班に配属になったハッチャーは、犯人の捜査にあたることになる。ハッチャーの父親は、ウィチタの連続殺人犯の捜査に失敗して自殺したといわれていた。最愛の父から受け継いだ遺産は動機さえ突きとめれば犯人に辿りつけるという信念だ。ハッチャーが人間の動機に向ける鋭い好奇心の根底にはこの信念がある。

「これこそ、小説に登場する刑事の典型的な姿です」バークはいう。「ハリー・ボッシュは常に母親が殺害された事件の真相を究明しようとしていますし、デイヴ・ロビショーはいつも母親を救おうとしている。主人公に、暗い路地を駆けめぐり、どこまでも犯人を追う理由を与えてやれば、ぐっと説得力が増すんです」デイヴ・ロビショーは、アラフェア・バークの父親でもある犯罪小説の巨匠ジェイムズ・リー・バークが創造した、元アルコール依存症患者のケイジャン人刑事だ。この〈ロビショー〉シリーズで、父親のバークは、自分の主人公に娘と同じアラフェアという名の異国の養女を与えている。ハリー・ボッシュはロサンゼルス市警のベテラン刑事で、バークが心酔する犯罪小説作家マイクル・コナリーが生みだした主人公だ。

アラフェア・バークの登場人物は、常にまわりにいる人々を積極的に擁護しようとする。それは、若い女性検事は、売春婦の少女が襲われた事件を進んで担当している。〈サマンサ・キンケイド〉シリーズの第一作『女検事補サム・キンケイド』(二〇〇三)にも表れている。「キンケイドは、その事件で、自分より経験豊富な男性検事なら絶対にやらないような方法で闘おうとします。自分が正しいと信じることのためには、危ない橋を渡ることとさえ厭いません。たぶん、エリー・ハッチャーも同じ気質を持っています。そのためなら、ふたりとも進んで危険を冒そうとする。善悪の観念をしっかりと持っているのです」

オクラホマ生まれの作家メグ・ガーディナーはバークより十二歳年上だが、バークと違って作家の家系の出ではない。ネイティブアメリカンであるチカソー族の血を引いており、いまもチカソー族の市民として選挙権を持っている。作家というよりは、学者の家系の出身だ。英文学の教授を父に持つガーディナーは、サンタバーバラの高校を卒業するとスタンフォード大学に進学して経済学の学士号を取得した。「そのころにはもうプロの作家になりたいと自覚していたはずですが、父には慎重になるようにいわれました。小説家になるつもりなら、くたびれたカフェでウェイトレスでもやりながら、偉大なるアメリカの小説を書くか、仕事が終わってから小説を書く弁護士になるかのどちらかだと」

ガーディナーは父の助言に従い、法廷弁護士になった。そして、カリフォルニアで弁護士として、また、旅行作家としても活躍した。現在、彼女はアメリカで最も魅力的で活気に溢れた都市のひとつであるテキサス州オースティンに住んでいる。だが、イギリスに住んでいた時期も長く、一九九〇年代に家族で移住してから二〇一三年までサリー州に滞在していた。彼女の執筆活動が花開いたのはこの時期だ。「イギリスで弁護士活動をしたり、法律を教えたりするのは大変でした。末の子が幼稚園に上がってようやく時間ができたので、〈サリー在住のアメリカ人女性の会〉という女性団体に入りました。素晴らしい団体でしたよ。そこに作家のグループがあったんです。入ってみたら、居心地のいい小さなコミュニティで、インスピレーションやモチベーション、そして締め切りを与えてくれて……おかげで志を保つことができました」

二〇〇二年に出版されたガーディナーのデビュー作『チャイナ・レイク』の主人公は、活発で機知に富んだカリフォルニアのフリーランスジャーナリスト、エヴァン・ディレイニーだ。その後の四年間で〈ディレイニー〉シリーズは四作刊行されたが、ガーディナーに大きなチャンスが訪れたのは二〇〇七年になってからだった。作家のスティーヴン・キングが空港で偶然『チャイナ・レイク』を手に取り、エンターテインメント・ウィークリー誌のコラムで取りあげて、この作品、そしてガーディナーの文章がいかに素晴らしいか語ったのだ。『チャイナ・レイク』は二〇〇九年にエドガー賞最優秀ペーパーバック部門を受賞している。

ガーディナーはこの〈ディレイニー〉シリーズに続き、ロッククライマーの心理検死官ジョー・ベケットを主人公にしたシリーズ四作を発表した。ベケットの仕事は、警察のために、死者の所有物や強迫観念、習慣や日課を調べて死者を分析することだ。『心理検死官ジョー・ベケット』(二〇〇八)は、アマゾンのスリラー小説トップ10の一冊に選ばれ、ロマンティック・タイムズ誌の最優秀警察小説賞を受賞した。そして、〈ベケット〉シリーズ第四作の『The Nightmare Thief』(二〇一一)は、アウディ賞のスリラー/サスペンス・オーディオブック部門を受賞している。

三つ目のシリーズは、元刑事のFBI新人プロファイラー、ケイトリン・ヘンドリックスの仕事と人生を軸に展開される。その第一作『Unsub』(二〇一七)は、幼いころの作者を震えあがらせ、心に焼きついて執筆に大きな影響を与えた、〝ゾディアック・キラー〟による未解決の連続殺人事件を基にしている。第二作の『Into the Black Nowhere』(二〇一八)は、テッド・バンディによる殺人事件にヒントを得た作品だ。第三作『The Dark Corners of the Night』(二〇二〇)は、一九八〇年代にロサンゼルス中の家族を恐怖に陥れた〝ナイト・ストーカー〟の事件に材を取っている。

「人が行動する動機や、その心理に興味があるんです」。ガーディナーはいう。「犯罪の物語で描かれるのは、究極の危険に直面し、恐ろしいリスクを冒す人たちです。そして、それは人生においてめったに出会うことのない悪に立ちむかう人たちでもある。犯罪小説は人間の本性の核心に迫るものだと思います」

　ガーディナーは、どの作品でも、正義とは何か、道徳と犯罪の間の曖昧な境界線はどこにあるのか、正しい結果を導きだすためには何をしなければならないのか、といった問いに突き動かされている。それは弁護士という経歴と高い道徳観によるところが大きい。ガーディナーはすべての著作において、道徳と犯罪の境界線を探ろうとしている。どんなテーマもタブーにはしてはならない。「わたしが怖いと思うことなら、読者も怖がるはずです。その反応を見て、正しかったことがわかるんです」

〈Unsub〉シリーズで、ガーディナーは三人の邪悪な連続殺人犯を取りあげているが、本当に描きたかったのは、ヘンドリックスやその家族の心理と動機だった。「警察官を描きたかったんです。公私の両面で共鳴してしまうような事件にのめりこんでいく人間をね」

　ガーディナーの作品には、重要な家族の関係についても描かれている。たとえば、ヘンドリックスと打ちひしがれた父親の関係や、エヴァン・ディレイニーと危険で狂信的なカルト教団に入信した元義理の姉の関係だ。「家族の関係を描くのが好きなんです。作者の立場からいうと、作品に深みを与えてくれるのは、登場人物同士のつながりや、もつれた過去、家族の絆、疎遠になった経緯といったものです。自分の小説でたびたび家族を取りあげるのも、そういう理由からです。好むと好まざるとにかかわらず、わたしたちはみんな、家族の一員ですから」

　アメリカとカナダには、警察ミステリを専門とする女性犯罪小説作家が数えきれないほどいるため、その全員を紹介することは不可能だ。だが、次に挙げる最高の作家たちに触れないわけにはいかないだろう。リンダ・カスティロ、カリン・スローター、マーサ・グライムズ、デボラ・クロンビー、エリザベス・ジョージ。このうち後者三人は、作品の舞台をイギリスに設定して、稀に見る成功を収めている。

ニューヨーク・タイムズ紙ベストセラー作家のリンダ・カスティロは、〈ケイト・バークホルダー〉シリーズの作者として知られている。このシリーズの舞台となっているのは、オハイオ州のペインターズ・ミルという静かな田舎町のアーミッシュ居住地だ。この町では、アーミッシュとアーミッシュ以外の住民が二世紀にわたって平和に共存してきたが、〝スローターハウス・キラー〟と呼ばれる殺人鬼によって住民が立てつづけに惨殺され、コミュニティが崩壊してしまう。アーミッシュの少女バークホルダーはその恐ろしい事件を生きのびたが、もうアーミッシュではいられないことを悟り、町を去る。それから長い年月が流れ、バークホルダーは住民に請われて、警察署長として町に戻ることになる。非常に興味をそそられる物語であり、イヌイットのハンター兼旅行ガイドであるイーディ・キグラトゥクを主人公にした、メラニー・マグラスの風変わりだが魅力的な北極圏ミステリシリーズを彷彿とさせる。

ジョージア州出身でアトランタ在住のカリン・スローターは、世界的人気を誇り、高い評価を獲得している小説家だ。一二〇か国で出版され、全世界で三五〇〇万部以上売りあげたスローターの作品には、〈ウィル・トレント〉シリーズや、警察署長ジェフリー・トリヴァーとその妻（一度離婚したが再婚している）である、小児科医で検死官のサラ・リントンが活躍する〈グラント郡〉シリーズなど十九作がある。

カリン・スローター作品で描かれる暴力の程度や質は、たびたび批判の的になってきた。たしかに、サラ・リントンにまつわるストーリーは残酷だ。アトランタのグレイディ病院で小児科の研修医として勤務するリントンは、仕事のあとトイレで暴漢に襲われ、レイプされて重傷を負う。レイプによって子宮外妊娠し、子宮を部分的に摘出することになったリントンは子どもを産むことができなくなってしまう。その後リントンはグラント郡に戻り、元夫のジェフリー・トリヴァーと再婚する。夫妻は養子のあっせん機関に養子縁組を申しこみ、ようやく生後九か月の男の子の親になれるという知らせを受けるが、その数分後、トリヴァーは爆発物で命を落とす。

スローターの警察小説シリーズ第二弾は、ジョージア州捜査局の特別捜査官ウィル・トレントと、アトランタ市警殺人課の刑事フェイス・ミッチェルのコンビが主役だ。トリヴァーの死後アトランタに戻ったサラ・リントンもトレントとミッチェルに合流しており、この三人で、血なまぐさい凄惨な連続殺人事件を捜査する。緊迫感に溢れ捻りの効いたストーリーには、自分が流した血の海に投げだされた女性のバラバラ死体、血まみれのナイフを手にした男の下で死んでいるのを母親に発見される十代の少女、病院の外に隠された拷問部屋で、病的でサディスティックな殺人者に嬲り殺される女性患者たちといった陰惨な描写が、至るところに散りばめられている。

スローターは、このふたつの警察小説シリーズのほかに、エドガー賞にノミネートされ、ニューヨーク・タイムズ紙のベストセラーになった『警官の街』（二〇一四）も執筆している。この作品は一九七四年のアトランタを舞台にした著者初のスタンドアロン小説で、映画化やテレビドラマ化が進められている。男社会である警察署の警察官たちが連続殺人犯のターゲットになり激震に見舞われる街を描いた壮大な物語だ。

「スリラーを書く意義は、社会を鏡のように映しだすことです」スローターはいう。「一九七〇年代、女性の行動は厳しく制限されていました。男性の許可かサインがないと、ほとんど何もできなかった。住宅ローンを組むことも、避妊をすることさえできませんでした。わたしは『警官の街』で、ふたりの女性主人公を初登場させましたが、どちらも同僚の警察官たちから激しい女性差別を受けています」

アメリカの作家マーサ・グライムズは、ロンドン警視庁の警部〈リチャード・ジュリー〉シリーズでよく知られているが、その舞台のひとつが、スローターの舞台であるアトランタとは極めて対照的な、ロング・ピドルトンというのどかなイギリスの田舎町だ。ピドルトンは、『「禍いの荷を負う男」亭の殺人』(一九八一)で初登場し、アメリカの読者たちから熱い支持を受けることになった。

グライムズの小説は、古典的な英国ミステリの多くがそうであるように文学性がかなり高く、シェイクスピア、ブラウニング、ランボー、ヘンリー・ジェイムズ、マーロー、コールリッジ、トロロープといった文学からの引喩が繰りかえし登場する。グライムズが文学的知識を巧みに利用した例としては、『「禍いの荷を負う男」亭の殺人』に登場する殺人のひとつが、オセローのある場面の演出を利用して行われていることが挙げられるだろう。グライムズが描くふたりの探偵役は、古典的なイギリス上流階級の警察官を思わせる。そのふたりのメインキャラクターは、リチャード・ジュリーと、ジュリーに協力する、元第十三代アードリー子爵、第八代ケイヴァネス伯爵のメルローズ・プラントだ。

ジュリーはハンサムで背が高く、威圧感があるが思慮深い。正真正銘のプロフェッショナルでありながら、古典的な洗練されたアマチュア探偵の雰囲気も纏っており、P・D・ジェイムズのアダム・ダルグリッシュやナイオ・マーシュのロデリック・アレン警部を思わせる。一方メルローズ・プラントは裕福でお上品な貴族で、ドロシー・L・セイヤーズのピーター・ウィムジイ卿や、マージェリー・アリンガムのアルバート・キャンピオンの要素も取りいれられている。プラントには、身のまわりの世話をする従僕までいる。グライムズは、完全なアメリカ人でありながら、イギリス人特有の語り口を完璧に再現することに成功しており、その作品にはコミカルな輝きがある。重苦しく暗澹とした犯罪小説が溢れる中で、その輝きは救いになっている。

テキサス州ダラスに生まれ、同州のリチャードソンで育ったデボラ・クロンビーも、著書の舞台をイギリスに設定している。かねてから英国びいきだったクロンビーは、大学卒業旅行でイギリスを訪れ、イギリスとのつながりを深めた。その後、最初の夫ピーター・クロンビーとイギリスに移住し、はじめは夫の故郷であるスコットランドに住み、その後イングランドのチェスターで暮らした。

ヨークシャー旅行に触発されて執筆した、〈ダンカン・キンケイド&ジェマ・ジェイムズ〉シリーズの第一作『警視の休暇』（一九九三）はアガサ賞とマカヴィティ賞の新人賞にノミネートされた。

巧みなプロットとあたたかみのある人物解釈が評価され、第五作の『警視の死角』（一九九七）は、ニューヨーク・タイムズ紙の注目作品賞をはじめとする数々の賞を受賞することになる。この作品は、独立系ミステリ専門書店協会の「今世紀の犯罪小説ベスト一〇〇」にも選ばれ、エドガー賞の長篇賞にノミネートされたほか、マカヴィティ賞の最優秀作品賞も受賞した。

クロンビーの主人公ジェマ・ジェイムズ警部補は、わたしがこれまでに出会った架空の警察官の中でもとりわけ親しみの湧く、魅力的な人物の一人だ。ジェイムズの同僚で夫のロンドン警視庁警視ダンカン・キンケイドも、警察官としてだけでなく人間として、細やかな感情の機微が描かれており、リアリティに溢れている。クロンビーはこのデビュー作で、古典的なイギリスのカントリーハウスを舞台にしたミステリを現代風に翻案している。アメリカの批評家の中には、イギリスのフーダニットと登場人物の克明な心理描写の融合はP・D・ジェイムズを彷彿とさせると指摘する者もいる。クロンビーはいまも頻繁にイギリスを訪れているものの、現在はテキサスにあるクラフツマン・スタイルのバンガローで、二番目の夫リック・ウィルソンと犬や猫たちと暮らしている。

〝英国びいきのミステリ女王〟とも呼ばれる、アメリカ人作家エリザベス・ジョージは、イギリスを舞台にしたミステリシリーズで批評家たちから大いに絶賛され、大人気を博している。原作でも、目が離せないテレビドラマでも、ロンドン警視庁犯罪捜査課のカリスマ的な警部トマス・リンリーが主人公だ。第八代アシャートン伯爵でもあるリンリーは、イートン校とオックスフォード大学の出身で、黄金時代の探偵たちのだれにも引けを取らない、古典的な英国人だ。『大いなる救い』

（一九八八）の「なぜかモーニングを着て生まれてきたかようにみえる長身の男」という描写は、ピーター・ウィムジイ卿を思いおこさせずにはおかない。

リンリーの身のこなしは、その外見にふさわしく優雅で猫のようになめらかだ。極めて有能な警察官でだれからも好かれるリンリーは、裕福でもあり、住まいはベルグレーヴィア、コーンウォールには先祖代々の屋敷があり、家から家への移動には運転手付きのベントレーを使っている。シリーズの第一作で、バーバラ・ハヴァーズ巡査部長がはじめリンリーを嫌っていたのも、驚くにあたらない。彼とは対照的にハヴァーズは労働者階級の出身で、当初はロンドン北部のアクトンで両親と暮らしていた。いつも体にあわない冴えない服を着ており、身体つきはずんぐりしている。不器用で顔立ちはぱっとしないし、無遠慮でぶっきらぼうだ。ハヴァーズはリンリーが「さまざまな意味で、ゴールデン・ボーイ」であり、「これほどハンサムな男には会ったこともない」と認めるが、一目見て憎しみがわきあがるのを感じる。

ハヴァーズはリンリーの下に配属され、巡査部長として行動をともにするようになるが、その後シリーズを通じて、リンリーのかけがえのない部下となっていき、最終的には敬愛されるパートナーになる。リンリーと組むまでのハヴァーズは、けんか腰の態度が災いして、どの警部ともうまくやっていくことができなかった。注意や警告や助言、果ては降格処分まで受けたが、ハヴァーズの癇癪《かんしゃく》と、上司のいう「横柄」な態度は一向に収まらない。そんなとき、最後のチャンスとしてコンビを組まされたのが、果てしない忍耐力と、並外れて広い心を持ち、完璧なまでの礼節を身につけた男、リンリーだった。この長く続く魅力的なシリーズで、ふたりの関係が読者を大いに楽しませているのは間違いない。やがてこの関係は、リンリーとハヴァーズ双方が報われるものとなる。対等にはなれなくても、ふたりは互いに尊敬しあうようになり、違いを受けいれて、ついには友人になるのだ。『大いなる救い』では、それぞれに問題を抱える主人公二人の秘密が明らかにされ、バーバラ・ハヴァーズの苦難に満ちた人生を映しだす紆余曲折の数々が、詳細にわたって巧みに描かれる。ハヴァーズの両親はどちらもかなり不安定な人間だ。母親は精神に異常をきたしかけているし、父親は嗅ぎ煙草と賭け事にはまり、家計を著しく圧迫している。一家が住む家の居間には巨大な祭壇があり、得もいわれぬ威圧感を醸しだしている。十歳のときに死んだハヴァーズの弟のためのものだ。ハヴァーズは、病気の息子に会おうとしなかった両親に罪悪感を抱かせるために、そして、弟が死んだときそばにいられなかった自分自身の罪悪感から、その祭壇を置いたのだ。

エリザベス・ジョージは、プロットの一部とハヴァーズの家庭生活を巧みにシンクロさせている。リンリーとハヴァーズは、コンビを組んで初の任務で、ヨークシャーの谷間の村に行き、ある農夫の殺人事件を捜査することになる。農夫は謎の失踪を遂げた妻の祭壇を作っていた。死体の傍らには、ふたりいる娘の妹のほうが呆然とすわっていたが、自分がやったとひと言いったきり口をつぐみ、また放心状態に戻ってしまう。だが動機も凶器も見つからないし、姉娘の行方もわからない。結局、信仰に取りつかれた父親が、残った娘に性的虐待を繰りかえしていたことが判明する。リンリーとハヴァーズは二人の娘の再会に立ちあうが、その虐待の告白に衝撃を受けたハヴァーズは、トイレに駆け込んで、罪悪感と惨めさと悲しみに襲われて涙を流す。追ってきたリンリーは、何もいわずにハヴァーズを抱きしめて慰める。この出来事がきっかけで、二人の関係ははじめて、そして大きく変化する。ハヴァーズは、リンリーが忌まわしい外見だけの女たらしではなかったことに気づき、リンリーはハヴァーズの苦しみを理解し、彼女の誠実さと警察官としての能力を高く評価するようになる。またリンリーは、誤解だったとはいえ、ハヴァーズの自分に対する怒りがまったく的外れではないことくらいは自覚していた。彼にも欠点はあり、昔は悪さもしていたからだ。二人は協力して事件の捜査にあたり、やがて、父親を殺した犯人を突きとめる。

この作品が重要なのは、主人公の二人が極めて真摯でモラルも高く、シリーズのどの本でも固い決意をもって真実を突きとめようとしているからだ。この高いモラルと鋭い良心こそが、エリザベス・ジョージの小説を、黄金時代の犯罪小説とは似て非なるものにしている。ウィムジイやアルバート・キャンピオンといった初期の貴族探偵たちは、どこか軽く、屈託がない。だが、リンリーは違う。エリザベス・ジョージの小説は読んで面白いだけではなく、深みのある犯罪小説がすべてそうであるように、道徳的な目的を持っている。リンリーは礼節を知り信念を持ったモラルの高い人物で、読者を楽しませるだけのために創造されたキャラクターではない。こうした、深遠で真摯な道徳的目的を持った警察小説が、さらに増えることを期待したい。

第八章　レズビアンの主人公登場

現在、レズビアン・ミステリは千タイトル以上出版されており、レズビアン・ミステリを書く作家は二百五十人を超え、そのうち約九十五パーセントは現役で犯罪小説を書いている。このように心強いデータがあるにもかかわらず、ほとんどの読者が、書店でもオンラインでも、こうしたタイトルを目にしたことがない。その主な理由は、大手の出版社から刊行されるのは、ごく一部の著名なレズビアン小説作家が書いた作品だけだからだ。

当初、レズビアンを主人公にした犯罪小説を出版していたのは、シール・プレスやナイアド・プレスといった小さな専門出版社だけだった。大手の出版社が手を出すようになったのは、一九九〇年代初頭になってからだ。といっても、アメリカで出版されるのは、キャサリン・V・フォレスト、エレン・ハート、サンドラ・スコペトーネといった、すでに有名な作家の作品に限られていた。こうした有名作家たちは、ラディカル・フェミニストというよりリベラル・フェミニストなので、波風を立てる心配がないと見られていたからだ。一九八〇年代に女性の探偵たちが脚光を浴びてから十年以上も経っていたことを考えれば、情けない限りである。

現在、イギリスの読者は、パトリシア・ハイスミスはいうに及ばず、フォレストやハート、スコペトーネ、ジョーン・ドゥルーリー、サラ・ドレーアーといったアメリカやカナダの作家に親しんでいるし、アメリカやカナダの読者は、自国の書店でヴァル・マクダーミド、マリ・ハンナ、マンダ・スコット、ステラ・ダフィ、ナターシャ・クーパー、ニコラ・アップソンといったイングランドやスコットランドの作家によるレズビアン小説を見つけることができる。

英米の出版社は、依然として伝統的なレズビアン・ミステリの定義に固執する傾向がある。レズビアン・ミステリはふたつの特徴を満たしていなければならない。ひとつは、主人公が同性のパートナーを持つレズビアンまたはバイセクシャルの女性であること。ふたつ目は、そういった主人公がストーリーの中核をなす犯罪を捜査したり、謎を解き明かしたりすることだ。職業は問わず、私立探偵だろうと警察官だろうとアマチュア探偵だろうと構わない。

イギリス人作家クレア・マケは、デビュー作『Looking for Ammu』（一九九二）の舞台を南アフリカとロンドンに設定した。卓越した描写力で、裏の社会や恐ろしい犯罪者、際どいセックスを描き、純粋で魅力的な主人公ハリエット・ウェストンを際立たせている。マケはそのほかに、異彩を放つ短篇集『The Flying Hart』（一九九二）も執筆している。

作家のピータ・フォックスは、コピーライターのジェン・マッデンを主人公にしたシリーズを出している。マッデンの副業は、性的殺人事件（そのうちのいくつかは、興味深いことに葬儀場が舞台となっている）を解決することだ。暴力的な殺人を扱いつつも、その筆致は軽快である。

護身術の指導者でバンド歌手だったニコラ・グリフィスは、ネビュラ賞などのSF賞を三回、ラムダ賞を四回受賞している。ノルウェーとアメリカを舞台にしたシリーズで主人公を務めるのは、屈強な殺人マシンを思わせる裕福なセキュリティコンサルタント、オード・トーヴィンゲンだ。このシリーズでは、トーヴィンゲンが殺人マシンから人間へと成長していく過程が描かれている。興味深い作品だ。トーヴィンゲンはほかの人間と過ごすとき、自分が相手をどう殺し、相手にどう殺される可能性があるか、常に考えている。テレビドラマの『キリング・イヴ』を彷彿とさせるが、ああいったスタイリッシュな華やかさはない。中毒性のある作品ではあるが、気の弱い人や感傷的な読者には向かないだろう。

カリ・ハンターはフルタイムの救急救命士で、余暇にはピーク・ディストリクト国立公園でハイキングを楽しんだり、小説を書いたりしている。刑事サネ・イェンセンと、サネの友人で時折恋人にもなる医師メグ・フィールディングを主人公にしたハンターの魅力的なクライムスリラーは、このピーク・ディストリクトを舞台に設定し、読者のスリルを掻きたてている。

エディンバラで生まれ、つい最近までスターリング大学で宗教学を教えていたヴィッキー・クリフォードは、一風変わった経歴を持っている。エディンバラ大学で精神分析学の博士号を取得したフリーランスの美容師なのだ。最初の著書『Freud's Converts』は二〇〇七年に出版されている。クリフォードの探偵ヴィヴ・フレーザーもエディンバラでスタイリストとして働いている、博士号を持つ美容師で、普通の美容師とは程遠い。フレーザーは、美容師、調査報道ジャーナリストとして二重生活を送りながら、次々と起こる事件に巻きこまれていく。ウィットとセンスに溢れた、読み応えのあるシリーズだ。

ヴィヴィアン・ケリーの『Dirty Work』（一九九六）の主役である探偵ジョー・サマーズは、生活困窮者のための簡易宿泊所の総務として働いている。ある日、宿泊していた若いレズビアンが薬物の過剰摂取で死んでいるのが発見され、ただ一人死因に不審を抱いたサマーズは、単独で真相の究明に乗りだしていく。『Two Red Shoes』（二〇〇二）は、まったく趣の違う作品で、四歳のときに母親に連れられ、父親と兄弟が住むウクライナの家をあとにしてイギリスにやってきたニコラスと、ニコラスのただ一人の友達である快活なフェイの物語が鮮やかに描かれている。

数々の賞を受賞した作家のエリザベス・ウッドクラフトは一九八〇年に法廷弁護士として開業し、ストライキ中の炭坑労働者や、グリーナムコモン［イギリス・バークシャーのグリーナムコモン空軍基地に核兵器が設置されたことに女性たちが抗議し、平和キャンプを続けた］の女性平和活動家、動物愛護運動家、性的虐待や家庭内暴力の被害者たちの代理人を務めてきた。彼女の探偵フランキー・リッチモンドも法廷弁護士だ。『Good Bad Woman』（二〇〇二）はＣＷＡ新人賞のショートリストにノミネートされ、『Babyface』（二〇〇二）はラムダ賞のレズビアン・ミステリ部門で最優秀作品のひとつに選ばれた。著作はすべて、都会を舞台にしたノワール・スリラーである。ウッドクラフトは、自分の小説で、裁判の当事者になったとき人はどう行動するのか、司法のプロセスが人にどのような影響を与えるのかを描きたかったのだという。シリアスなテーマを扱っているにもかかわらず、ウッドクラフトの作品はとてもユーモラスだ。

すでに取りあげたように、ニコラ・アップソンの卓越したミステリシリーズには、実在した作家・劇作家のジョセフィン・テイが主人公として登場する。アップソンはイングランドのサフォークに生まれ、ケンブリッジ大学ダウニング・カレッジで学び、演劇に携わりながら、フリージャーナリストとしても活躍してきた。二〇二一年時点で〈ジョセフィン・テイ〉シリーズを九冊執筆しており、第七作の『Nine Lessons』（二〇一七）はCWAヒストリカル・ダガー賞の最終候補に選ばれている。そのほかに二冊のノンフィクション作品を執筆しており、最近出版された伝記小説『Stanley and Elsie』（二〇一九）では、画家のスタンリー・スペンサー卿と妻ヒルダが過ごした五年間を、家政婦エルシー・マンデーの視点で描いている。アップソンは、同じく作家であるパートナーと暮らし、ケンブリッジとコーンウォールを拠点に活動している。〈ジョセフィン・テイ〉シリーズ第一作『An Expert in Murder』（二〇〇八）がユニークなのは、物語がはじまったとき、主人公のテイがまだ自分のセクシュアリティを受けいれていないという点だ。テイには第一次世界大戦で戦死した男性の恋人がいたことを読者は知らされている。テイは、読者とともにシリーズを通して少しずつ、自分の性的指向が女性に向き、パートナーとして女性を求めていることを理解していくのだ。

アップソンの作品は長く流麗な文章でゆったりと綴るスタイルで書かれており、読んでいると、作者が時間をかけてじっくりと主人公を理解していくのを感じられる。流し読みできるような小説ではなく、入り組んだプロットを好むせっかちなミステリ読者にも向いていない。消化するのに時間がかかるが、その苦労に見あうだけの価値があり、心にも脳裏にも焼きつく。アップソンの作品は文学の薫り高く、読者が費やした時間に大いに報いてくれる。

ナターシャ・クーパーは、六十九歳のイギリス人作家で、熱心な犯罪小説読者でもあるが、若いころは失読症のために執筆の仕事をするのをためらっていた。だが、出版社に勤めたあとペンネームで歴史小説を執筆するようになり、法廷弁護士トリシュ・マグワイアを主人公にしたふたつ目のシリーズで犯罪小説に転向した。〈マグワイア〉シリーズでは、ひたむきで熱意に溢れた法廷弁護士であるヒロインが、凶悪な殺人事件や企業のスキャンダル、不正事件の捜査に巻きこまれていく。もう一人の主人公は、マグワイアの親友でレズビアンの警察官、キャロ・リアルト主任警部である。三つ目のシリーズは、犯罪心理学者カレン・テイラーをめぐる物語だ。シリーズ第四作の『Vengeance in Mind』（二〇一二）はCWAゴールド・ダガー賞の最終候補作に選ばれている。ナターシャ・クーパーはタイムズ紙、タイムズ文芸付録に書評を寄稿し、ウェブサイト〈クライム・タイム〉では新刊の書評コラムを担当している。また、名誉ある英国推理作家協会会長を務め、イギリスとアメリカで犯罪小説の支援と普及に多大な貢献をしている。心優しい批評家で、自分が読んで好きになれなかった本は批評しないと公言していることでも知られている。

現在、ヴァル・マクダーミドは犯罪小説で名声を確立し、高い評価を得ており、生まれ故郷のスコットランドでは、ドゥルー・ハインツ、ニコラ・スタージョン、アリ・スミス、A・L・ケネディ、アニー・

レノックスと並んで、国宝並みの扱いを受けている。著書は千六百万部を売り上げ四十言語に翻訳されている。また、フィクション・ノンフィクション問わず優れたスタンドアロン作品や、短篇小説や子ども向けの本も執筆している。マクダーミドの作品には四つの主なシリーズがある。ひとつ目はフェミニストで社会主義者のシニカルなジャーナリスト、そしてレズビアンでもあるリンゼイ・ゴードンを主人公とした、六冊からなるシリーズだ。ゴードンは三十年以上前に出版された『Report for Murder』(一九八七)で初登場し、パブリックスクールの女子校で催された寄付金集めのパーティで、目玉となる公演の出演者が自分のチェロの弦で絞殺された事件を捜査している。この第一作から、ゴードンは自分のセクシュアリティをオープンにしている。

当時、ヴァル・マクダーミドは、レズビアンをテーマにした小説を書くのは商業的な自殺行為だと釘を刺されていた。それでもマクダーミドは書き、そのころはまだ小さかったフェミニズムにまつわる書籍を刊行していたイギリスの出版社、ウィメンズ・プレスで作品を刊行したが、主要なマスコミにはほとんど取りあげられず、大手書店にも相手にされなかった。マクダーミドの作品は、レズビアン探偵小説に衆目を集める上で貢献した。これに匹敵する貢献をしたのは、おそらく同じ女性犯罪小説作家のステラ・ダフィだけだろう。このシリーズを書くにあたって、アマチュア探偵の主人公をレズビアンに設定したのは、普通の小説に同性愛を公言するキャラクターを登場させ、レズビアンとゲイのセクシュアリティに対する偏見をなくすというプロジェクトの一部だったと、マクダーミドははっきり述べている。批評家の中には、ゴードンはレズビアンである以前に社会主義者であり、この〈ゴードン〉シリーズは、フェミニスト的な意図はあるにせよ、ジェンダーの問題というよりむしろ、現代のイギリスの社会と政治の問題に重きを置いているという者もいる。ヴァル・マクダーミドがこのシリーズを書いていた当時は、社会の基準から外れたセクシュアリティやジェンダーの逸脱を犯罪と結びつける風潮が強く、マクダーミドはそういった偏見に立ちむかうことに全力を注いでいたのだ。

リンゼイ・ゴードンを皮切りに、レズビアンの探偵は続々と登場し、たちまちその数を増やしていった。ゴードンが初登場してから数年の間に、文学に登場するレズビアンの探偵は、一九八六年には十四人だったのが、一九九五年には四十三人と、三倍以上に増えている。純文学がセクシュアリティやフェミニズムについて取りあげるようになった一九八〇年代には、レズビアン探偵は犯罪小説の中心的な存在になっていた。

ヴァル・マクダーミドは、自分の描く主人公が自分とよく似ていると認めている。一九八〇年代のマクダーミドにはまだ自信がなく、自分の体験からかけ離れたことは書けなかった。そのため、ゴードンは作者と同じ特徴を数多く備えている。どちらも労働者階級出身でオックスフォード大学を卒業したスコットランド人のジャーナリスト、政治的には大きく左寄りだ。だが、マクダーミドによれば、性格はかなり違い、ゴードンのほうが向こう見ずで、勇気があり、頑固で愉快な人間だという。レズビアンのロールモデルを持たずに育ったため、ヒロインをいわゆる典型的なレズビアンにしたかったのだそうだ。主人公のゴードンをレズビアンに設定したのは、小さなレズビアン・

コミュニティに収まるのではなく、もっと広い世界で活躍するレズビアンの姿を描きたかったからだ。

それ以降のシリーズの主人公は、ヘテロセクシュアルの女性か男性のどちらかである。ふたつ目の六作からなるシリーズは、マンチェスターを拠点として活動する私立探偵ケイト・ブラナガンが主人公だ。十一作刊行されている三つ目のシリーズは、心理分析官のトニー・ヒルとキャロル・ジョーダン警部補を中心にストーリーが展開する。四つ目のサイコスリラーシリーズは、スコットランドのファイフで勤務するカレン・ピーリー警部補の人生と仕事に焦点をあてている。

マクダーミドが作品を発表した出版社の軌跡を辿ると、興味深いことに、初期の〈リンゼイ・ゴードン〉シリーズはすべてウィメンズ・プレスから出版されているのがわかる。そして、マクダーミドがレズビアンの主人公を採用するのをやめてからは、すべて大手の出版社で出版されている。同性愛嫌悪の風潮が弱まった現在、本が売れて世界的な大成功を収めたマクダーミドは、だれに気兼ねすることなく、作品にあわせてゲイのキャラクターを登場させるようになったが、リンゼイ・ゴードンのような主役に採用することはなくなっている。マクダーミドの初期の作品は、恐ろしい同性愛嫌悪の壁を打ち破った。レズビアンを可視化するだけでも大変だった時代に、マクダーミドが見せた勇気は、大勢の若いレズビアン犯罪小説作家たちを奮いたたせてきた。〈リンゼイ・ゴードン〉シリーズはいまでも出版されており、決して色あせることはない。

スコットランド出身の元獣医マンダ・スコットは、現代もののクライムスリラー数作と、伝説の戦争指導者ブーディカをめぐる世界を描いたシリーズ四作、ローマ帝国を舞台にしたシリーズなど、十数作の作品がある。現在はスパイ小説に転向し、『A Treachery of Spies』（二〇一八）でマッキルヴァニー賞を受賞している。この作品は現代と第二次世界大戦中のナチス占領下にあるフランスを行き来しながら、レジスタンスの遺産が残した傷を暴き、昔の秘密を葬りさるために人間がどれほど恐ろしいことをするのかを赤裸々に描いている。本作に登場する、レジスタンスの暗殺者でスパイでもあるソフィー・デスティヴェルは、スコットのデビュー作のヒロイン、リー・アダムスを思いださせる。スコットはいう。「どちらも小柄で、黒っぽい髪です。ソフィー・デスティヴェルは、知人の革新的な女性をモデルにしているんです。わたしは、女性が人を殺すには何が必要なのかという問いを追求しようとしていました。それは常にわたしの作品のテーマになっています」

スコットが執筆をはじめたのは、マクダーミドがユニークでリスクの高いレズビアン小説に参入してからほぼ十年後で、英米の主流の文学には、まだレズビアン小説がほとんど存在していないころだった。スコットは、マクダーミドが、レズビアンであることが主人公の悩みの種ではなく属性のひとつにすぎないようなレズビアン小説を書いたことを高く評価している。そしてマクダーミドに倣《なら》い、ヒロインのセクシュアリティは悩みの種になるような問題ではないという前提に立って、〈ケレン・スチュワート〉三部作を書いた。ケレン・スチュワートはレズビアンのセラピストで、遺伝子工学や獣医学にまつわる陰謀に巻きこまれている。シリーズの第一作『Hen's Teeth』（一九九八）はオレンジ賞（現女性小説賞）の最終候補となり、フェイ・ウェルドンに「新しい世界のための新しい声」と絶賛された。また、スタンドアロン小説『No Good Deed』（二〇〇一）は二〇〇三年度エドガー賞にノミネートされている。

現在、懸念されているのは、ケレン・スチュワートのように事件に取り組む、オープンなレズビアンの主人公が少ないことだ。スコットは、主人公が自分のセクシュアリティに満足している小説を書きたいと考えていた。「ありがちな、苦悩するレズビアンの本は書きたくなかったんです。このシリーズを書く上で重視したのは、セクシュアリティがたとえば赤毛のような、単なる特徴のひとつであることでした。でも、主人公をレズビアンにするのは、ある意味で政治的な主張をしているようなものです。当時、イギリスでそういう小説を書き、出版していた作家はヴァル・マクダーミドだけでした。レズビアンを描きたい作家はもっといる。ヴァルが書いたこと以外にも、書かなければならないことがあるはずだと思いました。わたしの作品には、常にある種の政治的主張があります。当初はセクシュアリティもわたしが伝えたかった政治的主張のひとつでした。これだけセクシュアリティの多様性が取りあげられるようになると、もう政治的な主張というほどのものでありませんが。でも、当時はとても重要なことだと感じていました」

ステラ・ダフィは、一九九五年に発表したデビュー作『カレンダー・ガール』で、レズビアンの探偵サズ・マーティンを創造した。サズ・マーティンは大いに人気を博し、一九九六年から二〇〇五年にかけてさらに四冊のシリーズが出版されている。ダフィはいう。「サズ・マーティンを私立探偵にしたのは、わたしが警察や警察小説のことをまるで知らないからです。そのせいか、

〈マーティン〉シリーズは〝フーダニット〟ではなく、〝ホワイダニット〟だとよくいわれます。でも、わたしが書きたかったのは、男を憎んだり、レズビアンの問題についてくどくど語りつづけたりしない、心に傷を負っていたり、〝レズ〟であることに苦しんだりしていないレズビアンの本でした。ゲイのありのままの姿を小説に書きたかったんです」

マーティナ・コールのエージェントでもあったダーリー・アンダーソンは、このデビュー作を読むと、ダフィに電話をかけた。レズビアンの主人公では売れない、マーティンを異性愛者に変更できないかと提案したのだ。「無理だといいました。正しいとか正しくないとかの問題ではなく、未だかつてないレズビアンの主人公を生みだしたという自負があったからです。それに、どう変えたらいいのかわかりませんでした。何しろはじめて書いた小説でしたしね。あれは、あの二人が女性同士だからこそ成りたっていたプロットでしたから、男女にしてしまったら、どう扱えばいいかわからなくなっていたでしょう」

この作品はウィメンズ・プレスにも断られている。レズビアンの悪役というアイディアが受けいれられなかったのだ。ダフィはいう。「ヘテロの世界からレズビアンは売れないといわれる一方で、男はみんな悪く、女はみんな素晴らしいと信じこんでいるおかしなフェミニストのレズビアンもいるわけです。はっきりいって、レズビアンなら、そんなわけがないことぐらいわかりそうなものですよ」

「『キリング・イヴ』ってドラマ、見たことありますか？　わたしたちレズビアン作家からすると、あれはもやもやしますね。セクシーなバイセクシャルの女性が人の道に外れた不道徳なことをする小説でも、男性が――ルーク・ジェニングスが――書けば、これはいい、ぜひドラマ化しようとなるんですから」。結局、ダフィの最初の小説を買ったのは、小さな独立系出版社サーペンツ・テールのピーター・エイルトンだった。「一九九三年に出たあのデビュー作の報酬は千五百ポンドでした。純文学作家にしてはかなりいい稼ぎだったといまでも思っています。ピーターのおかげで小説の書き方も学べましたしね」

ダフィは、犯罪小説以外の作品でも、一貫してレズビアンの主人公を採用している。「未だに、幸せなレズビアンのキャラクターを書くことは許されていません。但し、〝コスチューム〟を身につけていれば話は別です。だから、サラ・ウォーターズはああいった作品を書くことができた。昔の衣装を着たレズビアンのほうがはるかに受けいれてもらいやすい。アン・リスターのような歴史上のレズビアンの話はテレビでも放送されています。すでに亡くなっている近代のレズビアンはいいんです。歴史上のレズビアンは受けいれてもらえる。孤独で、打ちひしがれた不幸なレズビアンも受けいれられます。でも、わたしが書きたいと思うような、地に足がついた、単なる白人の中流階級の女性にとどまらない経験豊富なキャラクターは、多くの場合存在することを許されていないのです」

マリ・ハンナはそういった風潮に立ちむかう気骨あるレズビアン作家で、成功も収めているが、そんなハンナにとっても、〈主任警部ケイト・ダニエルズ〉シリーズの第一作『The Murder Wall』

（二〇一二年）を世に出すのは容易なことではなかったという。「ケイトを強くて頭の切れる刑事として描きたかったんです。男性優位の警察において大きなチームを束ねる女性として。テレビや本に登場するレズビアンを見るたびにうんざりしていました。単なる添えもの扱いだからです。それに、わたしのケイト・ダニエルズは、主役にしないのはもったいないようなキャラクターだった。だから責任者にしました。現実の社会には、素晴らしい仕事をしているのに正しく評価されていないレズビアンがあまりにも多い。それで、共感できるような人物を描こうと思いました」。『The Murder Wall』の出版に苦労するとは、ハンナは思ってもみなかった。だが、出版への道のりは正に茨の道だった。「表現こそ様々でしたが、どこの出版社にも似たようなことをいわれました。『素晴らしい文章に敬服しましたが、当社では見送らせていただきます。平均的なイギリス人読者にはまだ早すぎるようですので』わたしの作品は何度も称賛され、何度も見送られました。〝見送る〟という持ってまわったいい方をしていても、それは拒絶にほかなりません。いま思いだしても辛い気持ちになります」

紆余曲折を経て、ハンナの作品はドイツで出版された。第二作『Settled Blood』（二〇一二）は、一作目がまだ編集者の机の上に積まれている間にノーザン・ライターズ賞を受賞した。それからは事がスムーズに運ぶようになる。『The Murder Wall』はポラーリ新人賞を受賞し、その後シリーズ全作がCWA図書館賞の最終候補に選ばれた。ハンナは二〇一九年、ハロゲットの国際犯罪小説フェスティバルでリーダー・イン・レジデンスを務めた。そして〈ケイト・ダニエルズ〉シリーズ第七作『Without a Trace』は二〇二〇年に刊行された。

ハンナはデビュー作で、ストーリーの三分の一に差しかかるまで、ケイト・ダニエルズがゲイであることを明かしていない。「仕事ぶりや成し遂げたこと、有能な刑事であることで、ケイトを好きになってもらいたかったからです。最初からセクシュアリティで判断してもらいたくなかったから」。ケイトのモデルは、三十年間ノーサンバーランド州警察に勤務し、そのキャリアの大半を殺人課の刑事として過ごした、ハンナのパートナーであるモーだ。シリーズ初期のころ、レズビアンのダニエルズ主任警部は自分のセクシャリティをオープンにしていないが、モーによれば、そんなことをすればその時点で警察にいられなくなるからだという。

このシリーズが成功すると、ハンナの出版社はハンナの本を犯罪小説として売りだしたいと考え、この小説を、主人公がゲイであることがわかるようなカテゴリーには入れなかった。「それは違うだろうと思いました。だからいってやりましたよ。ピンクパウンド［ゲイが落とす金］を知らないのかってね。実際、ケイト・ダニエルズに共感してくれた読者から、ファンレターを山ほどもらっていましたから。結局、わたしは出版社を変えました。そこがこのシリーズをゲイのカテゴリーに入れたとたん、飛ぶように売れだしたんです。本屋でゲイのカテゴリーをチェックしてもらえばわかると思いますが、このシリーズはトップ二十の常連で、たびたびトップテンにも入っているんですよ」。〈主任警部ケイト・ダニエルズ〉シリーズのテレビ放映権については、スプラウト・ピクチャーズのジナ・カーターとスティーブン・フライがオプションを取得している。

アメリカやカナダはいまも昔も、読む価値のある、興味深いレズビアン犯罪小説作家を数多く輩出している。すでに大勢の読者に親しまれているのは、なんといってもパトリシア・ハイスミスだろう。一九五二年に『The Price of Salt』というタイトルで発表された小説『キャロル』は、二〇一五年に英米の協力によって映画化された。ハイスミスはサイコミステリ作家の原型でありつづけ、その作品はぴりぴりと神経を高ぶらせる登場人物たちの心を暴き、その激しい不安や怖れをありありと描きだすのみならず、読者の心にもそれを呼び起こすことができる類まれな力を持っている。『ゴーン・ガール』の作者ギリアン・フリンの愛読書は、パトリシア・ハイスミスの『水の墓碑銘』（一九五七）だという。「ハイスミスは、まるで道理にあわない感情や行動を当然なもののように見せる不思議な力を持っています。いつの間にか社会病質者や殺人犯にすっかり感情移入させられているんです」フリンは語る。「ふと本から顔をあげて、自分がどこにでもいそうな人間の殺人を応援していたことに気づくと心底ぞっとしますよ」

一九九五年に亡くなったハイスミスは活動的なレズビアンで、自らの人生と性の冒険を洞察に満ちた眼差しで見つめなおして『キャロル（The Pricce of Salt）』を執筆したが、「レズビアン作家」というレッテルが貼られるのを嫌いクレア・モーガン名義で発表している。物語の中で、マンハッタンのデパートで働く孤独な若い女性テレーズ・ベリヴェットは、裕福で美しい年上の客キャロル・エアドに心を奪われ、その虜になっていく。パトリシア・ハイスミス自身も、作家として歩みだしたころ、ニューヨークのブルーミングデールズのおもちゃ売り場でアルバイトをしていたことがある。テレーズがデパートのおもちゃ売り場でキャロルに惹きつけられる描写は、ハイスミス自身が客のひとりに強烈に惹かれた実体験に基づくものだ。ハイスミスは当時の体験に触れ、その年上の女性の首に手をかけて絞め殺すところを思い描いたと語っている。小説の中では、そのような病的な出来事は起こらない。既婚者で、別居中の夫と子どもの親権を争っているキャロルのほうも、テレーズに惹かれていく。

一九九〇年、ハイスミスはようやくブルームズベリー社の説得に応じ、『キャロル』と改題して本名で出版することを了承した。『キャロル』のペーパーバック版は百万部近く売れている。私見だが、『キャロル』はハイスミスが執筆した二十二作の小説の中で最も素晴らしい作品だと思う。主人公の女性カップルがハッピーエンドを迎えた最初の作品でもあり、ゲイ文学において重要な位置を占めている。ハイスミスの作品の大半は、奇妙で異常な状況を扱い、恐怖や胸騒ぎ、不安、寂寞感といった感情を呼びおこすものばかりだが、この小説は愛についての物語である。全篇に情緒溢れる美しいシーンが散りばめられ、あくまで前向きな印象を与える作品だ。二〇一四年にはイギリスでラジオドラマ化され、二〇一五年の映画化作品ではキャロル役をケイト・ブランシェットが演じ、アカデミー賞六部門、英国アカデミー映画賞九部門にノミネートされた。

『キャロル』は、ハイスミスの全作品の中では異色の存在だ。家庭を描いた物語ではあるが、主な出来事はテレーズとキャロルの車旅の最中に起こる。愛と希望に満ちた世界。女性はその世界の中心に据えられ、作品の要になっている。この本の中で犯罪は起こらない。ふたりの女性は、作中唯一の男性メインキャラクターであるキャロルの夫ハージに立ちむかい、完勝とまではいかなかったにせよ、キャロルは子どもの親権の一部を手に入れ、キャロルとテレーズは一緒にいられるようになった。この小説が彼女の最高傑作のひとつであることは疑いようがない事実だが、ハイスミスは三十八年間、それが自分の作品であることを公にしようとはしなかったのである。

魅力的なアメリカのレズビアン小説は、ほかにもいろいろ見つかる。〝見つかる〟という表現を使ったのは、そのすべてが広く出版されているわけではないので、少し探す必要があるかもしれないという意味だ。見つけた小説の中でとりわけ興味を引かれたのは、アビゲイル・パジェット（特にサンディエゴの児童保護調査官ボー・ブラッドリーを主人公とした最初のシリーズが秀逸だ）と、ヤングアダルトのレズビアン小説を手がけ、数々の賞を受賞しているイザ・モローの作品だ。モローは執筆の傍ら、余暇に馬場馬術やアーチェリーを嗜んでいるらしい。

カナダの小説では、ジーナ・L・ダートが自らの出身地ノバスコシア州を舞台にして書いた〈Unexpected〉シリーズがお勧めだ。デビュー作の『Unexpected Sparks』（二〇〇二）では、主人公の二人――書店のオーナーであるケイト・シャノンと警察の通信指令員ニッキ・ハリスが、男性保険外交員の殺害事件をきっかけに結ばれる。

そのほかに、〈ナンシー・クルー〉シリーズ（〈ナンシー・ドルー〉や〈チェリー・エイムズ〉、〈ハーディ・ボーイズ〉といった児童向け探偵シリーズのレズビアン版である）の著者であるカリフォルニア出身のメイベル・マニーや、犯罪小説であると同時にロマンティック・コメディでもある『She

Scoops to Conquer』（二〇〇三）を執筆したロビン・ブランデイスもお勧めだ。また、レズビアンの旅行作家兼ロマンス作家ロビン・ミラーを主人公にしたシリーズがあるジェイ・マイマンや、ローズ・ビーチャム（ロマンス作家ジェニファー・ナイトがミステリを執筆する際に使うペンネームだ）、レズビアン警察官アリソン・ケインを生みだしたコロラド州デンバー在住のケイト・アレンも特筆に価する。

ペニー・ミケルベリーは、黒人女性の刑事とアマチュア探偵の両方を生みだしたという点で重要な作家だが、レズビアン・ミステリでも知られている。とりわけ胸を打つのは『Two Wings to Fly Away』（二〇一九）で、勇気や絆、人生の苦しみを埋めあわせてくれる愛を背景に、南北戦争に向かって突き進む、分断された国家を力強く描いている。

メイン州出身で十四年間プロのシェフとして働いていたエレン・ハートは、〈ジェーン・ローレス〉シリーズ二十七作を執筆し、そのうち六作がラムダ文学賞を受賞している。シリーズの主役はレズビアンのレストラン経営者であるローレスと、口の達者な親友コーデリア・ソーンだ。ハートの作品ではLGBTにまつわる問題が扱われている。〈ジェーン・ローレス〉シリーズのほかに、ソフィー・グリーンウェイを主役とした調理場ミステリシリーズがある。ハートは自分の作品を「サスペンスたっぷりだが、グロはちょっぴり」だと評し、周囲からは、「レズビアン界のアガサ・クリスティー」と評されている。二〇〇五年には、ニューオーリンズの文学イベントであるセインツ・アンド・シナーズの殿堂入りを果たした。二〇一〇年には、ゴールデンクラウン文学協会の栄えある先駆者賞を受賞し、二〇一七年には、オープンなゲイのクィア作家としてははじめて、エドガー賞巨匠賞を受賞した。

ペンシルベニア生まれで、二〇一二年にアマーストで亡くなったサラ・ドレーアーは、臨床心理学者、劇作家でもある小説家だった。〈アマチュア探偵ストーナー・マクタビッシュ〉シリーズの作者として最もよく知られている。ドレーアーの小説のテーマは、レズビアンの出会いや別れ、関係の修復にまつわる苦悩といったものだ。作品に登場する進歩的な主人公たちは皆、何らかの形でアイデンティティや規範を探し求めている。ドレーアーは十七歳のとき、〝女子に対する著しい偏愛傾向がある〟ことを理由に、当時はセクシャリティをオープンにしていなかったのにもかかわらずウェルズリー大学から退学を迫られ、自殺を考えたこともあると告白している。戯曲『Alumnae News』はそういった経験を彷彿とさせる内容で、小説同様、辛辣さと溢れんばかりのエネルギーは、ユーモアと作者の登場人物に対する共感によって和らげられている。ドレーアーの魅力的な主人公ストーナー・マクタヴィッシュは、ときどきやむを得ずアマチュア探偵に変身する、レズビアンの旅行代理店社員だ。

ジョーン・ドゥルーリーは、フェミニスト系出版社として高い評価を得ているスピンスターズ・インクの元経営者で、ミネソタ州で独立系書店ドルリー・レーン・ブックスを経営していた。ドゥルーリーが描く活発な探偵は、サンフランシスコの新聞コラムニストでレズビアン・フェミニストの活動家でもあり、女性問題や虐待被害者の支援に尽力するタイラー・ジョーンズだ。

デボラ・パウエルはミシシッピ州サンフラワー郡で生まれ育ち、その後、テキサス州ヒューストトンに移り住んだ。パウエルが手がけた〈事件記者ホリス・カーペンター〉シリーズは、このヒューストンを舞台に展開する。カーペンターは、シリーズがはじまってすぐに仕事を辞め、二度と記者に戻ることはない。実は一流の探偵だったことが判明するからだ。一九三〇年代を舞台にしたミステリで、古典的な男性探偵のハードボイルドスタイルをパロディ化しており、カーペンターの姿もどこか風刺画めいている。大柄の威風堂々とした女性で、サドルシューズとスラックスを身につけ、嫌がらせをしかけてくる男たちに、鋭い舌鋒で立ちむかう。アン・クリーヴスが生みだした、不屈の勇気を持ち、しかも魅力的な主人公ヴェラ・スタンホープにもどこか似ている。カーペンターは力強く陽気で根性がある。そのキャラクターに、ステレオタイプ的なところは微塵もない。

カリフォルニア州ロングビーチ生まれのバーバラ・ウィルソンは、進歩的なフェミニズムに関わる社会問題をテーマに取りあげている。フェミニスト文学の出版や女性運動にも携わっていた。最初の三作『Murder in the Collective』（一九八四）、『Sisters of the Road』（一九八六）、『The Dog Collar Murders』（一九八九）はすべて、印刷所の共同経営者で、シアトルの左翼団体やレズビアン・グループで活動するパム・ニルセンを主人公としたシリーズである。

サンドラ・スコペトーネはニュージャージー州に生まれ、約六十年にわたる作家生活でシェイマス賞やラムダ文学賞を受賞している。大人向けの小説もヤングアダルトも書いており、中でも人気が高いのは、グリニッチヴィレッジの私立探偵ローレン・ローラノを主人公としたシリーズと、ジャック・アーリー名義で書いた三作のスタンドアロン小説だ。また、カルト的な人気を誇る『Suzuki

Beane』も有名である。スコペトーネがレズビアンであることをカミングアウトしたのは一九七〇年代になってからだ。『Happy Endings Are All Alike』（一九七八）は、レズビアンの恋愛関係が描かれたヤングアダルト小説の中では最も初期の作品である。また、一九八〇年代にサラ・パレツキーをはじめとする八名の女性ミステリ作家が立ちあげた〈シスターズ・イン・クライム〉の創設メンバーの一人でもあり、ミステリ小説で女性に対するサディスティックな描写が多用されるようになった問題や、女性のミステリ作家には書評スペースが割かれない現状の改善に取り組んだ。

スコペトーネは犯罪小説に転向するまえに数多くのヤングアダルト小説を手がけているが、どれもあまり評価はされていない。その原因を自分が女性だからではないかと考えたスコペトーネは、ジャック・アーリーというペンネームで、ソーホーで活躍する私立探偵フォーチュン・ファネリを主役にした作品など、三冊の犯罪小説を執筆した。〝ジャック・アーリー〟が書いた小説は概ね好評だったが、スコペトーネは、いまでもその理由を、批評家が男性の作品だと思っていたからだと考えている。

その後、自身の名義で〈ローレン・ローラノ〉シリーズを五作出版したが、作者はこれを、レズビアンのキャラクターを〝普通の〟人間として描いた最初の作品ではないかと自負している。また、若い私立探偵フェイ・クイックを主人公にしたシリーズ二作も執筆し、同性愛、アルコール依存症、レイプといった作者自身を悩ませる社会的、政治的問題を、引き続き作品の中で取りあげている。スコペトーネは、自分が元アルコール依存症患者であり、レズビアンであることが、執筆の動機のひとつだと語っている。

キャサリン・V・フォレストはカナダ出身だが、現在は住まいも仕事場もアメリカで、アメリカ人作家を自認している。十年間、ナイアド・プレスの文芸編集者を務め、ラムダ文学財団のパイオニア賞など、数々の賞を受賞。二〇〇八年には、パブリシング・トライアングルのビル・ホワイトヘッド賞、ゴールデンクラウン文学協会の先駆者賞を受賞した。また、アリス・B読者賞メダルも授与されている。現在は、出版社スピンスターズ・インクで監修者も務めている。

フォレストが創造した元海兵隊員の殺人捜査課刑事ケイト・デラフィールドは、アメリカ文学にはじめて登場したレズビアン警察官だ。「ちょうど時代の流れに合っていたのだと思います」フォレストはいう。「アメリカの女性警察官たちが続々と訴訟に勝ち、警察の上層部に進出しはじめたところでした。それまで女性警察官は、少年院や刑務所に追いやられ、寮母のような仕事しかやらせてもらえなかった。だから、主人公の刑事を女性にしようと思ったんです」

はじめフォレストは、アマチュア探偵ものを書くつもりだったが、主人公をレズビアンにしようと決めたとき、ケイトがページ上を闊歩しているのが見えたのだという。「これだ、と思いました。彼女こそ、クローゼットの中に引きこもる［ゲイであることを公表していないことを示す「クローゼット」とかけている］のがどういうことか伝えるのに最適だと。ケイトは準軍事的な組織に所属し、極めて過酷な環境に置かれ、しかも、人目にさらされて、大きなプレッシャーや激しいストレスを受けています。このキャラクターは、きっと面白くなるだろうと思いました。そして、もちろん、〝クローゼット〟について書きたいという、わたしの作家としての大きな情熱にもぴったりと合いました。わたしは、クローゼットであることが精神的に、ときには肉体的にも、人を殺すと確信しています。シリーズを通して、どれだけ読者に伝わったかわかりませんが、ケイトのキャラクターとしての成長には、彼女が受けてきたダメージが映しだされています。ケイトは、その必要がないときにまでクローゼットの中に引きこもり、そのことが自分自身を傷つけ、パートナーとの関係を傷つけ、警察の同僚たちとの間にあったかもしれない関係を傷つけてしまう。アルコール依存症になってしまうのです。わが道を行くことを選び、コミュニティにも頼らず、すべて自分で抱えこんで孤立を深め、アルコール依存症になってしまうのです」

ケイトの恐れの多くは、自分自身の恐れだとフォレストはいう。フォレストは、敵意に満ちた世界の犠牲者だった。「わたしが成人したころ、わたしたちは犯罪者と見なされていました。職場からも、教会からも、家庭からも締めだされ、軍隊に入ることも許されず、施設に閉じこめられた。わたしは人を裁いたりしません。わたしがケイト・デラフィールドを裁いているように見えるかもしれませんが、そんなことはない。この小説は、わたしたちみんなが受けてきたダメージを映しだしているだけなんです」

フォレストによれば、一九八〇年代のはじめに、レズビアンが主人公の本を出版するのは〝とてつもなく大変なこと〟だったという。「それがどうにか可能になったのは、独立系書店や小さなレズビアン・フェミニスト書店、そして小さな出版社が台頭してきたからです。大手の出版社はわたしたちの本を出版しようとはしなかった。代わりにナイアド・プレスのような出版社が続々登場して、初期のころからわたしの作品や、大勢の仲間たちの作品を出版してくれました。突然こういった小さな出版社が活躍しはじめたんです。すると、ようやく、大手の出版社もわたしたちの売り上げに興味を示しました」

フォレストは四作の著書を大手のパトナム（バークレー）社から出版したが、その判断は政治的なものだった。自分もほかのレズビアン作家もアメリカの文学界には欠かせない存在だと信じていたので、箔がつくハードカバーで出版して、書評で取りあげてもらう必要があると考えたのだ。小さな独立系出版社はソフトカバーしか扱わないため、書評で取りあげられることがあまりなかったからだ。

フォレストは、画期的な恋愛小説『愛を、知るとき』（一九八三）の著者としても知られている。この作品は、レズビアン・ロマンスの白眉とも、アメリカ文学の傑作ともされているが、出版当時は「軽い」といわれ、評価されなかった。

「これ以上政治的な作品もないと思いますよ」。フォレストはいう。「様々な人生の選択肢を持ち、様々な可能性があるふたりの女性が、その中から最も困難な選択を——愛しあうことを選ぶんですから」。この小説は、レズビアンやその恋愛関係に対する多くの誤解を解いた作品として、現在では高く評価されている。

ゲイ、ヘテロを問わず、大勢の犯罪小説作家と話をしているうちに、疑問が湧いてきた。どうして未だに、ゲイの女性を主人公にした小説を書く女性作家はこれほど少ないのだろう。犯罪小説作家のフランセス・ファイフィールドは、ゲイのキャラクターを書かないのは、自分がきちんと理解していない世界に足を踏み入れるのが不安だからだという。「人は自分自身の立場からしか考えられないものです。そういうキャラクターを書くなら、正確に描きたいと思う。でも、かなり調査をしないとそれはできません。興味深い主人公を生みだすのは、同じように興味深い作家なんです」

リー・ラッセルも同意する。「普通、自分が知っている世界か、自分が育った世界について書きますよね。わたしにはミックスルーツの孫娘がいますし、義理の息子は黒人です。ですから、白人以外知らないというわけではありませんが、わたしは白人でヘテロセクシュアルです。そして、育ったのも、白人でヘテロセクシュアルの世界です」。だが、ラッセルはロンドンのシーンにゲイの女性部長刑事を登場させている。「大げさな話ではなく、ただゲイだというだけです。彼女にはガールフレンドがいて、だれもそれについてあれこれいったりしない。普通に受けいれられています。そうあるべきなんです。でも、意識してこういうことをするようになったのはつい最近です。みんなが異性愛者だと思いこんでいましたから。わたしも何か行動しなければいけない。何冊も書いてようやく気づきました」

サラ・ヒラリーは、〈マーニー・ローム警部〉シリーズに、ジャマイカ人男性のゲイである、ノア・ジェイク部長刑事を登場させた。「ジャマイカ人でゲイだということを、ノア・ジェイクの重要な特徴として描きたくはありませんでした」ヒラリーはいう。「ジェイクが始終、人種差別や同性愛嫌悪に直面しているようなシリーズにはしたくなかった。でも、六作目を書くにあたって、ジェイクとロームがロンドンで仕事をしていることを考えたとき、敵意という新たな感情や、人種差別の萌芽を無視することはできませんでした。人種差別はもはや萌芽どころではなく、人間が山のように抱えている問題の中でもとりわけ深刻なものになっていたからです。当初は、六年もすればノアのような人たちはもっと生きやすくなるはずだと安易に考えていたのでしょうが、実際には様々な要因によって、より生きづらくなっています。ジェイクを、のほほんとしたお気楽なキャラクターとして描くのは、次第に難しくなってきたんです。世界は、六年前よりもずっと敵意に溢れています。こんなことをいうのは本意ではありません。本来なら、世界は時とともに、より文明的になっていくといいたいところです。でも、わたしたちは間違いなく新しい暗黒の時代に生きている。本当に恐ろしいことです」

ニコラ・アップソンは、ヘテロの作家がレズビアンの主人公を避ける理由がまったくわからないという。「フェスティバルや文学イベントに来てくれるお客さんたちのほとんどは、わたしがジョセフィン・テイをレズビアンとして描いたことに満足しています。一人だけ、ぞっとしたような顔で『どうしてあんなことができるの？　実在していたテイをレズビアンにしてしまうなんてひどすぎる』なんていう読者もいましたけどね」

白人でヘテロの高い評価を得ているアメリカ人作家が、〝リスク〟を冒してレズビアンの主人公を創造し、大成功を収めたこともある。歴史家のノエル・クイントン・キングと生涯添い遂げたローリー・R・キングだ。著作は二十七作あるが、おそらく、メアリー・ラッセルと引退したシャーロック・

ホームズの架空の絆を創造したことで最もよく知られている。だが、その作品を手がけるまえに書いているのが、サンフランシスコ市警察殺人捜査課に勤務するレズビアンの刑事ケイト・マルティネリを主人公にした犯罪小説シリーズ六作である。マルティネリの仕事のパートナーはアル・ホーキン、人生のパートナーは女性精神科医のリー・クーパーだ。シリーズ第一作の『A Grave Talent』は一九九三年に、最新作の『Beginnings』は二〇一九年に刊行されている。その間に、〈マルティネリ〉シリーズはエドガー賞、CWA新人賞、ラムダ文学賞を受賞し、マカヴィティ賞、アンソニー賞、オレンジ賞（現女性小説賞）にノミネートされている。

二〇一二年、ウェブサイト〈Goodreads〉のQ&Aでキングは次のように述べている。「人間のセクシュアリティは多種多様ですから、自分の立場を正確に描写することなどほぼ不可能です。正確に書こうと思ったら、（たとえば）太平洋岸のリベラルなコミュニティで暮らす、大学院卒の五十代の白人女性しか描けないことになります」

「わたしたち作家は常に、様々な顔や背景を試して、登場人物たちとの共通点を見いだそうとしています。ケイトをレズビアンに設定したのは、そうしなければ人物像を思い描けなかったからです。幸いクィアコミュニティは快く受けいれてくれました。差しでがましい真似をするなと拒絶されていたら、落ちこんだでしょうね」

第九章　黒人、身体障がい者、見える存在、見えない存在

健常者の女性犯罪小説作家は、勝手のわかる健常者のほうが描きやすいという理由で、健常者の主人公を好んで書くことが多い。だが、中には新境地を開拓することを楽しんでいる作家もいる。キャスリーン・レイクスは、絶大な人気を誇る法人類学者テンペランス・ブレナンを創造したことで広く知られる作家だ。テンペランスはレイクス自身によく似ている。瞳はハシバミ色で、髪をポニーテールに結い、身長は百六十六センチ、体重は五十五キロで、そしてどちらも健常者だ。法人類学者で大学教授でもある作者は、もう一人、特徴的なキャラクターを生みだしている。ぶっきらぼうで何を考えているかわからない、顔にひどい傷を負った、隻眼のサンデー・ナイト（略してサニー）だ。元軍人で元警察官のナイトは心身ともに傷を負い、悪夢のような過去から何年も逃げつづけている。

ブレナンとナイトには身体的な違いがあるが、この二人のキャラクターには共通した特徴がある

とレイクスはいう。二人とも有能で度胸があり、独立心が強く、自立していて、機略や機知に富んでいる。そしてどちらも、犯罪の被害者やその家族に対する、思いやりと正義感に突き動かされている。だが、理知的で規律正しいブレナンとは対照的に、ナイトは血気盛んで気性が荒く、無愛想で、銃の扱いに長けている。レイクスは、サンデー・ナイトを描くのが難しいとは感じておらず、二〇二〇年にシリーズ第十九作『A Conspiracy of Bones』を刊行した［二〇二二年には第二十作『Cold Cold Bones』を刊行］テンペランス・ブレナンを描くことの延長だと捉えている。

スタンドアロン作品『Two Nights』（二〇一七）で初登場したとき、ナイトはサウスカロライナ州の海岸沖に浮かぶ人里離れたゴート島で、身を隠すように暮らしていた。「とにかく、ユニークなキャラクターにしたかったんです」レイクスはいう。「ナイトは心にも身体にも重荷を背負っています。レイモンド・チャンドラーが書きそうな昔ながらの主人公です。銃を携帯するハードボイルド探偵に近いですね」

ステラ・ダフィは、身体が不自由な女性を主人公にした新しい本を執筆している。「舞台は一九五〇年代です」ダフィはいう。「主人公は十代、二十代のころ、すらりと背が高く均整の取れたジェーン・ラッセルばりのスタイルで、憧れの眼差しを一身に集めていました。でも、七十代、八十代になると身体が利かなくなってしまう。ショックを受け、動揺しています」。ダフィは三十六歳で癌になり、五十歳で再発を経験している。当然ながら、「わたしは、障がいがあるとはどんな感じなのかある程度知っています。身をもって障がいがある状態を体験し、死を見つめることは、間違いなくいい経験になると思います」

これまで様々なスリラーやミステリに目を通してきたが、主人公の障がいの種類がバラエティに富んでいること、その描写がリアルであること、語り口が明るいことに驚かされている。

三十作以上のサイコスリラーを執筆してきた作家なら、障がいのある主人公を心の問題を抱えた人物として描きそうなものだが、ジェーン・A・アダムスの描き方は違う。イギリスの犯罪小説作家で、王立文学基金のフェローとしてデ・モントフォート大学で教鞭をとり、文芸創作を教えているアダムスは、盲目の元警察官ナオミ・ブレイクが活躍するシリーズを書いている。

アダムスは、男性のマイク・クロフト警部を主人公としたデビュー作『The Greenway』(一九九五)でCWA新人賞にノミネートされ、オーサーズクラブ最優秀新人賞を受賞した。〈ナオミ・ブレイク〉シリーズ全十二作の舞台は、イングランド中部地方だ。事故で失明し、警察を辞めざるを得なくなったブレイクはシリーズ第一作『Mourning the Little Dead』(二〇〇二)で、探偵に転身する。二十三年前の失踪事件——幼なじみの親友ヘレン・ジョーンズが忽然と姿を消した事件に光をあてる新たな証拠が現れたからだ。目の不自由なブレイクは、盲導犬のナポレオンと恋人のアレック・フリードマン警部の助けを借りて、友人の失踪の謎を解き明かそうとする。どんな小説においても盲目はまぎれもない障がいだが、固い決意を抱いたヒロインの行く手を阻むことはできない。

エリザベス・コジンは、バージニア州でジャーナリスト、スポーツライターとして、またワシントンDCやロサンゼルスでは特集記事のライターとして活躍するニューヨーカーだ。コジンが生みだした主人公は、タフで型破りな私立探偵ゼナリア・モーゼス。カリフォルニア州サンタモニカ在住の元スポーツジャーナリストで、癌で肺を失っている。一匹狼で機知に富んだモーゼスは、自分が癌患者だったことなど意に介さず地ビールを痛飲し、葉巻をふかし、マウンテンバイクを乗りまわしている。爽快で元気がでるようなシリーズで、登場人物も生き生きして気持ちがいい。ロサンゼルスの自宅で筆を執る作者自身も、癌で肺を失っている。シリーズ第一作の『Zen and the Art of Murder』（一九九八）でオンラインミステリ賞の銀賞を獲得。その後、『Zen and the City of Angels』（一九九九）と『Zen Justice』（二〇〇一）の二作が刊行されている。

エイミー・マイヤーズはイギリスのミステリ作家で、銃撃事件で負傷した威勢のいい車椅子の元刑事ピーター・マーシュとその娘ジョージアが活躍する〈マーシュ親子〉シリーズを手がけている。親子は協力しあってイギリスのケント州で起きた殺人事件に取り組んでいる。昔の犯罪ばかりだが、事件の謎を追求するうちに、二人は現在の恐ろしい闇に足を踏みいれていく。ジョージア・マーシュは、口先ばかりの男との早まった救いのない結婚を解消し、現在は、マーシュ親子の事件をテーマにした本『ピーターとジョージア』の出版者であるルーク・フロストと、愉快で幾分実用的でもある結婚生活を営んでいる。ピーター・マーシュと娘ジョージアの生き生きとした、ときに遠慮のない関係が、忘れられた犯罪や未解決の事件を掘りおこし、正義を実現する上で大いに役立っている。エイミー・マイヤーズは、捻りの効いた複雑なプロット作りにも長けており、このプロットがあたたかな眼差しで描かれた二人の魅力的なキャラクターを見事に引き立てている。

車椅子に乗った主人公が活躍する犯罪小説はほかにもある。イギリスの犯罪小説作家メアリー・スコットが書いた『Murder on Wheels』(二〇〇〇)もそのひとつだ。主人公のブライアン・グレイショットは、ハンググライダーの事故で半身不随となり、ノースロンドンの郊外で余生を過ごしているが、死体のそばで松葉杖を握っているところを目撃されて殺人事件の容疑者となり、犯人探しをする羽目になる。

ゲイル・ボウエンの〈ジョアン・キルボーン〉シリーズでは、学究肌のヒロインが下半身不随の弁護士ザック・シュリーヴと結婚している。ボウエンは下半身不随の危険な現実を臆することなく描いている。「人間の臓器は、機能していない場所に閉じこめられているようにはできていません」ボウエンはいう。「下半身不随の人にとって、小さな病気も軽症も存在しません。だから、ジョアンはザックとともにすべてを乗りこえていくのです」。執筆にあたり、ボウエンは、元同僚から身体的な問題や健康上の不安について教えてもらった。「彼の場合、皮膚にかなり気をつけていました。ちょっとした腫れ物でも、潰瘍になって命を落としかねないからです」

ボウエンは、ザックが読者にあたたかく受けいれてもらえたことを嬉しく思っている。「読者は、ああいう、かなり大きな身体的ハンデを抱えた男性が充実した人生を送っているのを見て、喜びを感じているようです。ザックとジョアンは実に素晴らしい人生を歩んでいます。豊かなセックスライフを送り、揺るぎない関係を築いている。そしてお互いを変えてきた。そこが本当に素晴らしいところだと思います。ザックの主治医はジョアンに、ザックが三十を超えるまで生きのびられるとは思っていなかったといいます。でも、彼は生きている。たった一人で生きてきた。そして、ジョアンと出会い、新しい可能性の扉が開いたんです」

アメリカの作家ペニー・ワーナーは、新聞発行者のコナー・ウェストファルを主人公にしたシリーズ七作を生みだした。ウェストファルは、一見ほかの女性とまったく変わりがないように見えるが、根本的に違うところがある。四歳のときに重い髄膜炎に罹ったために、重度の聴覚障害を負っているのだ。独立心旺盛で直感力の鋭いウェストファルは、シリーズ第一作『Dead Body Language』（一九九七）で、カリフォルニア州ゴールドカントリーのフラット・スカンクという町に住む報道記者として初登場した。ウェストファルは、重度の障がいを抱えてはいるが、ふたつの強い味方を持っている。聴導犬のキャスパーとテレタイプ電話だ。テレタイプ電話とは、耳がまったく聞こえない人や聞こえづらい人、言葉が不自由な人が電話を使ってコミュニケーションするのを可能にする特殊な電子機器である。ウェストファルを支えているのはそれだけではない。三つ目の頼りになる味方は、健常者が聴覚に惑わされて見落としがちなことに気づく能力だ。この作品は、独創性とリアリティを兼ね備えることに成功しており、マカヴィティ賞の新人賞を受賞し、アガサ賞とアンソニー賞にノミネートされた。

アメリカの犯罪小説作家アビゲイル・パジェットは、サンディエゴ郡の裁判所調査官をしていた経歴を持ち、現在は精神障がい者の支援活動に携わっている。一九九〇年代にはサンディエゴ郡の児童保護サービスに勤務する児童保護調査官、ボー・ブラッドリーを主人公としたシリーズを執筆し、新境地を開拓した。ブラッドリーは双極性障害を患っている。パジェットのデビュー作『Child of Silence』（一九九三）は、双極性障害患者がはじめて主人公になった作品である。パジェットによれば、このシリーズを書くきっかけとなったのは、ふたつの重要な出来事だという。ひとつは、性と生殖に関する健康《リプロダクティブ・ヘルス》の推進に長年尽力してきた、パジェットがかねてから尊敬していた女性が自殺したことだ。女性は、自分の心の病を公表しないでほしいと遺書に書き残していた。反対派に取り沙汰されて、功績に傷をつけられるのを恐れたのだ。ふたつ目のきっかけは、トマス・ハリスの小説『羊たちの沈黙』（一九八八）だった。

「わたしの愛読書です。ハリスは素晴らしい作家ですよ」パジェットはいう。「ただ、ひとつだけ気になるシーンがありました。ハンニバル・レクターが刑務所の仲間の一人について、〝ヤギのにおい〟がするから精神分裂病だというんです。そんな決めつけるようなことをいうなんてとんでもない。とにかく間違っています」。パジェットは誤りを正してもらおうと、手紙を書くことにした。そして実際にハリスに宛てて、もっと気をつけてほしいと書き送った。精神障害を抱えた人物を主人公にして小説を書くつもりでいることも書いた。「ハリスから美しく優雅な文章で綴られた返信が届きました。中には、謝罪の言葉と、二度とこんなことがないよう、以後気をつけるという一文が書かれていました。ハリスは紳士でした。わたしにぜひその物語を書くべきだと勧めてくれたんです」

パジェットは、ハリスにいわれたとおりに小説を書き、それ以上のことをした。ハリスの出版社であるセント・マーチンズ・プレスに、〈ボー・ブラッドリー〉シリーズ第一作の原稿を送り、ハリスにこの本を書くように勧められたと伝えたのだ。作戦はうまくいった。パジェットはすぐにベテラン編集者ルース・キャビンに紹介され、セント・マーチンズ・プレスでは出版に至らなかったものの、タイム・ワーナー系列のミステリアス・プレスから出版されることになった。

新聞記者はしばしば「決して記事にはなるな、あくまで書く側でいろ」と警告される。そういう意味では、ミステリ作家も同じように警告されるべきだろう。犯罪小説作家のアン・ペリーなら、その警告が十分に身に染みているはずだ。ロンドン生まれのペリーは、トマス・ピットとウィリアム・モンクを主人公とした、ふたつの歴史探偵小説シリーズで最もよく知られている。彼女は、一九五四年、十五歳のときに殺人罪で有罪判決を受けている。当時ニュージーランドに住んでいたペリーは（そのころはジュリエット・ヒュームという名前だった）親友であるポーリーン・パーカーが母親を撲殺するのに手を貸した。事件の数か月前から結核で入院していたヒュームは、両親の離婚が迫っていたことや、一人で南アフリカの叔母の元へ送られることに思い悩んでいたといわれており、二人が一緒に南アフリカに行くのをパーカーの母親オノラ・リーパーが邪魔していると考えたヒュームとパーカーは、協力して邪魔者を殺したのである。ヒュームはオークランドの女性刑務所で五年間服役した。この恐ろしい実話は、ピーター・ジャクソン監督がメガホンを取り、ケイト・ウィンスレットがヒューム役を演じたニュージーランドのサイコスリラー映画『乙女の祈り』（一九九四）の題材となった。

ヒュームは釈放されると名前を変え、やがてスコットランドに移住した。そして一九七九年、ヴィクトリア朝の警察官トマス・ピットとその妻シャーロットを主人公にしたデビュー作『The Cater Street Hangman』を刊行する。その後、このシリーズは三十二作刊行され、二〇二〇年時点で存命の作家による犯罪小説シリーズとしては、ほぼ間違いなく最長のものとなっている［アン・ペリーは本書刊行後の二〇二三年に死去］。二〇一七年、ペリーはピット夫妻の息子ダニエルを主人公とする新シリーズをスタートさせた。

ペリーは驚くほどに多作だ。ヴィクトリア朝の私立探偵ウィリアム・モンクを主人公としたふたつ目のシリーズはこれまでに二十四作刊行されており、最新作『Dark Tide Rising』は二〇一八年に発売された。漁師の息子で労働者階級出身のモンクは、野心家で頭も切れるが、馬車で事故に遭って以来、記憶喪失に罹っている。第一作『見知らぬ顔』（一九九〇）でモンクは、警察をクビにならないよう、記憶喪失であることを隠そうとしている。第二作の『災いの黒衣』（一九九一）では、反抗的な態度で警察をクビになり、私立探偵に転身し、看護婦のヘスター・ラターリィーや貴族の弁護士オリヴァー・ラスボーン卿らとともに、事件の真相を究明するようになる。この作品は巧妙かつ容赦ない筆致で描かれ、ヴィクトリア朝時代の障がい者に対する偏見が効果的に扱われている。

二〇〇三年から二〇〇七年にかけて五作出版された三つ目のシリーズは、第一次世界大戦を背景に、元ケンブリッジ大学教授のジョセフ・リーヴリー大尉の生きざまを描いた作品だ。開戦前夜のケンブリッジを舞台にしたシリーズ第一作『No Graves as Yet』（二〇〇三）は、ニューヨーク・タイムズ紙ベストセラー一位に輝いている。ペリーはこの作品の発売後、ガーディアン紙のジャーナリスト、アンジェラ・ノイスタッターからのインタビューに答えて、次のように述べている。「道徳的な問題を探求することは、わたしにとって何よりも重要な課題です。わたしが書きたかったのは、自分が極限まで試されるような経験や心の葛藤に直面したとき、人はどうするのかということです」

J・K・ローリングはイギリス屈指の知名度を誇るウイットと想像力に富んだ優れた作家で、脚本家、プロデューサー、慈善家の顔も持っている。また、世界で最も成功した作家の一人でもある。あの驚異的なヒット作〈ハリー・ポッター〉シリーズを書きおえたあと、ローリングはロバート・ガルブレイスというペンネームで犯罪小説に取り組んだ。目指したのは、説得力のある背景を持った現代の推理小説だった。そして、ローリングに魔法の力があるのは実証済みとはいえ、想定以上の大成功を収めることになる。コーモラン・ストライクを主人公とした新シリーズ四作『カッコウの呼び声』（二〇一三）、『カイコの紡ぐ嘘』（二〇一四）、『Career of Evil』（二〇一五）、『Lethal White』（二〇一八）は、いずれも国内外のベストセラーリストの上位にランクインし、BBCやHBOでドラマ化されている。二〇二〇年には第五作『Troubled Blood』が刊行された。

ローリングは希代のストーリーテラーだ。精緻でドラマチックなプロット、鮮やかで詳細な描写、カリスマ性があってときに嫌味な、障がいを抱えた主人公コーモラン・ストライク。シリーズのどの本も魅力的で、説得力があり、独創性に溢れている。元英国軍警察特別捜査隊の隊員で、現在はロンドンで私立探偵をしているストライクは、アフガニスタンで地雷による攻撃を受け、右足の膝から下を失った退役軍人だ。そしてその心にも身体の傷に負けないほど大きな傷を負っている。ストライクを有名なロックスター、ジョニー・ロークビーの隠し子として設定したことで、作品に華やかなセレブ的要素を加えることにも成功している。

このシリーズは批評家たちから絶賛を浴びている。現代の典型的な私立探偵をどこかユーモラスになぞりながら、切れ味の鋭い刺激的なフーダニットを中心に、周到に構成されている。また、ストライクと、ストライクの助手でのちに頼りがいのある仕事のパートナーになるロビン・エラコットの間にはロマンチックな緊張感が漂う。第一作は格調高くスマートで、意外性とユーモアに溢れており、また、ストライクを下腿を切断した退役軍人にするという設定も、実によく考えられている。ストライクは激しい痛みを抱え、不自由な足で走ることもままならず、常に調子の悪い義足にうんざりしている。そういったことが、シリーズ全作のプロットに巧みに（そして、第一作では慎重に）織りこまれている。ストライクが失ったはずの足に激しい精神的、身体的痛みを感じたとき、わたしも同じ痛みを味わった。

ローリングは自身のウェブサイトで次のように述べている。「ストライクを下腿切断者として設定したことで作品の深みが増し、現在大勢の退役軍人が直面している、障がいを抱えて生きる日々の現実を描くことができました」

障がいは、ローリングにとって間違いなく身近な問題だ。ローリングの母アンは、一九九〇年、最初の小説『ハリー・ポッターと賢者の石』（一九九七）が出版される七年前に、多発性硬化症で亡くなっている。以来、ローリングは慈善活動に力を入れ、世界中の多発性硬化症をはじめとする障がい者のためのチャリティに、数百万ポンド寄付している。

障がい者コミュニティやマスコミは、ローリングのこの世界での挑戦を大きな喜びと称賛で迎えている。統計によれば、十人に一人が障がいを抱えて生活し、およそ四人に一人が人生のどこかで心の健康を損なうという。これは、世界中の人間が日々直面している厳しい現実だ。

ガルブレイスの作品が明らかな障がいを抱えた主人公とその日々の試練を描いた最初のベストセラーシリーズだという事実は、非常に大きな意味を持っている。目に見える障がいを抱え、精神的にも葛藤しているに違いない主人公は、いまの時代には特に意義がある。キーワードは、「ベストセラー」だ。ローリングが身体障がい者の主人公を創造しようとしたことは、アン・クリーヴスがステレオタイプに抗うヒロインを生みだし、〈ヴェラ・スタンホープ〉シリーズをベストセラーに導いたことを強く想起させる。どちらの作家も世間の流れに逆らって書き、その結果、文学的な勝利を勝ち取ったのだ。

障がいを正しく描くのは作家の使命である。一部の犯罪小説作家が障がいを抱えた登場人物を思い描き、生みだすことを躊躇うのは、この文学的なハードルの高さによるのかもしれない。犯罪小説作家から寄せられた意見の中には、自分には障がいの体験を描くのは無理だというものや、健常者はそういった体験を描くべきではないというものがあった。だが、文章力とは、豊かで自由な想像力を持つことに等しいといっても過言ではない。J・K・ローリングはそれをゴブリンのボウルに山ほど持っている。

わたしが感銘を受けたのは、第一作『カッコウの呼び声』（二〇一三）で、作者がストライクの抱える障がいを、ゆっくりと、だが着実に紹介していることだ。テンポラリー・ソリューションズ社からストライクの秘書として派遣されたばかりのエラコットは、読者同様、新しい上司が義足をつけていることを知らない。ローリングは実に巧みな方法でストライクの障がいを読者に紹介している。物語の序盤で、ストライクは「足を引きずるようにして」パブのカウンターに向かい、自分の障がいについて思いをめぐらせる。「体重増加の問題もある。十キロ近く増え、太って不健康な気がしてならないというだけでなく、いまはテーブルの下の真鍮のバーにかけて休めている義足によけいな負荷がかかっていた。このところそちらの足をわずかに引きずるようになっていたが、それは単に、負荷が増えたのが原因で皮膚がすりむけて痛いせいだった」。［『カッコウの呼び声』講談社、二〇一四年。池田真紀子訳］そして、少し後ろでは、新しい事件に取り組みながら、美しく裕福で嘘つきな恋人シャーロットとの破局をやりきれない思いで振りかえっている。シャーロットのフラットを出たばかりのストライクは、くたびれた事務所に寝泊まりし、折り畳み式ベッドで寝ている。「街灯のネオン電球の光を頼りに義足のストラップをはずし、じんじんうずく脚の先端をそっと抜く。痛みから守る緩衝材としては力不足になったジェルライナーも取った。充電中の携帯電話の横に義足を置き、寝袋にもぐりこんで頭の後ろで両手を組み……失った足、二年半前にもぎ取られた足の感覚はいまも失われていなかった。その感覚はいまも寝袋のなかにある。その気になれば、なくなったはずの爪先を曲げ伸ばしすることもできた」。［『カッコウの呼び声』講談社、二〇一四年。池田真紀子訳］このあたりの描写がきめ細やかで、思わず引きこまれる。ストライクがこちらの目を憚らずおおっぴらに義足を着脱するようになるころには、読者は心の準備ができている。だが、われわれ読者と違って、入念な心づもりの機会を与えられなかったエラコットは、心の準備が足りないまま、その事実に直面することになる。

　シリーズを通していえることだが、ストライクの障がいにまつわる描写はどれも信憑性が高い。一見どぎつく恐ろしい描写のようでも、隅々まで細心の注意が払われているのだ。『Career of Evil』（二〇一五）でも、トランスアビリズム［障がいのない人間が自ら障がい者になろうとしたり、障がい者の信奉者になったりする状況］に関する問題が取りあげられている。

　こういった身体完全同一性障がいについて触れる機会はいままでなかったので、非常に興味をそそられた。だが、ローリングがこの作品でそれを扱ったことには批判もあった。研究者のキャサリン・クアームビーは、『文学における障がいの描写』という講演の中で、主要登場人物の一人であるヘーゼルが、別の登場人物について語っている箇所を取りあげた。

「あの子が何を望んでいたか教えてあげる」ヘーゼルが吐きだすようにいった。「車椅子に収まって――赤ん坊みたいにあちこち運んでもらって、甘やかされて、注目の的となること。それが望みだったのよ。日記を見つけたの。一年くらいまえのものだと思う。あの子が好んで耽っていた空想や妄

想が書いてあった。馬鹿げてる……足を切断されて、車椅子でステージの端に陣取って、ワン・ダイレクションのコンサートを観たいんですって。ステージが終わったら、メンバーたちが駆けよってきて、ちやほやしてくれる。障がい者だからって理由で……想像するだけでムカつくわ。本物の障がい者は好きでそうなったわけじゃないでしょ。わたしは看護師だから知ってる。この目で見てるから」そういってストライクの下肢に目をやる。「まあ、あなたにはいうまでもないことだけど」

クアームビーは、このトランスアビリズムの取りあげ方は失敗だったと見ている。ひとつには、ストーリーに社会問題が詰めこまれすぎていて、その中に埋もれてしまっているからだという。このエピソードを取り除いても、ストーリーにはなんら支障もないと考えているようだ。だが、わたしはそうは思わない。残しておいたほうが、ヘーゼルの無神経で不愉快な人間性がはっきりするし、身体を切断されるということに対する、ストライク自身の感情にさらに深みが出るからだ。

〈コーモラン・ストライク〉シリーズは、ふたつの面でわたしの心に響いた。ひとつは、障がいを抱えた主人公が直面する身体と心の問題を、感傷を排してクリアーに描いていること。もうひとつは、魔法がかった筆致で綴られるストーリーの中で、他に類を見ない、魅力的な探偵を生みだしたことだ。

有色人種の犯罪小説作家

つい最近まで、アメリカの犯罪小説界には、有色人種の女性作家、特にアフリカ系アメリカ人やアジア系アメリカ人の作家がほとんど存在しなかった。有色人種の女性作家は、様々なジャンルで執筆していたが、ミステリや犯罪小説は敬遠する傾向があった。

犯罪小説界に限らず、有色人種の女性警察官もかなり少なかった。その状況はいまでも変わらない。女性作家たちが有色人種の女性を主人公にした警察小説を執筆しようと考えるには、実在のモデルが少なすぎたのだ。私立探偵の状況もほぼ同じだった。アメリカの大都市で活躍する有色人種の女性の私立探偵はほとんどいなかったため、有色人種の作家が有色人種の女性の私立探偵を主役にした小説を書くことも期待できなかった。

黒人の警察官や私立探偵を描くのを諦めた黒人の女性犯罪小説作家たちは、代わりにアマチュア探偵を描くことに注力した。初期のころから、探偵小説界では、エルキュール・ポアロ、ミス・マープル、ケイト・ファンスラー［アマンダ・クロス作］、エラリイ・クイーン、ポール・テンプル［フランシス・ダンブリッジ作］、ペリー・メイスン、ピーター・ウィムジイ卿、アルバート・キャンピオンといったアマチュア探偵が活躍していた。とはいえ、こうした探偵たちはすべて白人であり、ほとんどが男性だった。

黒人の女性作家の執筆したものが出版され、その本が売れるようになるまでの道のりはかなり険しい。わたしが話を聞いた黒人作家たちによれば、ときには、自分の人種を代表する黒人女性の本を書くことすら簡単ではなかったという。三つの新人賞にノミネートされた『A Negro and an Ofay』（二〇一七）の男性作者ダニー・ガードナーは次のように述べている。「アメリカにおいて犯罪者の顔は有色人種とされていますが、犯罪小説の顔は白人に限定されています――積極的にそうしようとしている。みんなも懐に余裕があるわけじゃない。われわれを閉めだそうとしているジャンルにこだわっても時間の無駄でしかないでしょう」

同じ有色人種で、ロサンゼルスを舞台にしたふたつのミステリシリーズがあるエドガー賞受賞作家のナオミ・ヒラハラ（平原直美）は、「有色人種の作家は、おそらく数年前まで、ジャンル小説――特に犯罪小説よりも、純文学を主に書いていました。大手出版社は、コンベンションなどの活動を通してミステリの読者とつながっていますが、その読者層が高齢者や白人に偏っているんです。そのため、より若く、より多様な読者、そして作者を集めるのが難しくなっています」

黒人探偵エルイーズ（ルー）・ノートンを主人公とした人気ミステリシリーズを手がけるレイチェル・ハウゼル・ホールは、危険を覚悟で刑事司法制度の問題点をありのままに描き、黒人主人公の経験を中心にストーリーを展開するような作家は、キャリアの壁にぶつかるかもしれないと考えている。「年配の白人女性が購買層の大部分を占めるこのジャンルで、読者を獲得するのは至難の業です」ホールはいう。「肌の色にこだわるあまり、有色人種の作家が書く小説には自分の人生経験に関わるものが何ひとつないと信じこんでいる読者もいるんです」

二〇一一年、アジア系アメリカ人作家のテス・ジェリッツェンは、ロイターのインタビューに次のように答えている。「わたしは二十二冊の著作で、自分の人種を隠してきました。結婚後の名前はかなり白人風なので、それを隠れ蓑にしていたんです。人種を明かすのは危険だと感じていたからです。市場に受けいれてもらえるとは思えませんでした。でも、そろそろアジア系アメリカ人の視点で書いてもいいころだと感じたんです」。『The Silent Girl』（二〇一一）では、中国の伝承、中国武術の女性師範、孫悟空伝説、通訳の男ジョニー・タムといった要素がストーリーに織りこまれた。ジョニー・タムは野心的な中国系アメリカ人で、捜査コンビのリゾーリ&アイルズとともに、ボストンのチャイナタウンで起きた殺人事件に取り組んでいく。

殺人捜査課の刑事、私立探偵、アマチュア探偵という三つの世界において、有色人種作家と有色人種の主人公にはどのような特別な課題があるのだろうか。

殺人捜査課の刑事を主人公とする警察小説は、私立探偵やアマチュア探偵の活躍を描くほかのジャンルの小説と違って、捜査の手順に重点を置く。こうした警察官の主人公たちは法の力を味方につけている。警察署に勤務し、担当事件を山のように抱え、日々仕事に追われているが、たいていの場合、相棒とコンビを組んで仕事を分担し、捜査情報を共有している。また警察官は、目撃者をどう扱うか、法廷での証拠能力を確保するには証拠をどう取り扱えばいいかといったことについて、ルールに則って行動することが要求される。殺人捜査課の刑事は常に危険と隣りあわせであるため、警察小説の雰囲気は往々にして殺伐としており、内容も暴力的であることが多い。

犯罪小説で活躍する黒人の女性刑事を創造した作家はほとんどいないが、実在する例は興味深い。

その一人に、二〇一〇年に六十五歳で亡くなった元会計士のエレノア・ブランドがいる。ブランドが一九九二年に発表した小説『Dead Time』はシカゴ近郊の小さな架空の町リンカーン・プレーリーを舞台にした、十四冊からなる警察小説シリーズの第一作だ。このシリーズは、はじめてシリーズの主役になったアフリカ系アメリカ人の女性刑事、マーティ・マカリスターの人生と仕事を中心に描かれている。夫に先立たれた、ふたりの子どもの母親であるマカリスターは聡明で情熱に溢れた威厳のある警察官で、そのキャラクターは、犯罪小説に登場する黒人女性のネガティブなステレオタイプに立ちむかっている。シリーズの重要な要素はコミュニティで、マカリスターも若い相棒の〝ヴィク〟ことマシュー・ジェセノヴィクもそれぞれ家庭を持っており、それがキャラクターとプロット両方の中核をなしている。

黒人作家の多くは、子どもを持ち、家庭生活を警察の仕事と同じように人生の中心に据える刑事を創造している。ブランド自身も生前こう語っていた。「わたしたち黒人作家がミステリ小説にもたらした最も大きな貢献は、大家族を作りあげたことです。配偶者や大切な人たちは常に主人公のそばにいて、最初の三章で死んだりすることはまずありません。複雑な内面を抱えた子どもたちも求められ、愛されていますし、ペットまで登場します」

ジュディス・スミス＝レヴィンはシカゴで生まれ、DJ、モデル、ニュースレポーター、秘書、テレビ局のラインプロデューサー、書店主など、様々な職業を経験した。一九七四年にはマサチューセッツ州ウースターで女性初の制服警察官となり、歴史にその名を刻んでいる。スミス＝

レヴィンが生みだした主人公はアフリカ系アメリカ人の殺人捜査課警部補スターレッタ・デュバル、警察に入って十五年の気骨あるベテラン警察官だ。警察官の娘であることに誇りを持つタフで美しいデュバルは、シリーズ四作を通じてマサチューセッツで起こった事件を解決に導いている。二〇〇九年に亡くなったスミス＝レヴィンは、このシリーズを執筆した動機について、警察官としての危機や困難を乗りこえるためだったと語っている。

ペニー・ミッケルベリーは出版業界やテレビメディアで十年間働いてから、執筆に専念した。ふたつのシリーズ作品があり、ひとつ目は、一九九四年のデビュー作『Keeping Secrets』で初登場したアフリカ系アメリカ人の事件記者ミミ・パターソンが活躍する犯罪小説シリーズ、もうひとつは、アフリカ系アメリカ人の刑事事件弁護士で、夫が殺されてアマチュア探偵になるキャロル・アン・ギブソンを主人公としたシリーズだ。

レイチェル・ハウゼル・ホール

ハウゼル・ホールはロサンゼルスに生まれ、現在も夫と娘とロスで暮らしている。二〇二〇年時点で八冊の著書があり［二〇二三年で十五冊］、そのうちの四冊は、批評家の絶賛を浴びた、黒人刑事〝ルー〟こと、エルイーズ・ノートンを主人公とするシリーズ作品だ。シリーズ第三作『Trail of Echoes』

（二〇一六）はカーカス誌の書評でスターを獲得し、同誌の「徹夜本」に選書された。『Land of Shadows』（二〇一四）と『Skies of Ash』（二〇一五）は、ロサンゼルス・タイムズ紙の「この夏の必読書」に選ばれた。また、ハウゼル・ホールは、ジェイムズ・パタースンとの共著『The Good Sister』（二〇一七年刊行の『The Family Lawyer』に収録された三篇の中篇小説のひとつ）も手がけている。ナショナル・パブリック・ラジオ（NPR）の人気コーナー〈クライム・イン・ザ・シティ〉シリーズでも特集され、AWP［Association of Writers & Writing Programs］では創作指導プログラムのメンターを務め、現在はアメリカ探偵作家クラブの理事でもある。

ハウゼル・ホールの主人公である〝ルー〟ことエルイーズ・ノートンは、ロサンゼルス、サウスセントラル地区で、白人男性ばかりの殺人捜査課に勤務する黒人の女性刑事だ。ルーの子ども時代は姉が行方不明になったことによって早々に終わりを告げ、ルーは姉の失踪の真相を突きとめるためにも警察官になることを選択した。相棒のコリン・タガートとともに事件を追うルーは、スマートで歯切れのよい、ウイットに富んだ語り口を持つ、タフで腹の据わった捜査官だ。ニューヨーク・タイムズ紙はルーを「味方にしておきたい、手強い闘士」と評している。

この〈ノートン〉シリーズを執筆するまえ、ハウゼル・ホールはエンタメ小説を書いており、二冊のミステリを自費出版している。最初の小説『A Quiet Storm』は二〇〇二年にスクリブナー社から出版された。だがその後、なかなか次の出版契約に漕ぎつけることができなかった。その理由を〝アーバン文学〟の時代だったからだと、ハウゼル・ホールは考えている。「あのころは暗い現実を描くようなタイプの文学ばかりでした。編集者たちはわたしの作品に黒人らしさが――ゲットーっぽさが足りないと思っていたんです。屈辱でしたよ。わたしは黒人で、ロサンゼルス中心部のクレンショー地区で育っていましたから。信じられませんでした」

ロサンゼルス・レビュー・オブ・ブックスの討論会〈It's Up to Us〉で、ハウゼル・ホールは、警察の捜査手順について何も知らなかったので、はじめは警察小説を書くのが「怖かった」と語っている。だが、娘のマヤを身ごもっているときに乳癌と診断され、その三年後、再び癌の恐怖に直面した。「生きていられる保証はないし、癌に命を取られるまえにやりたいことを見つけなければと思ったんです」

「それで、警察小説を書こうと思いました。自分や同級生のみんなと同じ、現代のロサンゼルスに住む黒人の女性が事件を解決したりする話です。つまり、〝ルー〟は、自分の人生を正常化し、死と向きあうという必要性から生まれたわけです。それに、わたしはチャンドラーやスティーブン・キングといった、クールな場所を描くクールな作家を読んで育っていますし、ロサンゼルスが好きで、クールな場所だと思っていましたから、自分なりにロサンゼルスを描いてみたかったんです」

「恐ろしい思いをしたことも、苛立ちを感じたこともありましたが、こうして生きていますし、自分の声も見つけました。大勢の読者の心に響くキャラクターを生みだせたことを嬉しく思っています」

担当編集者が白人の黒人作家は、登場人物の言葉遣いを変えさせられることが多いが、ハウゼル・

ホールの編集者はルーの言葉遣いをいじろうとはしなかった。「白人はわたしたちにはまるで理解できないようなことをいいだして、それを押し通そうとする。でも、わたしの編集者は、わたしがいいたいことをいうのを妨げたりしないで、ルーをあるべき姿のままでいさせてくれるので、読者がついてきてくれるんです。相棒のコリンは白人ですから、何も知らない白人の役をやってもらって、ルーが教えてやらなければいけないような形にしています。そうやって、白人の読者に黒人の世界のあれこれを説明しているわけです」

私立探偵

私立探偵は依頼者から仕事の報酬を得ているものの、組織の力は借りずに調査を行う。作者にとっても読者にとってもいえることだが、私立探偵の魅力とは、権力に立ちむかい、不可能としか思えないことを可能にし、社会の不正を正す姿にある。私立探偵小説というジャンルで特に著名な作家を挙げるとすれば、本書でも見てきたように、アーサー・コナン・ドイル卿、ダシール・ハメット、レイモンド・チャンドラー、スー・グラフトン、サラ・パレツキー、ジェイムズ・リー・バーク、マーシャ・マラー、アラフェア・バークが挙げられる。

私立探偵は通常、ある程度の訓練を受けており、役に立つ技能をいろいろと身につけている。あまり警察に逆らうとライセンスを取り消されることもある。会話はウイットに富み、作品のトーンは暗く悲観的だ。中世の騎士や西部劇のヒーローのように振る舞い、たいていの場合、子ども時代や過去にトラウマになるような辛い経験をしている。また、真摯な人柄で、自分の中にしっかりとした道徳規範を持っており、常に真実と正義の側に立ち、しばしば自らの手で正義を貫く。そのため、読者にとってはかなり魅力的な主人公だ。

私立探偵を主人公としたシリーズは、社会問題を前面に押しだすことが多い。たとえば、サラ・パレツキーは、フェミニストの問題を社会的、文化的、政治的、環境的問題と絡めて取りあげている。また、〈メイジー・ダブス〉シリーズを執筆したジャクリーン・ウィンスピアは、第一次世界大戦の退役軍人にまつわる問題を扱っている。

黒人がなんらかの形で探偵役を務める小説を書いた、初の黒人女性作家として知られているのは、一九八八年に『Clio Browne: Private Investigator』で、タイトルと同名の主人公クリオ・ブラウンを世に送りだした、ドロレス・コモである。ブラウンはセントルイス初の黒人私立探偵の娘という設定だ。この作品は伝統的な私立探偵像を踏襲しながらも、どこかユーモラスなトーンで描かれている。

現代の黒人探偵の主人公は極めて少ない。その代表格は、ヴァレリー・ウィルソン・ウェズリーが創造したタマラ・ヘイルだ。エッセンス誌の元編集長であるウィルソン・ウェズリーは、コネチカット州のアッシュフォードで生まれ育ち、ハーバード大学を卒業後、コロンビア大学ジャーナリズム大学院で修士号を取得、その後執筆活動に専念した。児童書や、ティーンエイジャー・ヤングアダルト向けの作品、犯罪小説以外の大人向けの作品があるが、とりわけ有名なのは、現在八作刊行されている、私立探偵タマラ・ヘイルを主人公としたシリーズだ。有能で独立心が強い不屈の元警察官、そしてシングルマザーでもあるヘイルは、大手の出版社から世に送りだされたキャラクターとしては初の、黒人女性の私立探偵として貴重な存在である。活発な性格で、皮肉な口ぶりでよく知られている。

アマチュア探偵

アマチュア探偵は、私立探偵と違い、報酬を受けて仕事をしているわけではない。捜査に必要なライセンスも持っていないし、警察に雇われているわけでもない。スリラーより、コージーやミステリのヒロインとして登場する場合が多い。また、アマチュア探偵小説は、主人公が変わり者で、会話はユーモアに溢れ、全体のトーンはたいてい明るい。だが、必ずしもそうとは限らない。中には暗い性格のアマチュア探偵もいる。たとえば、エレン・ハートのジェーン・ローレス、ネヴァダ・バーのアンナ・ピジョン、ケイト・ホワイトのベイリー・ウェギンズがそうだ。彼女たちが登場する小説は、トーンも雰囲気も暗く荒んでおり、緊張感とサスペンスに満ちている。アマチュア探偵の職業は様々だ。ジェーン・K・クレランドのジョシー・プレスコットは骨董品商、ドナ・アンドリューズのメグ・ラングスローは装飾鉄工職人である。

ロサンゼルスの元脚本家アッティカ・ロックは、生まれ故郷のテキサスを舞台にした作品で、数々の賞を受賞している。ロックが生みだした三人の探偵は、かつて公民権運動の闘士だったヒューストンの黒人弁護士ジェイ・ポーター、東海岸の小さな町で起こった事件を捜査する黒人テキサス・レンジャーのダレン・マシューズ、そしてその昔、プランテーションだった土地を管理する若いアフリカ系アメリカ人の女性カレン・グレイである。

ハーバード大学出身の起業家であり、ニューヨークのコンサルティング会社で黒人女性としてははじめて共同経営者になったパメラ・トーマス＝グラハムは、黒人経済学教授のアマチュア探偵ニッキ・チェイスを主人公とする〈アイビーリーグ・ミステリ〉シリーズを執筆した。テリス・マクマハン・グライムスは、賞を獲得した〈テレサ・ギャロウェイ〉シリーズを手がけている。サクラメントの州機関に勤める人事担当者テレサ・ギャロウェイは、ふたりの子を持つ三十八歳の既婚者で、わたしがこれまでに出会ったアマチュア探偵の中では珍しく、人種や人種的アイデンティティ、人種差別の問題にほとんど関心を示さない。

ニュージャージー州生まれのケリー・ギャレットは、CBSの犯罪ドラマ『コールドケース迷宮事件簿』（二〇〇三）に脚本家の一人として参加したのち、デビュー作『Hollywood Homicide』（二〇一七）を執筆して、ブックバブの「史上最高の犯罪小説一〇〇冊」に選出され、アガサ賞、アンソニー賞、レフティ賞［現レフト・コースト・クライム賞］、インディペンデント・パブリッシャー・ブック賞（I

ＰＰＹ賞）で最優秀新人賞を獲得した。この物語では、私立探偵の求人広告に応募した失業中の女優ディナ・アンダーソンがアマチュア探偵として活躍する。ヒロインは複雑なキャラクターで、プロットは奇抜かつウイットに富んでいる。ギャレットは、本作中でも本作に関する討論の場でも、主人公の肌の色より、その個性のほうに重点を置いている。〈Detective by Day〉シリーズ第二作『Hollywood Ending』（二〇一八）は、〈サスペンス〉誌、〈ブック・ライオット〉、〈クライムリーズ〉が選ぶ二〇一八年のベストミステリに選出された。ギャレットは、アメリカ探偵作家クラブと国際スリラー作家協会の現メンバーで、シスターズ・イン・クライムの理事も務めている。また、二〇一八年には、受賞作家のウォルター・モズリイ、ジジ・パンディアンとともに、現在百七十名のメンバーを擁する、男女混合の有色人種犯罪小説作家組織〈クライムライターズ・オブ・カラー〉を設立した。ギャレットが描く〈クライムライターズ・オブ・カラー〉のビジョンは、歴史的に軽視されてきた人種的、文化的、民族的バックグラウンドを持つ犯罪小説作家やミステリ作家に光をあて、有色人種の犯罪小説作家が抱える特有の問題に取り組むうえで、互いにサポートしあえるような場を提供することだという。

「出版業界は、社会的に軽視されてきたバックグラウンドを持つ作家に優しいとはいえません。たとえば、フランキーズ・リスト［〈シスターズ・イン・クライム〉で作成している、有色人種など社会的に軽視されてきたバックグラウンドを持つ作家のリスト］に目を通していただければ一目瞭然ですが、軽んじられてきたバックグラウンドを持つ犯罪小説作家の数は驚くほど少ない。リストには、掲載されている作家のうち、現在も本を出しているのは何人かといったことまでは書かれていません。いまはさらに少なくなっています」。それは才能がないからではなく、有色人種の作家には白人の作家に与えられているような機会が与えられていないからだとギャレットはいう。「出版業界はようやく、犯罪小説のほぼすべてのサブジャンルで、全面的に多様性を受けいれる気になってくれたようです。それはとても喜ばしいことですが、わたしたちの作品がこれまでのように単なるトレンド扱いされるのではなく、当たり前のものになることを願っています」

バーバラ・ニーリイが生みだしたアマチュア探偵は四十歳の母親で、家政婦として働く、黒い肌のアフリカ系アメリカ人ブランチ・ホワイトだ。皮肉にもヒロインにはファーストネームもファミリーネームも〝まっ白〟を意味する名前がつけられている。ホワイトは骨も腰も胸も腕も何もかも大きいが、その肝っ玉もまた特大サイズだ。シリーズ四作にわたってノースカロライナの白人女性の家で働きながら、仕事と育児と事件の謎解きを器用にこなしている。ニーリイの『怯える屋敷』（一九九二）は、犯罪小説のデビュー作としてはかなりの成功を収めた作品のひとつであり、アガサ賞の最優秀新人賞、マカヴィティ賞とアンソニー賞の最優秀新人賞を受賞している。

『怯える屋敷』でホワイトは三十日の懲役刑を言い渡され、はじめて犯罪と関わりを持つことになる。四人の雇い主が給料を支払わずに町を出ていってしまい、ホワイトの小切手が不渡りになったためだ。逞しいホワイトは裁判所を逃げだしてある裕福な一家のもとに身を潜めるが、そこで雇われたのはまえの家政婦と間違われたからに過ぎなかったことが判明する。別人であることにさえ気づかれなかったのだ。白人にとって黒人は見えない存在で――だからみんな同じに見えてしまう

——黒人の家政婦は二重に見えない存在であるという事実を、読者は突きつけられる。この作品の力強い人種的テーマは、ミステリや犯罪小説としてのテーマに負けないほど際立っている。巻が進むにつれて、その政治的なトーンはますます強くなっていくが、独創的で印象深いホワイトが、独立心旺盛な誇り高いキャラクターであることはシリーズを通して変わらない。

わたしは何人かの白人作家に、自分の小説で有色人種の登場人物をうまく描けると思うか——正確に創造するのが可能だと思うか尋ねてみた。

アリソン・ブルースは現在、セリアという黒人のキャラクターが登場する本を執筆中だ。「セリアは第二次大戦後にカリブ海地域からイギリスに移住してきたウィンドラッシュ世代の女性で、ジャーナリストとしてキャリアを積み、高級雑誌で記事を書いていますが、いつもまわりの人間に足を引っぱられています」ブルースは語る。「お気に入りのキャラクターですが、きちんと描けていないのではないかと不安にもなります。いうまでもなくわたしは白人の女性で、黒人の女性を描いているわけですが、ステレオタイプには陥りたくありません。できるだけ本物らしく描きたいと思っています。作品を大切に思っていればいるほど、正しく捉えられていなかったらどうしようと、気が遠くなりそうです。でも、それができているのかどうかわたしにはわからない。正しく捉えていなかったとしても、自分では気づけないいんです。だから、このキャラクターがうまく描けていることを祈るのみです」

数人の作家は、有色人種のキャラクターを書くと他人の物語を盗んでいると思われそうで不安になると語った。だが、歴史小説を手がけている作家の中には、有色人種のキャラクターを書くことにそれほど抵抗がない人もいるようだ。一般的に、こうした文学的な問題はよりオープンに議論されるようになり、作家たちも以前ほど神経質にならずにすむようになった。アン・クリーヴスによれば着実に進歩しつつあるという。

「わたしたちの業界もより多様になりつつあります。でも、多様性はもっと必要です。ハーヴィル・セッカー／ブラッディ・スコットランドが、作品を出版社に持ちこむだけの自信がないBAME［Black, Asian and minority ethnic 黒人・アジア人・少数民族の略語］の作家を発掘するために開催したコンペで、わたしとアビール・ムカジーが初年度の審査員を務めたんですが、いろんな意味において、肌の色や人種よりも階級の問題のほうが深刻だという点で彼と意見が一致しました。出版界に人脈がないとかなり苦戦をしいられます。ロンドンに住んでいない場合も同様です。労働者階級の出身者や、非白人、教養や学のない人をもっと応援してあげる必要がある。そういう人たちのほうが語るべきことがたくさんありますし、犯罪についてもわれわれよりずっと詳しい。だから、彼らの声を世に送りだすべきだと思っています」

サラ・パレツキーは、出版業界がコングロマリット化していることと作家の収入が激減していることが、有色人種が軽視される大きな要因になっているという。「犯罪小説を手がける有色人種の作家は真っ先に市場から追いだされました。ヴァレリー・ウィルソン・ウェズリーのような作家がそうです。才能溢れる作家で、中流階級のアフリカ系アメリカ人の女性を主人公にして書いているんですが……文章も素晴らしくて、実に面白い。でも、この業界にウェズリーが入る余地はありませんでした。出版社は、彼女のための市場があるとは考えなかった」

「数年前、あるアフリカ系アメリカ人の女性を指導していたときにも、似たようなことがありました。その女性はだいぶまえに中流階級の話し方をする警察官を創造していたんですが——出版社が求めていたのはゲットー風のしゃべり方だった。ごく普通のアフリカ系アメリカ人は求めていなかったんです。結局理解してもらうことはできませんでした。何度も書いては書きなおしてを繰りかえしましたが、どこも相手にしてくれなかった。とても腹立たしく、胸が潰れるような思いでした」

パレツキーは、アフリカ系アメリカ人の主人公を書こうとは思わないという。「ここアメリカは人種の問題に敏感なので、アフリカ系アメリカ人を主人公にすると、文化の盗用や濫用をしているような気分になってしまうからです。V・I・ウォーショースキーというキャラクターを思いついたとき、シカゴが人種的、民族的アイデンティティをかなり重視する土地柄だということは知っていました。だから、彼女をアフリカ系アメリカ人やラテン系アメリカ人にするというのはありえなかった。その代わり、アフリカ系アメリカ人の脇役を数人、ゲスト的に登場させました」

「そういえば、ウォーショースキーが黒人警察官といい仲になったときには驚かされました。嫌がらせの手紙が届いたんです。そんなことで抗議をしてくるなんて、時代錯誤のレイシストですよ！　結局、わたしの二人の登場人物は別れました。黒人と白人がどうこうという問題ではなく、私立探偵と警察官という立場の違いが原因でね」

第十章　法医学に携わる女性たち

法医学小説は犯罪小説界に参入するとたちまち最も人気のあるジャンルとなり、活字の上でもテレビの画面上でも絶大な人気を博した。このジャンルにおいても、女性作家の小説は大きなブームを巻きおこしている。

何人もの一流の女性犯罪小説作家と何千人もの女性読者の想像力をかきたててやまない法医学だが、どこがそれほどまでに複雑で魅力的なのだろうか。

人の体には多くの秘密が隠されている。遺体を扱い、犯罪現場や被害者の手がかりとなる物的証拠を分析して、犯人を見つける手助けをするのは、法医学者たちの仕事だ。法医学者といっても、法医病理学者と法人類学者とでは、仕事の内容や技術に違いがある。法医病理学者は、死亡の様態と原因を特定するために解剖を行い、血液、軟部組織、臓器、体液などを重点的に分析する。一方、法人類学者は、骨や白骨化した遺体を分析する。

犯罪小説作家が、法医学を小説の背景にしたり、法医学者を小説の主人公にしたりする場合、作者自身が専門知識を持つ科学者であるか、そうでない場合は、相当のリサーチをする必要があるだろう。

数多くの刺激的な法医学スリラーの中でも抜きんでているのは、法人類学者ルース・ギャロウェイを創造したエリー・グリフィスや、殺人捜査課刑事ジェイン・リゾーリと検死官モーラ・アイルズの名コンビを生みだした元医師テス・ジェリッツェンの作品だ。

もともと出版業界で働いていたエリー・グリフィスは、はじめのうち、本名のドメニカ・デ・ローザ名義でイタリアにまつわる小説を書いていた。犯罪小説のデビュー作『The Crossing Places』（二〇〇九）のプロットは、考古学者としての教育を受けるために都会の仕事を辞めたばかりの夫とノーフォークのティッチウェル湿地を旅した際に、形になったものだ。主人公となる法人類学者のルース・ギャロウェイが霧の中を歩いてくるのが見えたという。そして、犯罪小説に転向するならジャンルにふさわしいペンネームを考えたほうがいいというエージェントの勧めに従い、エリー・グリフィスが誕生した。二〇二一年時点でギャロウェイはこのデビュー作から『The Night Hawks』（二〇二一）までの十三作に登場している［二〇二三年、シリーズ第十五作目の『The Last Remains』が刊行された］。

テス・ジェリッツェンはスタンフォード大学で人類学を学び、カリフォルニア大学サンフランシスコ校で医学を学んだのち、ハワイで医師として働きはじめた。当初はロマンス・スリラーを手がけ、人体や医学界に関する自身の知識を小説に活かすことはなかったが、一九九六年に人体臓器売買の闇市場について描いた戦慄のサスペンス『命の収穫』を上梓。二〇〇一年に発表した〈リゾーリ&アイルズ〉シリーズ第一作『外科医』では、医療スリラーと犯罪小説を融合することに成功した。当初、殺人捜査課刑事ジェイン・リゾーリは脇役にすぎず、検死官のモーラ・アイルズも、その翌年に出版されたシリーズ第二作『白い首の誘惑』まで登場しない。

ジェリッツェンの作品は、暴力のほとんどがストーリーの裏で起こっているとはいえ、神経質な読者や繊細な読者には向かないだろう。ジェリッツェンによれば、医師としてのバックグラウンドは小説の題材を提供してくれるだけではなく、医療に携わる登場人物の視点から——とりわけ検死官アイルズの視点から、ストーリーを語るための教養と資質になっているという。「犯罪小説に転向してみたら、知識と経験のおかげで、病理解剖室を描くのが苦にならなかったんです。死亡の原因や様態といった法医学的なディテールも、それほどリサーチをしなくても、難なく描くことができました」

ジェリッツェンは、アイルズが様々な面で自分をモデルにしたキャラクターであることを認めているが、そのアイルズも、第二作で初登場したときには脇役にすぎなかった。「アイルズを登場させて、超然としたミステリアスな人物として描きはじめたら、もっと彼女のことを知りたくなりました。書きながらアイルズに自分自身の特徴を足していったような感じですね」

人類学者、科学者、医師としてのキャリアは、ジェリッツェンの犯罪小説家としての地位を向上させた。だが、ジェリッツェンが医療スリラーをはじめて書いたとき、エージェントは彼女が医者であることさえ知らなかったという。「関係のないことだから、話さなかっただけですよ。でも、『命の収穫』を書いたら、さすがに黙っているわけにはいかなくなりました。なんでいままで医療スリラーを書かなかったのっていわれましたけどね」

法医学犯罪小説界のトップに君臨する優れた作家は、ほかにも二人いる。絶大な人気を誇る有名な検死官ケイ・スカーペッタを生みだしたパトリシア・コーンウェルと、世界的な法人類学者テンペランス・ブレナンを創造したキャスリーン・ライクスだ。

シカゴ出身のキャスリーン・ライクスは、現代のアメリカにおいて、批評家の間でも、文学的、商業的意味でもとりわけ重要な二人の犯罪小説家のうちの一人である。デビュー作の『既死感』（一九九七）は、ケベック州の法人類学者であり、犯罪小説のキャラクターで最も有名な法医学の権威でもあるテンペランス・ブレナンを、一人称の語り手として世に送りだした。ライクス自身予想だにしていなかったが、このデビュー作は一九九七年、アーサー・エリス賞の最優秀新人賞に輝き、ニューヨーク・タイムズ紙のベストセラーになった。その後もこのシリーズで数々のヒットを飛ばしたライクスは、この小説を基に制作された、テンペランス・ブレナンの仕事と人生を描くFOXのロングランテレビシリーズ『BONES』のプロデューサーに就任した。

ライクスは、自身が生みだした大人気のキャラクターと同様に、法人類学の第一人者でもあり、アメリカ法人類協会の認定を受けたわずか百人の法人類学者の一人として同協会の理事および副会長を務めている。アメリカ法科学会でも副会長を務め、カナダ警察諮問委員会の現メンバーでもある。また、長年にわたり、ノースカロライナ州の検死官事務所やケベック州の法医学研究所で顧問を務めている。講師や指導教官として、FBI捜査官たちに遺骨の回収や分析の方法について講義を行い、グアテマラの集団墓地の発掘作業に協力したり、ルワンダに赴いて国連の国際司法裁判所でジェノサイドについて証言したりといった、実践的な活動も行ってきた。また、ニューヨークのグラウンド・ゼロ［ワールドトレードセンター跡地］で法人類学的な作業を行い、韓国や東南アジアで亡くなった第二次世界大戦の戦死者たちの身元確認作業にも携わった。

あくまで作家のパトリシア・コーンウェルとは違い、キャスリーン・レイクスには執筆のためリサーチをする必要がほとんどない。作家として歩みはじめたばかりのときから、レイクスは法人類学者としての経験を生かして、そのドラマチックなスリラーに信憑性を持たせ、読者に魅力的でサスペンス溢れるストーリーを提供するだけではなく、興味深い犯罪と法医学の世界を垣間見せてくれている。骨が発見され、答えが必要なとき、当局が頼りにするのはブレナンだ。そしてブレナンは担当するすべての事件に真摯に向きあう。

「出版したばかりで、だれもテンペランス・ブレナンを知らなかったころ、マーケティングやプロモーションを行う際に、出版社はわたしがまだ法医学に携わっているという事実を売りこみに使っていました。たぶん、それがマーケティング策略として、功を奏したのでしょう。間違いなく本の信憑性が高まりますからね」

「わたしが二十年勤務した研究所には、科学捜査研究所から法医学研究所まですべて揃っていました。常日頃から、弾道学、放火、病理学、歯学など、あらゆる法医学の専門家と交流していたわけです。事件に関わるのはしょっちゅうでしたし、あえて積極的に関わってきた。おかげで捜査のやり方がよくわかりました。もちろん、捜査官とも関わっていました。犯罪が関わる場面を描くとき、わたしはわざわざ人に電話をかけたり、研究所を訪ねたり、リサーチしたりする必要がありませんでした。何から何まで目の前に揃っていましたし、それが何を意味するのかもすぐにわかったからです。わたしの本にほかの作家にはない信憑性があるとしたら、そのおかげだと思います」

知見も専門知識も経験も十分に備えているにもかかわらず、レイクスは、自分の小説で科学を正確に描くことに躍起になっているのを認めている。同時に、レイクスをはじめとする法医学者でもある作家たちは、正確さや信憑性と、生き生きとして魅力的なわかりやすいストーリーとのバランスをとらなければならない。「専門用語や詳細な科学的情報を詰めこみ過ぎると、読者を失いかねませんからね」

このシリーズと小説を基にしたテレビドラマ『BONES』の成功は、そして法医学をテーマにした犯罪小説やテレビドラマがおしなべて絶大な人気を博したことはレイクスを驚かせた。犯罪小説やミステリに興味を持つ人は昔から存在していたが、一九九〇年代以降、読者や視聴者が科学をテーマにしたストーリーに惹かれる傾向はますます強くなっているようだ。そんな中でも、レイクスの作品が特に読者を惹きつけるのは、作者自身が現場で体験したことや、実際に担当した事件を（厳密にではないにせよ）基にしているからだろう。デビュー作の『既死感』は、現実の連続バラバラ殺人事件をヒントにした作品だ。『Grave Secrets』（二〇〇二）はグアテマラでの集団墓地発掘の経験を基にしている。

このシリーズには当然ながら被害者の遺体や遺骨の生々しい描写が含まれているが、レイクスは、無意味に残酷な描写やセンセーショナルな描写は極力避けるよう努めているという。「プロットの進行に必要な場合以外、残酷なシーンは入れないほうがいいですね。自分の作品に、無意味に残酷な描写は入れたくないんです。そういうことは絶対にしません。ただ、できるだけリアルな作品にしたいと思っているので、入れたほうがリアルで、意味があるなら入れます。そこが難しいところです。残酷な描写を入れながら嫌悪感を与えないようにするには、バランス感覚が大切です。慎重になる必要があります。わたしたちは暴力的な死を扱っているのですから。うまくやっていくためにはこういった綱渡りをしなければならないのです」

レイクスは作品の中で、ユーモアによって衝撃的で凄惨なシーンを和らげたり切り替えたりしているが、これもまた現場での実体験を反映したものだ。「病理解剖室では、絞首台ユーモア、いわゆるブラックユーモアで、緊張をほぐしたり、ストレスを軽減したりすることがあります。警察官もジョークをいいますし、病理学者や歯学者が、あるいは検死の担当者がいうこともあります。唯一、ジョークがいっさい出ないのは、子どもが被害者だったときです。その場合はみんな押し黙っています。わたしはユーモアが好きなので、自分の本にはジョークを入れました。テンペランスの口ぶりを読んだ友人たちには——ちょっと小生意気な口のきき方をするんですが——あなたがしゃべっているみたいだっていわれますね」

凄惨なシーンや描写はストーリーをリアルにすると同時に、罪のない犯罪の犠牲者のために正義を勝ちとろうという主人公の固い決意を際立たせる。レイクスは、仕事の現場で感じた自分自身の感情を、プロットや主人公を通してできるだけストーリーに反映しようと心がけている。それが、冷静沈着な専門家で仕事に没頭するテンペランス・ブレナンを、魅力的で親しみやすいキャラクターにしているのだ。レイクスによれば、法医学をテーマにした小説の主人公の中には、冷淡で近づきがたい印象を与えるキャラクターもいるという。

レイクスは、テンペランス・ブレナンが、少なくともキャリアと外見では自分と同じ特徴を数多く備えていることを認めている。「法医学の世界で活躍する、力強い女性の主人公にしたかったので。仕事の面なら、自分をモデルにすれば描きやすいと考えました。私生活の面はまた別ですが。彼女には彼女の私生活があります」

シリーズを通してブレナンは、男性の同僚や警察関係者からの性差別に毅然と、だが友好的に対処している。「わたしも同じような対処をしていますね。ブレナンは怒ったり神経過敏になったりすることはありませんが、自分の意見をしっかり持っています。おそらく、男たちをうまくあしらうには、昔ながらのやり方が一番だと思っているのでしょう。〝ハエをたくさん捕まえるには、酢より蜂蜜〟というやつです」。レイクスは、現実の法人類学者の世界では、学術的な基盤があることと、男女比が三対一程度とほかの分野よりずっと女性が多いこともあり、性差別や差別は比較的少ないと認めている。だが、男性が女性と――特に権限のある地位についている女性や、自分より知識が豊富な女性と仕事をするのを嫌がる場面はたびたび見かけるという。

レイクスは、聡明で共感できる自分のヒロインに完璧であることは求めず、少なくとも私生活においては、人間らしい弱さや欠点がある人物として描いた。ブレナンは頭脳明晰で仕事熱心な、直感力の鋭い専門家だが、離婚歴があり、元アルコール依存症患者でもある。「何か問題を抱えていてほしかったんです。読者が共感できるような問題をね。アルコール依存症がどういうものかわからなくても、そういう欠点があるということはわかるでしょう」

シリーズ全作に通底する特徴は、女性の友情の重要性が描かれていることだ。それはブレナンの親友ギャビーが死ぬときの描写にはっきりと表れている。レイクスはいう。「女性にとって友情はかなり大切なものだと強く感じています。男性の友情とはまるで違う。もちろん例外はありますが、女性は男性と違ってネットワークを作ります。いまは男性も多少は作るようになってきているのかもしれませんが。わたしの夫は、海兵隊時代の親しい男友達数人といまでも定期的に連絡を取りあっていますが、女性のつきあい方とはだいぶ違います。彼らは集まってスポーツの話をするだけ。女性同士のような、心と心の触れあいを重視したつきあい方はしません」。レイクスの小説において女性の友情がより一層重要なのは、それが命にかかわるほど危険で恐ろしい出来事のさなかに育まれているからだろう。

実際の事件や自身の経験にインスピレーションを得た作品が多く、主人公のブレナンも作者自身の特徴をいくつも備えているが、レイクスは自分の私生活を作中で明らかにすることには消極的だった。だが、二〇二〇年に刊行した『A Conspiracy of Bones』では、主人公に自分が罹った病気を経験させている。未破裂脳動脈瘤で手術をしたブレナンは、いつもなら利用できる検死官事務所や法医学研究所の設備を使わずに、顔のない死体の身元を割りだし、十歳の子どもの失踪事件とのつながりを突きとめなければならない。頼れるのは信頼できる同僚たちと手元にある情報だけだ。ブレナンは部外者としてこの事件に取り組まざるを得なくなり、特に精神的な面で苦戦を強いられることになる。

レイクスが執筆活動で最も報われるのは、自分の小説を読んだことをきっかけに、法人類学者の道を選んだ人たちがいるということだ。「サイン会やトークイベントに行くと、テンペランス・ブレナンに影響を受けてこの世界に入ったという人たちがいるんです。そういってもらえると——ブレナンが新しい世代の科学者にインスピレーションを与えたかもしれないと思うと、本当に嬉しい。それが女性であればなおさらです」

評論家や批評家が、作品やその根底にある考え方の点でレイクスとたびたび比較するのが、同じ法医学犯罪小説を手がけるパトリシア・コーンウェルだ。

マイアミ生まれのコーンウェルは、現在、世界で最も売れている犯罪小説作家であり、過去三十年間で一億冊以上の本を売り上げている。コーンウェルの作品は、スタンダードな警察小説と、多くの場合、遺体から忍耐強く収集した厳密な証拠に基づいて捜査の大半が行われる法医学小説の間にぴたりとはまっているのだ。

元犯罪ジャーナリストで、検死局でも六年勤務した経験を持つコーンウェルは、一九九〇年、〈ケイ・スカーペッタ〉シリーズの第一作『検屍官』を引っ提げてミステリ界に初登場した。このストーリーは、シリーズのほぼ全作で舞台となるバージニア州のリッチモンドで実際に起きた連続殺人事件から着想を得ている。法医学犯罪小説の先駆けとなった本作は、マカヴィティ賞、エドガー賞、アンソニー賞、CWA新人賞と、フランス犯罪小説大賞を受賞した。この画期的な成功は、本作の独創性、革新性を示しているだけではなく、アメリカの女性作家が賞の審査員たちの前に、ようやく姿を現したことを(六十年前から姿を現していたイギリスの女性作家とは対照的に)意味していた。『検屍官』が出版されると、アメリカの女性作家たちが続々と、各賞を受賞しはじめた。ナンシー・ピカードが一九九一年に『悲しみにさよなら』で数々の賞を獲得。その一年後、バーバラ・ニーリイが『怯える屋敷』で賞を受賞した。一九九三年にはネヴァダ・バーが『山猫』で、その三年後にはテリス・マクマハン・グライムスが『Somebody Else's Child』で、それぞれ賞を受けている。ほぼ同じころに、主に小さな出版社からレズビアンを主人公にした私立探偵小説が続々と出版され、それらを随所で目にすることができるようになった。犯罪小説のあらゆるサブジャンルで、パワフルな女性作家たちが目覚ましい活躍を見せはじめたのだ。

だが、コーンウェルのデビュー作『検屍官』は、決して幸先のよいスタートを切ったとはいえなかった。コーンウェルはそのまえにも小説を三作書いているが、どれも出版には至っていない。『検屍官』の発売日当日、本を買おうとする客は一人も現れず、キッチン用品売場はどこかと聞いてきた客がいただけだったという。そして発売されると、この作品は物議を醸すことになった。内容が一九八七年にバージニア州で四人の女性を強姦して殺害した連続殺人犯ティモシー・スペンサーの事件によく似ていたからだ。事件当時、コーンウェルはリッチモンドの検死局でコンピューター・アナリストとして働いていた。スタートでは躓《つまず》いたものの、コーンウェルの身の毛もよだつスリリングなストーリーと、魅力的で説得力ある主人公ケイ・スカーペッタは、たちまち読者の心を捉えた。

ケイ・スカーペッタとそのキャラクター・アーク［小説の登場人物の心の軌跡］の興味深い点は、検死官という公的な地位にありながらかなりの時間を私立探偵めいた活動に費やしていることだが、その理由のひとつは、スカーペッタが公私ともに捜査に巻きこまれているためだ。第一作の犯人はサディスティックな連続殺人鬼で、のちにスカーペッタ自身も狙われ、ついには自宅にまで押しいってくる。緊張感みなぎる作品で、サスペンスが刻々と高まっていく。迫りくる脅威は恐怖を掻きたて、暴力は生々しく凄惨だ。解剖シーンもぞっとするほど緻密に描かれている。

バージニア州の検死局長であるスカーペッタは、コーンウェルによって魅力的に表現されている。レイクスのテンペランス・ブレナンと同じように、スカーペッタもその生みの親によく似ている。マイアミ生まれで金髪碧眼、背は高く、言葉には強い南部訛りがある。男性優越主義者の同僚に敢然と立ちむかい、一戦交えることも厭わない。コーンウェルの視点は決してラディカルではないが、かなりリベラルなフェミニストのそれだ。スカーペッタは、仕事で男性と対等に渡りあう、有能で地位の高い専門職の女性として描かれている。男性の上司はそんなスカーペッタのコンピュータに侵入し、重要なデータを改ざんして、彼女を失脚させようとする。また、スカーペッタの味方であるはずの男性検事も企みを抱いている。このバージニア州の検事は彼女を支えるどころか、実はレイピストで、スカーペッタを毒牙にかけようとしていたことが判明する。スカーペッタに必要なのは、緊密な連携が不可欠な仕事仲間からの、親身で頼りになるバックアップだ。だが、事件を担当する部長刑事ピート・マリーノは、性差別的な南部人として描かれている。そんなマリーノもやがてスカーペッタの最も親しい友人の一人となり、揺るぎない忠誠心を見せるようになる。『検屍官』で、連続殺人犯を至近距離で射殺し、スカーペッタの命を救うのはマリーノだ。

このデビュー作の特徴のひとつは、最新の法医学的証拠を小道具にしてプロットを強化しているにもかかわらず、いまよりずっと保守的だった時代に逆戻りしたような印象を与えることだ。そこに現れている倫理観は二元的かつ絶対的で、白と黒、善と悪がはっきりと分かれている。こうしたわかりやすい筋書きにおいては、ナイフしか持っていない強姦殺人犯（悪人）を（善人の一人が）射殺することは、正当であるばかりか、必要不可欠で非常に望ましい行為だと見なされるのだ。十六章に渡って恐怖とサスペンスをわかちあってきた読者は、この倫理観に同意する。犯人は、サイコパスではあっても過去を背負い、自分なりの問題や動機を抱えた人間としてではなく、ただのモンスターとして描かれている。犯人は珍しい代謝異常の疾患を持ち、人間とは思えない不快な体臭を放っている。犯人がモンスターのような行動をするのはモンスターであるからにほかならないという考えを、読者は受けいれるよう求められるのだ。

この作品の最も優れた点は、伝統的な警察小説と私立探偵小説を掛けあわせると同時に、法医学の最新の技術的進歩を忠実に取りいれていることだ。本作はコーンウェルのその後の作品の青写真となり、スカーペッタの仕事を妨害する男性のライバル、スカーペッタに狙いを定める殺人鬼といったいくつかの重要な要素が盛りこまれるようになった。このシリーズで、最終的にサディスティックな連続殺人犯たちに引導を渡すのは、法医学や検死技術、ハイテクコンピュータの技能、そしてメインキャラクターたちの粘り強さと固い意志だ。女性作家による犯罪小説の多くがそうであるように、女性は被害者にもヒロインにもなり、スカーペッタのように、ヒロインであると同時に被害者である場合もある。

スカーペッタを生みだしたとき、コーンウェルはどちらかといえばローテクな世界に住んでいた。ようやくDNAの存在が知られるようになったばかりの時代だったが、登場したばかりのスカーペッタにどうにかDNAの証拠を分析させなければならない。コーンウェルは法医学という新たな分野をより深くリサーチしたいと考えていたが、技術が猛スピードで進歩するため、新しい研究は常に彼女の数歩先を行っていた。コーンウェルは当時もいまも、ベストセラー作家でありつづけるために常に最新の法医学の技術を追い、リアリティを追求し、最先端に立ちつづけようとしている。そのリサーチは広範囲にわたり、綿密で粘り強いものだ。この三十年間で数百万ドルに及ぶ費用をリサーチに費やし、現在は、犯罪のあらゆる側面に精通したコンサルタントチームを抱え、武器や実験装置の膨大なコレクションを所有している。だが、コーンウェルのリサーチの大半は、研究室ではなく現場で行われている。最新技術を扱う最前線の人々とともに、一般の研究室ではまだ知られていないようなアイディアや技術を駆使して、仕事に取り組んでいるのだ。

コーンウェルの犯罪に対する――人間の心や性質の最も荒んだ部分に対する暗い執着は、ごく幼いころにはじまっている。コーンウェルにとって世界は決して安全な場所ではなく、彼女は幼いころから恐怖と不安に悩まされていた。コーンウェルが育ったのは、不安定で不穏な、ときとして恐ろしい世界だった。父親はアメリカ屈指の控訴弁護士だったが、一九六一年のクリスマス、コーンウェルが五歳のときに家族を置いて家を出ていった。孤独な子どもだったコーンウェルは、その後数か月にわたってたびたび街をさまよい、地元のパトロール警察官（小児性愛者で有罪判決を受けていたことがのちに判明する）に性的虐待を受けた。コーンウェルが助かったのは偶然に過ぎない。コーンウェルの兄がたまたま自転車で通りがかり、男を追いはらったのだ。この衝撃的な事件で、コーンウェルは大陪審の前に立たされて性的暴行について証言をさせられている。幼い子どもにとっては恐ろしい体験だったはずだ。

母親のマリリンは重い鬱病にかかり、家族の面倒をみることが難しくなっていた。夫が出ていった一九六一年、マリリンは家族を連れて、その教えに傾倒していた福音伝道師ビリー・グラハムの故郷、ノースカロライナ州モントリートに移り住んだ。だが、その後たびたび精神疾患を発症し、精神科病院に収容されてしまう。ビリー・グラハムの妻ルース・ベル・グラハムは、行き場を失ったコーンウェルと兄弟たちのために里親を手配し、コーンウェルは里親であるマンフレッド・ソーンダースと妻レオノアの〝保護〟のもとで、いじめられ、虐待され、脅かされながら育つことになった。コーンウェルの文才や不屈の精神、立ちなおる力を見いだしたのは、最終的に彼女の第二の母親となったルース・ベル・グラハムだった。この第二の母親の導きによって、コーンウェルはテネシー州ブリストルのキング大学で学び、テニスの奨学金を得てデイビッドソン大学に転学した。そして、一九七九年に英文学の学士号を取得し、シャーロット・オブザーバー紙の記者になった。その後検死局で、テクニカルライター、コンピューター・アナリストとして働いた。

だが、それからも辛いことは続く。成功して裕福になっても、平穏や幸せを買うことはできなかった。一九九六年には、〝友人〟たちに裏切られ、レズビアンであることをアウティングされてしまう。恐ろしさと屈辱のあまり、それから一か月の間、コーンウェルは家に引きこもっていた。拒食症や過食症、双極性障害の治療を受けたことも、飲酒運転で事故を起こしたこともある。二〇〇七年には、サイバーストーカー行為の差止めを求める裁判を起こすはめになり、その二年後には、莫大な財産のうち四千万ドルもの大金がいつの間にか失われていることに気づくはめになる。また、切り裂きジャックの正体を突きとめることに情熱を傾け、イギリスの芸術家ウォルター・シッカートであると証明してみせたが、専門家や一般市民には受けいれられず、嘲笑の的になった。現在は、どこへ行くにもボディーガードを伴い、厳重なセキュリティ対策を施した家で暮らし、銃器庫まで所有している。

犯罪報道記者としての経験や、六年間検死局で見聞きした事柄、そして粘り強く広範囲にわたるリサーチが、コーンウェルに限りないインスピレーションとアイディアをもたらし、その作品に信憑性を与えているのかもしれない。だが、コーンウェルの作品にこれほどまでの深みがあるのは、そして、コーンウェル自身が作中の犯罪被害者に大きな共感を示し、スカーペッタが死者に声を与えることを固く決意しているのは、コーンウェルが人生の辛酸を舐め、長い間恐怖を抱えてきたからこそなのだ。

コーンウェルは、幼いころの悲惨な経験が創造性を発揮するのに役立ったと考えている。それは、里親に監視されて家を出られなかったとき、兄弟にはできることが自分にはできなかったときに、囚われていた場所から逃れるための手段だった。生き生きとした想像力のおかげで、コーンウェルは別の、もっと居心地のよい、公正な世界へ逃れることができた。

レイクスのテンペランス・ブレナンもそうだが、ケイ・スカーペッタがその生みの親に似ているのは、外見ばかりではない。作者同様、スカーペッタも離婚歴があり、子どもがいない。捨てられたわけではなく白血病のためだが、同じように幼いころに父親を失っている。勤勉で、何事も完璧にやり遂げなければ気が済まず、仕事にのめりこんでいるところも、勇敢で立ちなおる力が強く、頼れる人間がいないために自分の面倒は自分で見るようになったところも、正義感や、復讐心が強いところもよく似ている。だが作者本人は、主人公の姪で、主流の小説にはレズビアンがほとんど登場しなかった時代にゲイとして創造された情熱的で才気煥発なルーシーのほうが、自分に近いと語っている。ルーシーが直接犯人に鉄槌を下すようなことはないが、度胸がすわった有能なキャラクターなので、その気になればできそうだ。

最前線で活躍するレズビアンの犯罪小説作家の中には、コーンウェルが同性愛に対する世間の反応を恐れるあまり、スカーペッタをオープンなゲイとして設定せず、姪のルーシーを身代わりにしてごまかしたのではないかと感じている人もいる。また、そのほかの女性犯罪小説作家の中には、コーンウェルが、できるだけ多くの読者にスカーペッタを受けいれてもらうために、ヒロインの困難な立場の理由付けとして、ゲイであることではなく、性差別的な科学界や犯罪捜査界に生きる女性であることを選んだのではないかという意見もある。

コーンウェルはまた、スカーペッタというキャラクターが、女性作家たちが生みだしたほかの大勢のヒロインたち同様、人が持てる力をフルに発揮し、より個性的に、より自立して、より完璧な人生を歩むにはどうすればよいかを読者に示すことができると示唆している。現在コーンウェルは、大きな幸せとある程度の平穏に恵まれ、そして間違いなく以前よりも精神的に安定した状態で、妻のステイシー・グルーバーと暮らしている。ステイシーはハーバード大学の神経科学者であり、コーンウェルが自らのレズビアンとしてのセクシャリティと折りあいをつけ、よりオープンにしていけるよう支えてくれている。

コーンウェルは、雑誌の編集者でトークショーの司会者でもあるティナ・ブラウンのインタビューで次のように語っている。「アメリカのフェミニストたち——アメリカの女性たちは、もっともっと強くなる必要があると思います。もっとお互いに支えあわなければいけません。わたしは負けず嫌いです。でも、人を犠牲にしてまで勝ちたいとは思いません。お互いに助けあうべきです。わたしがだれかに手を貸してナンバーワンに押しあげたら、こんどは、そのだれかがわたしをナンバーワンに押しあげる。そうやってみんなをナンバーワンに押しあげていくんです。お互いに助けあってみんなでナンバーワンになりましょう」

コーンウェルは、女性がよりよい生活を築くための解決策を話しあうことを目的とする世界的なサミットで、次のように述べている。「自分にはなんの力もないと感じていて、力を与えられた状態がどういうものかわからない女性たちは、自分が力を与えられていないことにすら気がつかず、現状に甘んじてしまうのだと思います。男性は、わたしたち女性を単なる所有物や支配の対象ではなく対等なパートナーとして見ているのなら、もう少しわたしたちとの関係を楽しむべきです」

小説の中で、スカーペッタや姪のルーシーのキャラクターを損なっていることがひとつある。普通の人物や普通の出来事に精神的な問題を盛りこみすぎることで、コーンウェルはキャラクターを歪める危険を冒しているのだ。モンスターにされるのは悪役だけではない。モンスターとまではいかないにしても、ヒロインたちも誇張されすぎていて、ときに信憑性を失っている。たとえばルーシーは、天才的な頭脳の持ち主として描かれているが、鬱になったり、酒に溺れたり、情緒不安定に陥ったりする人物としても描かれている。一般的な読者なら、どうしてそんな女性が厳しくて危険な任務の多いＦＢＩの精鋭部隊に入れたのか不思議に思うだろう。

スカーペッタも、シリーズのどの作品においても、最大限のインパクトを追求しようとするあまり、自立したフェミニストの主人公として描こうというコーンウェルの意図に反して、たびたびリアリティを失うはめになっている。スカーペッタは『死因』（一九九六）のようなのちの作品で、男性至上主義者からの妨害行為に苦しめられているが、作者は、スカーペッタが直面するスリルやサスペンスを高めるだけのために、こういったことを誇張しすぎて妄想や疑心暗鬼の域に達してしまわないよう、注意する必要がある。このシリーズは、あまりにも緊迫感やサスペンスに溢れているため、読者は作品の信憑性や真実味を感じにくくなっており、作者のほうも一冊ごとに小説を書くのが難しくなっている。コーンウェルの作家としての姿勢や、性的、政治的、文学的に変化を遂げようとする人間としての姿勢には惜しみない称賛を送るが、いったいどれだけドラゴンを倒さなければならないのかと尋ねたくもなってしまう。

コーンウェルの作品は、どぎつく、ときに搾取的な暴力や、客観的ではあるがしばしばサディスティックな暴力そのものに見える生々しい犯罪や解剖の場面が描かれているため、たびたび物議を醸してきた。だがコーンウェルは、自分の作品は無意味に暴力的なわけではなく、信憑性を持たせるためにはあからさまな医療的な描写が必要なのだと主張している。

コーンウェルは、自分が見てきたものが――幼少期や若いころに、そして、大成功を収め、注目を浴びるようになってから目にしてきたものが、自分を大きく変えたことを認めている。「それで変わらないなら、むしろ何か問題がありますよ。一九八五年まで遡って数えると、それこそ、何千もの検死に立ち会い、何百もの犯罪現場を見てきました。作りものなどではない、本物の現場です。目と鼻の先で作業が行われているんです。わたしは目にしたものすべてに心動かされ、それを胸に刻み、行動を変えています。おかげで、人の痛みを気にかけられるようになったのではないかと思っています」

コーンウェルは、人間の残虐性を決して侮ってはいけないとも語っている。すべての悪の根源は権力の濫用だが、それは〈スカーペッタ〉シリーズに通底するテーマでもある。「自分も権力を濫用する可能性があることがわかっていれば、そう簡単に自分を信じることはできないはずです。常に警戒していなければいけません。自分が悪人の餌食にならないように、そして、自分自身が悪人にならないように」

だが、コーンウェルの作品には、忌まわしい悪や堕落に対抗するものが常に存在する。闇に打ち勝つために闘いつづける登場人物の強さや、立ちなおる力、倫理観といったものを際立たせる何かが、必ず描かれているのだ。スカーペッタの愛情深い一面——食や料理を愛し、家族や友人や被害者をなんとしても守ろうとするところ——は、彼女を非常に人間らしくしている。悪や残虐性、権力の濫用と闘うスカーペッタは、忠実で勇気に溢れ、揺るぎがなく、常に正義を強く追い求めている。

コーンウェルの作品の背後にある道徳的な意図や鋭い社会的良心は、よく似たエリザベス・ジョージの姿勢を彷彿とさせる。ジョージの〈リンリー&ハヴァーズ〉シリーズの第一作でもいえることだが、主人公のこうした面は非常に重要だ。どちらの作品も、主人公を単に娯楽性や中毒性の高いキャラクターとして描くのではなく、道徳的で真摯な人物として描いている。暴力描写があまりに凄まじく、読者に与えるインパクトが大きすぎるため、読者も批評家も、このシリーズの背後にある道徳的な意義や高潔な意図を見過ごしてしまいがちなのだ。

第十一章

キラー・ウィメン、女性に対する暴力

結成されたばかりの〈キラー・ウィメン〉はイギリスの犯罪小説作家やミステリ作家十九名からなる団体で、極めて精力的で熱意に溢れた、優秀な犯罪小説作家グループのひとつである。メラニー・マグラスとルイーズ・ミラーが二〇一五年に立ちあげたこのグループには、ポーラ・ホーキンズ、エマ・カヴァナー、ケイト・ローズ、アレックス・マーウッド、ジェーン・ケーシー、エリン・ケリー、コレット・マクベス、サラ・ヒラリー、アマンダ・ジェニングス、アリソン・ジョセフ、タミー・コーエン、ケイト・メディナ、ローラ・ウィルソン、シャロン・ボルトン、エリー・グリフィス、レイチェル・アボット、ジュリア・クラウチが所属している。〈キラー・ウィメン〉のメンバーは全国の読者のために革新的な犯罪小説のイベントを開催し、男女を問わず犯罪小説作家たちを結束させるために活動している。二〇一六年には、初の短篇集『Killer Women: Crime Club Anthology』を発行。その翌年には第二弾の短篇集を発表した。二〇一八年にロンドンのコヴェント・ガーデンで開催されたイベント「キラー・ウィメン・クライム・フェスティバル」のチケットは完売している。このイベントには、数多くの作家や専門家が参加した。ソフィー・ハナはアガサ・クリスティーの主人公を新シリーズの小説でよみがえらせることについて語り、ブロガーのシークレット・バリスターは刑事司法制度についての見識を披露し、犯罪心理学者ジェニファー・リーズはサイコパスの心理とその見分け方について講演した。また、二〇一九年には、BAMEや貧困層出身者のような、軽視されがちなグループに属する才能ある新人作家を支援するために指導教育プログラムを立ちあげている。

メンバーは、この組織の目的が、男性を含むすべての犯罪小説作家の支援であることを強調している。ジェーン・ケーシーはいう。「このグループを女性限定のショーのようにはしたくなかったんです。ここはわたしたちの世界で、あなたたちはお呼びじゃないなんていうつもりはありませんでした。男女を問わず、いろんなタイプの優れた犯罪小説作家に集まってもらいたかったので」

サラ・ヒラリーもいう。「わたしたちが開催するフェスティバルには男性も参加しています。素晴らしい友人もいれば、憧れの作家もいる。それが平等というものだと思います。最高の――といって差し支えないと思いますが――作家たちが、同じように同じもののために戦っている。わたしたちは常にお互いを支えあっているのです」

この点で、〈キラー・ウィメン〉は、一九八六年にアメリカでサラ・パレツキーが立ちあげた〈シスターズ・イン・クライム〉とは一線を画している。女性作家を支援するという目標こそ同じだが、両者のスタイルと目的は明らかに違う。〈シスターズ・イン・クライム〉はともに問題に立ちむかう組織だが、〈キラー・ウィメン〉は友愛と実践的なサポートに重きを置いた、アットホームなグループだ。

ケーシーは〈キラー・ウィメン〉が〈シスターズ・イン・クライム〉のような強硬派のフェミニストではないことを認めている。政治的な問題について声をあげると――フェミニストであることを全面に押し出すと――作家のキャリアに悪影響を及ぼす場合があることに気づいたのだという。「わたしはリアルではだいぶ穏やかな話し方をしていますし、性格も温厚で、人当たりもかなりいいほうですが、オンラインでは、耳ざわりなことや挑戦的なことをいったりする傾向が多少あるかもしれません。そういうことを嫌がる人もいるんです。そういったことを立ちあがって声高に主張すると、場合によっては、手に入るものと同じくらいのものを失います。穏やかに立ちまわるほうがうまくいく場合もある。もちろん、ときには声をあげなければならないこともありますが」

この女性作家のための組織が、フェミニストであることを全面に押し出した政治的なグループではなく、助けあい支えあうグループになる素地は元々あった。〈キラー・ウィメン〉にとって、お互いの作品を応援し、宣伝するのは難しいことではない。メンバーのほぼ全員が、現役のジャーナリストか、犯罪小説作家に転向するまえにメディアや出版界で働いた経歴があるからだ。ジャーナリストが七人、報道担当局の運営者とテレビのドキュメンタリー番組制作者が一人ずつ、BBCに勤めていた者や、文学、メディア関係のコンサルタント、出版社の編集者がそれぞれ二人ずついる。

そのため、お互いの知名度をアップさせたり、自分たちの作品に好意的な注目を集めたりといった活動ならお手のものなのだ。

サラ・ヒラリーによると、創設メンバーは全員ロンドンを拠点に活動していたという。「あのあたりには元メディア関係のメンバーがかなりいましたから、わたしたちがしかるべき注目を集めていないことについて、発言する準備はできていました。十分な人数が集まれば、実現に必要な伝手もできます」。ケイト・ローズは、〈キラー・ウィメン〉と〈シスターズ・イン・クライム〉には大きな違いがあるという。「わたしたちにはマニフェストがありません。仕事仲間として集まった女性のグループです。でも、不文律のようなものはあります。それは、このグループが、メンバー同士助けあい支えあうためだけにではなく、メンバー以外の作家を支援するためにも存在しているということです」。ローズによれば、〈キラー・ウィメン〉が実施している、軽視されがちなグループの作家を対象とした指導教育プログラムは、大きな支持を得ているという。「このプログラムは、わたしたちみんなの信条を象徴しています。わたしたちは、執筆活動はできる限り幅広い層に開かれているべきだと考えています。でも、現状はそうではありません」

ローズは〈キラー・ウィメン〉には、労働者階級、黒人、ゲイ、障がい者の作家が少なすぎると感じている。「犯罪小説に限らずどんなジャンルでもそうですが、作家は未だになるのが難しい職業だと思います。かなり狭き門ですよね。小さなジャンルなら、なおさらです。わたしたちの会議ではジェンダーのことだけではなく、いま犯罪小説界で何が起こっているかなど、メンバー全員が関心を持つ問題について話しあっていきます。犯罪小説が提起する政治的な問題や感情的な問題を探求していきたいですね。わたしたちだけの問題ではありませんから」

〈キラー・ウィメン〉は、パレッキー率いる〈シスターズ・イン・クライム〉が解決しようとした問題のいくつかはいまでも未解決で、ほとんど改善もされていないことに気づくはずだ。少なくともふたつの重要な課題が残されている。ひとつは、女性の作品にも男性の作品と同程度の書評スペースを割くよう、主流の書評家たちに働きかけること。もうひとつは、いわゆる〝純文学〟と〝ジャンル小説〟の間に引かれた見えない境界線に対する世間の意識を変えることだ。境界線の向こう側だけが高い地位を与えられ、こちら側は軽んじられている。

〈キラー・ウィメン〉のメンバーの多くは、ドメスティック・ノワールにあたる小説を書いている。近年絶大な人気を博している重要な犯罪小説のジャンルだ。この言葉は、イギリスの小説家ジュリア・クラウチが二〇一三年に、自分の作品をはじめとする多くの犯罪小説に貼られていた〝サイコスリラー〟というレッテルに限界を感じて作った造語である。

クラウチによれば、ドメスティック・ノワールの舞台は主として家庭や職場であり、そのストーリーのイデオロギーは、閉ざされた領域は女性にとって苦しく、しばしば危険な場所になりうるというフェミニスト的な視点に立っているという。こうした小説は、閉ざされた領域での人間関係をめぐる女性の経験を主に扱っている。

クラウチは、自分の作品は〝サイコスリラー〟という言葉が連想させるようなエキサイティングなジェットコースター小説ではなく、謎を〝解きほぐしていく〟タイプの小説だと感じている。クラウチと同時代のイギリス人作家で、その後自らの作品をドメスティック・ノワールだと定義した作家には、エリン・ケリー、ポーラ・ホーキンズ、エリザベス・ヘインズ、ポーラ・デイリー、ルイーズ・ミラー、ナタリー・ヤング、クレア・マッキントッシュ、サビーン・デュラント、アラミンタ・ホールらがいる。

ルイーズ・ダウティ、ライオネル・シュライヴァー、ジュリー・マイヤーソンはその主な作品を出版社に〝純文学〟と見なされているが、ドメスティック・ノワールというサブジャンルに分類される小説も手がけて、大成功を収めている。懐の深いこのジャンルは写実小説の一形式で、精神疾患の虚像と現実、家庭と職場における女性の権利、リベラル・フェミニズムとラディカル・フェミニズム、宗教、家族、母性、家庭内暴力といった、まったく異なる思想や理想をすべて扱う。こうした小説は、家庭は聖域であるという考えを覆している。多くの女性にとって家庭はその対極にある。家庭は檻であり、精神的、心理的に虐げられる場だ。成長も、ときには息をつくことすらもできない場所なのである。

ドメスティック・ノワールはここ十年で徐々に、テレビや映画、そしてビデオゲームにまで進出し、いまや飽和状態になっているが、そのきっかけとなったのは、ギリアン・フリンの二〇一二年のベストセラー小説『ゴーン・ガール』とルイーズ・ダウティの『Apple Tree Yard』（二〇一三）が出版され、大成功を収めたことだった。『ゴーン・ガール』は二〇一四年に二〇世紀フォックスによって映画化されると全世界で約一億三千万ドルの利益を上げ、その年最もヒットした映画のひとつとなった。『Apple Tree Yard』は二十六か国で出版され、CWAスチール・ダガー賞と全米図書賞スリラー部門の最終候補作に選ばれ、リチャード&ジュディ・ブッククラブにも選書された。また、BBCで四部構成のドラマが制作され、ゴールデンタイムに放映されている。

『ゴーン・ガール』は、〝最も身近な人間を本当の意味で知ることは不可能であり、限界まで追いつめられたときにどんな恐ろしい行動にでるのか想像もつかない〟というテーマを見事に表現している。『Apple Tree Yard』は、知的で一見幸せそうな人妻が、見知らぬ男と関係を持ったことから悲惨な結果を招き、予想もしなかった暗い運命に飲みこまれていくというストーリーだ。

だが、このブームの源泉はフリンの『ゴーン・ガール』ではない。元夫が関係する複雑な行方不明事件に巻きこまれた、心を病んだ孤独なアルコール依存症の女性を仮借なく描いて同じく驚異的な成功を収めた、ポーラ・ホーキンズによるベストセラー『ガール・オン・ザ・トレイン』(二〇一五)でもない。実は、その何年もまえに、シャーロット・アームストロングやマーガレット・ミラー、パトリシア・ハイスミスらが書いた、〝マリッジスリラー〟と呼ばれる小説に端を発しているのだ。

現代のドメスティック・ノワールの先駆者としてよく引きあいに出される作家には、ヴェラ・キャスパリ、ドロシー・B・ヒューズ、ミネット・ウォルターズ、バーバラ・ヴァイン(ルース・レンデルがサイコスリラーを書くときのペンネームである)、そしてダフネ・デュ・モーリアらがいる。

ダフネ・デュ・モーリアのベストセラー小説『レベッカ』（一九三八）は、裕福な男やもめと結婚した若い女性が、夫が前妻に悩まされていたことを知り、前妻を殺したのではないかと疑念を抱くようになるというストーリーだ。

マリッジスリラーはそのほとんどが、第二次世界大戦のころに執筆されている。喪失と死の気配が色濃く漂う時代で、前線での戦闘から帰還した男性の多くが、現在では心的外傷後ストレス障害として知られている〝砲弾ショック《シェル》〟に悩まされていた。その結果、人格が変わったり、不安症や偏執病といった精神疾患に罹ったり、家庭生活に適応するのにストレスを感じたりするようになり、家庭内の人間関係に大きな負担がかかることになった。

マリッジスリラーは、最終的に異性愛の関係の重要性に疑問を投げかけ、それが自然ではなく異質な関係であることを指摘している場合が多い。ソウルメイトだった配偶者が赤の他人になり、あたたかかった結婚生活が刺々《とげとげ》しく予測のつかないものになる。避難所だと思っていた家庭が、逃げ場のない牢獄に変わるのだ。

現代イギリスのドメスティック・スリラーは主に男女の関係を取りあげており、政治を扱うものはほとんどないが、アメリカのシャーロット・アームストロングは、アメリカのミステリ文学のみならず、政治にも重要な貢献をしている。共産主義の脅威と、（事実だろうとそうでなかろうと）共産主義者として告発された人々に対する処罰や報復の恐怖が国中を席巻する中、アームストロングは数冊の著書で反マッカーシーをはっきりと打ちだしている。その中でも特筆すべき作品が『ノックは無用』（一九五〇）だ。

また、アームストロングは、今日のフェミニズム運動の最先端を先取りしたような最初期のアンチヒロインを何人も生みだしている。その作品はどれも当時の女性が置かれた状況に疑問を投げかけるもので、特に『ノックは無用』は、社会的地位と神経衰弱を心理学的な面から考察した興味深い作品になっている。ニューヨークを舞台にしたある夫婦の物語で、九歳の娘を信頼できない情緒不安定なベビーシッターに預けるはめになるのだが、その選択が悲劇的な結果を招くことになってしまう。こうした、疑いもせず家に招き入れた他人が最大の脅威となるというストーリーは、ドメスティック・サスペンスの典型的なテーマとなっている。

この作品でアームストロングは、愛情深い母親のルースから、人を巧妙に操る情緒不安定なベビーシッターのネル、恋人に振られ満たされない思いを抱えてネルの誘惑に乗る青年、夜が更けるにつれ疑心暗鬼になるホテルの客へと、巧みに視点を切りかえていく。『ノックは無用』はアームストロングがセックスに関する男女の力学を探求した著作のひとつであり、傷ついた女性を感情の面から力強く捉えた作品でもある。

カナダ人のマーガレット・ミラーはオンタリオ州で生まれトロント大学を卒業したが、その家庭生活はその執筆活動と同様、謎とスリルに包まれていた。夫のケネス・ミラーは、犯罪小説作家ロス・マクドナルドとして知られる。彼は南カリフォルニアを舞台にしたハードボイルド小説、〈私立探偵リュウ・アーチャー〉シリーズを手がけ、犯罪文学界において揺るぎない地位を築いている。

マクドナルドは、シリーズを執筆するにあたり、同じ作家のダシール・ハメットやレイモンド・チャンドラーを模倣したが、第六作、七作あたりで自分の作風を確立している。結婚後、マーガレット・ミラーは夫とともにアメリカに移住した。

ミラーの最も有名な小説『狙った獣』（一九五五）は、当時最も優れた、最も邪悪なサイコミステリのひとつとして高く評価された。一九五六年にはアメリカ探偵作家クラブのエドガー賞最優秀長篇賞を受賞、一九五七年には同クラブ会長に就いた。この背筋も凍る物語は、莫大な財産の相続人で、母親に疎まれている三十歳のヘレン・クラーヴォーという女性を中心に展開し、たびたびかかってくる不穏で恐ろしい電話がヒロインを脅迫やポルノ、復讐、殺人に彩られた危険な世界へと導いていく。

数年後、ドメスティック・ノワールの作家たちは、アームストロングとミラーの扱ったテーマ、とりわけ家庭内暴力や精神疾患といったテーマを取りあげていたが、次第に家庭内の衝突で起こる男女の権力争いによって植えつけられたトラウマに、より重点を置くようになる。

パトリシア・ハイスミスは、初期の小説がドメスティック・ノワールに分類される、極めて異例な作家である。長篇、短篇両方手がけるアメリカの作家で、主にサイコスリラーで知られ、二十作以上の作品が映画化されている。二十二冊の本と数えきれないほどの短篇を執筆しており、中でもトム・リプリーを主人公とした五作の長篇小説は、絶大な人気を博している。また、現代のドメスティック・ノワールに大きな影響を与えたという点でも、ハイスミスは重要な存在である。わたしの考えでは、あの輝かしいレズビアン小説『キャロル』（一九五二）のほうがずっと優れた作品だが――ずっとスタイリッシュで、力強く、独創的だ――ハイスミス自身は一九七七年に刊行した長篇小説『イーディスの日記』を自分の代表作だと考えていた。

『イーディスの日記』は当初、犯罪小説のジャンルには当てはまらないと見なされて出版が見送られている。だがそれは、ハイスミスが時代の先を行っていたからにほかならない。『イーディスの日記』は、一人の女性がゆっくりと、だが着実に狂気へと堕ちていく様子を描いた、暗く痛ましい不穏な物語であり、典型的なドメスティック・ノワールといえるだろう。左翼的でリベラルでもある、活動的な主婦イーディス・ハウランドは、夫とたびたび問題行動を起こす年若い息子とともにニューヨークからペンシルベニアに引っ越して以降、次第に心を病んでいく。思い描いていた完璧な新生活とは裏腹に、イーディスは家庭の退屈な骨折り仕事に追われ、夫は若い秘書の元に走り、息子はますます問題行動を起こす。だが、イーディスは日記――というよりただの妄想だが――をつけ、そこに現実とはまったく対照的な、家庭的な喜びに満ちた架空の生活を描きつづける。イーディスが思い描いた人生は家庭のあたたかさに溢れていて、夫は自分を捨てたりせずともに仲よく幸せに暮らしているし、出来損ないの息子は気立てのよい上品な女性と結婚してかわいい子どもを何人ももうけている。わたしたち女性はこれまでも日記に救われてきた。

この『イーディスの日記』と『妻を殺したかった男』（一九五四）は、どちらもドメスティック・ノワールの好例である。『妻を殺したかった男』は、執着や嫉妬、罪悪感や殺人を、そして、普通の人間が限界まで追いつめられたとき、どのような行動に出るかを描いた物語だ。この小説はドメスティック・ノワールには珍しく男性が主人公だが、郊外の家に縛りつけられた個人や夫婦に社会がもたらす家庭内や夫婦間の地獄に着目している点で、後続のドメスティック・ノワール小説と類似している。

バース・スパ大学で犯罪小説について教鞭をとる作家のフィオナ・ピーターズは、ハイスミスが女性よりも男性の主人公を採用することのほうがずっと多いという事実について、女性性や家庭性をピーターズのいうところであるハイスミスの「不穏極まりない視点」と融合させるのに、主人公を生物学的な女性にする必要はないからだろうと指摘している。犯罪小説の研究で世界的に知られるピーターズは、女性性を表現できるのが女性の主人公だけだとは考えていない。ハイスミスは、「女性の主体性を病理化」して、女性の経験を表現することができるのだ。『妻を殺したかった男』の主人公ウォルター・スタックハウスは、自分の人生の出来事に、イーディス・ハウランドと同じように反応している。

往年のマリッジスリラーをいくつか見てくると、三つの重要な疑問に直面することになる。現代のドメスティック・ノワールは、前身となる作品群とどう違うのか。テーマは同じなのか。登場人物はいつの時代の人間なのか。

ジャーナリストでもある作家のメラニー・マグラスは、読みだしたら止まらない、手に汗握るサイコスリラー『Give Me the Child』（二〇一七）を執筆した。この作品のテーマは、嘘、裏切り、不義、ガスライティング［あえて間違った情報を与えたり、否定したりして、相手に自分の正気を疑わせることでコントロールしようとする心理的虐待の一種］、感情的・精神的虐待であり、間違いなくドメスティック・ノワールに当てはまる。だが、溢れる知性と読者を虜にする想像力のおかげで、本作には、技巧的ではあってもありきたりだと思われがちなこのジャンルに収まりきらない魅力がある。思いやりに溢れた、信頼に足る主人公ドクター・キャット・ルポは、幸せな結婚生活を営む一児の母であり、子どもの人格障害の専門家でもある。だが、ある日警察が夫の十一歳になる隠し子ルビーを連れて現れ、ドクター・ルポの平和な生活は崩壊してしまう。ルポはルビーを家庭に迎えいれて愛情を注ごうとするが、ルビーの不穏な行動で、ルビーの母親の死にまつわる状況に疑問を抱くようになる。

この物語は二〇一一年のイギリス暴動［二〇一一年八月、ロンドンで警察が黒人男性を射殺した事件をきっかけに発生し、イギリス全土に広がった暴動］を背景にした作品だ。ドクター・ルポは、自身のパラノイア的な傾向と、真に邪悪なものが自分たちの家庭に潜んでいるのではないかという現実的な疑念を、懸命に切り離そうとしている。マグラスが生みだす不穏な世界に、読者は否応なしに引きこまれていく。洞察と知恵に溢れた本作は、子どもは悪になりうるのかという問いを投げかけており、ドリス・レッシングが一九八八年に発表した小説『破壊者ベンの誕生』を想起せずにはいられない。この作品は、幸せな結婚生活を送っていた夫婦に第五子——暴力的な異端児で、社会に適応できず、家族を崩壊の危機にさらすことになる息子——が生まれてから、どういう人生の変化があったかを描いたものだ。マグラスの小説同様、レッシングの物語は、母性というテーマと、女性がしばしば感じている母親であることに伴う怒りや苦悩、迷いを考察している。

マグラスをはじめとする〈キラー・ウィメン〉の作家にとっては周知の事実だが、犯罪小説は暴力と崇高な理想を同時に描くのには適した媒体だ。

イギリスの受賞作家クレア・マッキントッシュは、ロンドン警視庁犯罪捜査部の捜査官や作戦指揮官（警部）として十二年警察に勤めている。警察を辞めたあとは、フリーのジャーナリストやソーシャルメディアのコンサルタントとして働いた。有名な〈チッピングノートン文芸フェスティバル〉を創設、監督したのち、執筆活動に入る。作品は全世界で二百万部以上売れ、三十五以上の言語に翻訳出版されている。デビュー作『その手を離すのは、私』（二〇一四）はリチャード&ジュディ・ブッククラブで選書され、シークストン・オールド・ペキュリア社のクライム・ノベル・オブ・ザ・イヤー賞を受賞した。フランス語版はコニャック・ミステリ大賞の国際部門を受賞している。二作目の『I See You』（二〇一六年）もリチャード&ジュディ・ブッククラブで取りあげられ、読者投票を勝ちぬいた。また、サンデー・タイムズ紙のベストセラーリストでフィクション部門一位を獲得し、英国図書賞、最優秀クライムスリラー賞の最終候補に選ばれた。三作目の『Let Me Lie』（二〇一八）もサンデー・タイムズ紙のベストセラー一位を獲得し、リチャード&ジュディで選書されている。その翌年、四作目の『After the End』がハードカバーで出版され、たちまちサンデー・タイムズ紙のベストセラーになった。

この四作目は、第一級のノワール・サイコスリラーである前三作とはまったく趣を異にしている。

この作品はマッキントッシュの極めて個人的な悲劇に基づいている。十二年前、マッキントッシュの幼い息子が助かる見込みのない病にかかり、彼女と夫は我が子の生死に関わる重大な決断を迫られた。この胸が張り裂けるような葛藤を小説化した本作は、癌に罹って重度の脳障害を負い、クオリティ・オブ・ライフを完全に失った息子ディランに向きあう両親ピップとマックスの姿を描いた物語である。ピップはディランを尊厳死させたいと考え、マックスは効果の疑わしい治療を受けさせるためにディランをアメリカの診療所に連れていきたいと考える。本書は作中人物の行動によって結末がどう変わるかを並行して描く「スライディング・ドア」方式を採用しており、ピップとマックス、それぞれの苦渋の決断の結果と、それが夫婦の関係にどう影響するかを追っている。ふたりの葛藤は目を背けたくなるほどに痛々しく、印象的に描かれており、この物語を書くのに、マッキントッシュがどれほど辛い思いをしたか察するにあまりある。この作品はいくらお勧めしてもしたりないくらいお勧めだ。

傑出したドメスティック・ノワールのスリラーはほかにもある。そのひとつが、ジュリア・クラウチの『Her Husband's Lover』(二〇一七)だ。この作品は、交通事故で夫と子どもを失ったルイーザ・ウィリアムズと、ルイーザに残されたものをすべて奪おうとする、夫の子を身ごもった情緒不安定な愛人ソフィーの二人が繰り広げる暗澹とした不穏な物語である。アラミンタ・ホールが二〇一八年に発表した『Our Kind of Cruelty』も、執着と欲望を描いた、鬼気迫る不穏な作品だ。この恐ろしくも中毒性のある物語は、読者を社会病質者の心の中に引きずりこみ、事実と認知の間にある複雑な境界線を分析している。

ルイーズ・ダウティの『Platform Seven』（二〇一九）は、サイコスリラーとゴーストストーリーを掛けあわせた見事な構成の小説で、あらゆる愛と多くの喪失、そして恐ろしい緊張にさらされた人間の精神に何が起こるかを思索した感動的な作品だ。エリザベス・ケイは、『Seven Lies』（二〇二〇）で、子どものころから親友同士だった二人の女性と、二人の友情と人生を破壊する嘘や執着、嫉妬、そしてその悲劇的な結末を描いている。

作家のレベッカ・ホイットニーは次のように語っている。「新しい小説の重要な鍵となっているのが、欠陥のある女性の登場人物や信頼できない語り手です。こうした新しい主人公たちは多くの場合、自分の運命を、たとえそれが望ましいものではなかったとしても、コントロールしています。そして、この新しい小説は、単に壊れた関係を扱うだけでなく、邪悪な何かが家庭の中心に——わたしたち女性の避難所であり、どこよりも安心できて、愛されていることを感じていられるはずの場所に入りこみ、精神的な爆弾を仕掛けるというテーマも探求しています。それを引きおこすのが主人公の女性自身ではなかったとしても、たいていは、主人公の古傷、つまり彼女が隠したり、コントロールしようとしたりしてきた秘密が引き金になっているのです」

ホイットニー自身の巧妙かつ不穏なデビュー作『The Liar's Chair』（二〇一四）は、ひき逃げの当事者になったことで不健全な結婚生活、さらには人生そのものが崩壊していく女性の物語だ。この作品は、家庭内暴力を揺るぎない視線で捉えた、衝撃的で救いのない、独創的な作品と評されている。ホイットニーによれば、この小説を執筆した理由のひとつは、どうして女性は自分を苦しめるような関係に誘いこまれ、そこから逃げようとしないのかを探るためだったという。「家庭内暴力が存在することはだれもが知っています。ですが、一見すると芯が強く、自立していて、学もありそうな女性が、どうしてそういった恐怖と支配の場に囚われてしまうのかはあまり知られていません。自分の身に降りかかる暴力を受けいれ、あまつさえ隠し通そうとしているように見えるのはなぜなのか、こうした暴力の連鎖を終わらせるのがこれほど難しいのはどうしてなのか」

ホイットニーは、家庭内暴力をテーマとして取りあげる新世代の女性作家たちは、虐待者に苦しめられている女性を理解し、支援するための対策が十分にとられていないことに対する一種の集団的な怒りを表明しているのだろうと語っている。「文学は娯楽であると同時に有益な知識を得るための手段でもあります。こうした小説は、虐待を受ける女性が経験する羞恥心や無力感、心理的でしばしば暴力的な操作を——どれも、詮索好きな世間の目を引かないよう、女性を本来愛情といたわりに満ちているはずの場所で醸成される有害きわまりない人間関係に閉じこめておくための手段ですが——分析するのに、ある程度役立っています」

「人間関係のこうした邪悪な面を解き明かし、それによって共感が生まれることで、わたしたちは被害者を責めるのをやめ、真の犯罪者を罰することに集中できるのだと思います」

ドメスティック・ノワールは、最も親密な関係の根底に潜む危険な状況を深く探求し、不義と裏切りの問題や、身体的虐待と精神的虐待の間の曖昧な境界線について考察している。小説の中で精神的な虐待が身体的な暴力や死につながる描写が多いのは、悲しいことだが、多くの女性の実体験を反映したものだ。女性は一度囚われたら抜けだせない精神的、身体的虐待の連鎖に巻きこまれやすい。イギリスの慈善団体〈レフュージ［避難所の意］〉によれば、毎週平均二人の女性がパートナーや元パートナーに殺害されており、女性の四人に一人が人生のどこかの時点でドメスティック・バイオレンスの被害者になるという。家庭内暴力はアメリカでは「近親者暴力」または「バタリング（虐待）」と呼ばれ、あらゆる関係においてパートナーの一方が他方に対し権力や支配力を手に入れ、あるいはそれを維持するために用いる虐待行為の一パターンと定義することができる。

本書を執筆している二〇二〇年現在、九十か国に及ぶ国々が新型コロナウイルスの感染拡大を防ぐためにロックダウンを実施している。このロックダウン規制により、およそ四十億人が、自分自身と自分より感染リスクの高い友人や親族をウイルスから守るために、自宅に留まっている。このロックダウン期間にイギリスの警察が受けた家庭内暴力の通報は、二〇一九年の同時期と比較して約一・一倍になった。ロンドン・スクール・オブ・エコノミクスが実施した調査によれば、家庭内暴力の通報は一週間あたり平均三百八十件増加しているという。だが、実際の件数はずっと多いと考えられる。通報の大半は心配した友人や近隣住民によるもので、被害者本人からのものではなかったからだ。ロックダウン規制のために通報しづらかったり、通報することを恥だと感じていたり、通報によってパートナーの暴力がエスカレートするのではないか、だれも自分を守ることができないのではないかと不安を覚えたりする女性が多いのだろう。ロックダウン二か月目の終わりまでに、イギリスの全国家庭内暴力ヘルプラインへの相談件数は約一・七倍に増加し、ウェブサイトへのアクセス件数は、十・五倍にまで増加した。パンデミック以来、世界中の警察、ヘルプライン、シェルターで、家庭内暴力の通報や被害女性からの相談電話が増加している。アルゼンチン、カナダ、フランス、ドイツ、スペイン、アメリカでは、政府当局や女性の権利活動家たちが、家庭内暴力の件数が増加していることを確認した。また国連も、DVの件数が世界的に激増していることを報告している。

だが、暴力はパンデミックによって生まれたわけではない。ロックダウン規制は、経済的、精神的負担と相まって、すでに世界中で起きている衝撃的な状況を浮き彫りにし、悪化させたに過ぎない。アメリカ、カナダ、イギリスでは、家庭内暴力がかなりまえから問題になっており、その件数は増加する一方だ。イギリスでは、女性の四人に一人が家庭内暴力を経験し、五人に一人が生涯のどこかで性的暴行の被害に遭うといわれている。そして残念なことに、その被害者の六人に五人、じつに八十三パーセントが、被害に遭ったことを警察に通報していない。アメリカでも、女性に対する暴力（家庭内暴力、殺人、性的人身売買、レイプ、暴行など）が、公衆衛生上の問題として認識されて久しい。アメリカの国立傷害予防管理センターによると、女性が経験する親密なパートナーからの身体的暴行やレイプは、毎年約四八十万件に及ぶという。警察に通報されなかった犯罪も対象にした、全米犯罪被害者調査によると、二〇〇六年にアメリカでレイプや性的暴行の被害に遭った女性は二十三万二千九百六十人にのぼる。毎日六百人以上の女性が被害に遭っている計算だ。

かなりの数の犯罪が通報すらされていないのだ。また、イギリスの統計同様、虐待の被害者のうち、傷害を受けて治療する女性は二十パーセントに満たない。

六日に一人、女性が親密なパートナーに殺害されているカナダでは、全女性のうち半数が、十六歳以降に少なくとも一度は身体的または性的虐待を経験している。毎晩、六千人を超える女性と子どもたちが自宅で安全を確保できず、シェルターに泊まり、三百人以上が部屋不足のために保護を断られている。

世界的に見ると、一生のうちに身体的または性的虐待に遭う女性の数は、平均して三人に一人と推定されている。世界保健機関（WHO）の前事務局長であるドクター・マーガレット・チャンは、女性に対する暴力は「伝染病に匹敵する世界的な健康問題だ」と述べている。

女性に対する暴力が世界に共通する差し迫った問題であることに気づいた女性作家たちは、自分の作品の中でこの問題にどう向きあい、どう書いていくのがベストなのか探っている。こうした女性作家の多くは、犯罪小説やスリラー小説という枠組みの中で、大半の女性にとって現実の生活がどのようなものかを探求し、家庭という密室や職場で、あるいは街中で現実に起こっている暴力、そしてそのトラウマの深刻な後遺症について、率直で揺るぎないストーリーを綴っている。彼女たちの作品は、暴力について話し、書き、その意味を何らかの形で理解することに、また、自分自身や同じ女性たちの実体験とその長期的な影響を活字にすることに、純粋で強いニーズがあることを物語っている。

だが近年、小説――特に女性作家の小説での女性に対する暴力の描かれ方について多くの論争が起こっており、そういった描写がますます残酷に、ポルノ的にさえなりつつあるのではないかという懸念が高まっている。二〇一二年にハロゲットで開催された〈シークストン・オールド・ペキュリア・クライム・ライティング・フェスティバル〉では、「男性よりも危険な女性」と題した討論会が開かれ、女性作家が男性作家より陰湿で暴力的な犯罪小説を書いているのではないかという問題について話しあわれた。

二〇一八年一月、女性が殴られたり、ストーキングされたり、性的搾取を受けたり、レイプされたり、殺されたりすることのないスリラーを称える新しい文学賞、スタンチ賞が発足した。ブリジット・ローレスによって創設されたこの賞は、犯罪小説に登場する女性が過激な拷問やレイプ、殺人の被害者として描かれていること、そういった描写が生々しく残酷に、長々と描かれ、常態化して、娯楽として提供されていることに対する懸念を挙げている。

主催者側は、この賞は犯罪小説を検閲するものではなく、「女性に対する暴力についての物語に別の語り口を提供する」ためのものだと主張している。また、近年レイプの有罪判決が減少していることにも言及し、加害者と被害者のステレオタイプ的な描写がレイプ裁判の陪審員に影響を与えている可能性について指摘している。同賞のウェブサイトには次のような記載がある。「レイプ犯の九十パーセントが被害者の顔見知りで、殺された女性の大半が殺人犯を個人的に知っていたという現状があるにもかかわらず、小説には、闇にまぎれて忍び寄るストーカーや、暗い路地で襲いかかってくる変質者、連続殺人鬼、見知らぬ危険人物といったステレオタイプ的な描写が溢れており、危険な誤解を招いています。女性のための正義に深刻な影響を及ぼしかねないこれらの描写は控え目にいっても警戒すべきであり、問題として取り組んでいく必要があります。わたしたちはこうした理由から、また、素晴らしい文学を愛すればこそ、スリラー作家の皆さんに奮ってご応募いただき、使い古された陳腐な描写に頼らない、力強い物語を生みだしていただきたいと考えています」

女性作家の多くはこの賞を、時代の流れに逆行するもので、女性に対する暴力についての重要な問題をうやむやにしかねないと非難している。だが、ケイト・ローズは、スタンチ賞には意義があり、少なくともその目的は称賛に値すると考えている。ローズは自分の小説では絶対に性暴力の描写をしないと決めているという。「ちょうど十作目の犯罪小説を書きあげたところですが、レイプについて書いたことは一度もありません。そういうテーマを取りあげないのは、わたしが絶対にしたくない、無意味な暴力描写を避けながら書くのがとても難しいからです。作家ならだれでも、書きたいことについて自分なりの限界を持っていると思います。わたしにとってレイプは書きたいことではありません」

マリ・ハンナは、女性に対する暴力の描写がいっさいない作品を募るというのは「おかしな」話だと指摘する。「あいにくですが、女性に対する暴力的な行為をうやむやにしたところで、それが消えてなくなることはありません。そんなことをするのは現実的ではないし、馬鹿げていると思います」。ハンナは、自分の作品に暴力的なシーンがあるのを認めながらも、極力、無意味に入れることはないよう努めているという。ハンナの作品は、犯罪の後遺症や、個々の登場人物がそれにどう対処するかといったことに重点を置いている。「やりすぎだと思う作家もいますが、そのような作品は読まないようにしています。そういう作家は男性だけではなく女性にもいます。残虐であればあるほど、陰惨であればあるほどいいというわけです。とはいえ、小説に自分たちが生きる社会を反映するなら、すべてを余すことなく反映するのが筋だと思います。わたしは現実に忠実な作品を書きますし、男性のほうが女性より暴行に遭う危険が高いことも知っていますが、レイプされたり、残忍な方法で殺されたりするのはほとんど女性であり、その事実をうやむやにするような真似をするつもりはありません」。アメリカの作家メグ・ガーディナーも同意見だ。「賞を作るのは自由ですが、わたしの小説はノミネートされそうにありませんね。女性が犯罪の被害者になる、現実の世界を映しだしていますから」

自分の作品をこの賞に応募しないよう出版社に指示したというソフィー・ハナは、「非常に馬鹿げた」賞だと切り捨てる。「ゴールド・ダガー賞、クライム・スリラー・オブ・ザ・イヤー、全米図書賞といった犯罪小説の賞はどれも、賞を授与し称賛する対象を本そのものだと当然のごとく捉えています。決して犯罪を称賛しているわけではありません。だれも殺人は最高だなんていってませんよ。殺人が描かれているから受賞するわけではなく、受賞する作品にたまたま殺人が描かれているにすぎません。それなのにスタンチ賞は、女性が暴力の犠牲になる作品は賞の対象にしないという。そうなると、アガサ・クリスティーの『鏡は横にひび割れて』をはじめとする数多くの素晴らしい作品が除外されることになります」

「女性が暴力の犠牲になるような本は評価しないというメッセージを送っているわけですよね。女性に対する暴力に賛成する人間はいませんから、それはいいのですが、同時に、男性に対する暴力はどうでもいいと無自覚でいっていることにもなります。暴力に反対するなら、男性に対する暴力にも反対しないとおかしいでしょう。この賞がどれだけ馬鹿げているか考えると、つい笑ってしまいます。誇りある作家なら、間違っても応募するべきではありません」

フランセス・ファイフィールドも面白がっていた。「随分面白い賞ですね。一冊出してみようかしら。女性に対する暴力の描写がない作品は、人生を反映しているとはいえません。女性に対する暴力を描くと暴力を助長することになるから書いてはいけないなんて、おかしな理屈です。むしろ逆ですよ。そもそも、女性に暴力を振るう人間が本を読むとは思えません。少なくともそういう本は読まないでしょう。本当に馬鹿げています。実際に女性はひどい目に遭っているんです。それを小説に反映させるのは作家の義務ですよ」

「正直、暴力を生々しく描くのは、もうきつくなっています。でも、暴力が物語の一部なら、描かなければいけません。自分に合った方法を見つけてね」

エマ・カヴァナーは、作家には自分が見た世界を描く義務があると考えている。「わたしは、自分が統計的に危険にさらされやすい性であるというだけの理由で、成人してからそれが自分にとって危険かどうかばかり考えてきました。常に、男性なら意識しないことを意識しなければいけないんです。女性に対する暴力を描かないというのは不誠実ですよ。社会をちゃんと描いていないことになりますから。これは大きな問題です」

アンナ・マッツォーラは、スタンチ賞の意図自体は称賛に値するが、やり方が間違っていると考えている。「ブリジット・ローレスが、女性に対する暴力の描かれ方に懸念を示し、みんなで考えていかなければならない問題だというのを聞いたことがあります。それについては全面的に同意します。でも、女性に対する暴力の描写をカットしろということでこの問題に対処するのはどうかと思います。そんなことでうまくいくのでしょうか。女性に対する暴力、特に性的暴力については、オープンに話しあう必要があります。そういった描写をしないからという理由で賞を与えるのが得策だとは思えません」

「重要なのは、家庭内暴力、レイプといった女性に対する暴力について書きつづけることです。わたしももちろんそうするつもりですよ。そういう意味では、そういったことを描かなかった点を評価するという方向性をこの賞が選んだのは、非常に残念です。犯罪の被害者やサバイバーをどう描くか、とりわけ女性に対する暴力をどう描くかについては、慎重に考える必要があります。暴力を描かなかった作家ではなく、巧みに描いた作家を対象とする賞だったらよかったのかもしれませんね」

アリソン・ジョセフも、犯罪小説の中でこの問題をどう扱うかが最大の関心事だという。「わたしたち犯罪小説作家の多くがそうだと思いますが、わたしも自分たちの住む世界に懸念があるからこそ、犯罪小説を書いています。そうした懸念に対処するにはうってつけの方法だからです。まず、暴力がどうやって生まれるのか考える必要があります。アガサ・クリスティーでさえ、傑作と呼ばれる作品の中で、人々が直面する脅威の根源を描いています。それは膨れあがっていく人間の怒りです」

「本を読んでいて、何度か不快な瞬間があったのは……若い女性の身に降りかかった出来事の描写に、ある種の魅力を感じさせようという意図があるのに気づいたことがあるのは事実です。その時点で、わたしはその本を読むのをやめます。読者との誠実な関係を築こうとしているとは思えないからです。読者をポルノ的なものに巻きこむのが正しいことだとは思えません。ですが、女性に対する暴力の問題を明るみに出して、現実に起こっていることだと声をあげていく必要はあります」

サラ・ヒラリーは、自分の作家としての役割は真実を書くことだと考えており、スタンチ賞は検閲の一種だと非難している。「実際に起こっている現実を否定する賞だと思います。どう考えても前提が間違っています。賞というものは、本の内容を評価して授与するものですよね。内容がないことを評価したりはしません。何かがないことを称える賞なんて聞いたことがない。そんな賞を作る理由がわかりません。考え方がおかしいと思います。男だろうが女だろうが、どんな描写をしていようが、犯罪小説作家が女性に対する暴力を描けば、それを称賛していることになるという考え方ですよね。どう見たって乱暴な話ですよ。それに、犯罪小説や女性にも大きな害を及ぼしています」

ジェーン・ケーシーは、スタンチ賞は善意から生まれたものだが、「呆れるほど無知」だという。「やろうとしたことは理解できますが、目指した方向が間違っていましたね。わたしは、女性に対する暴力を描くことに極めて慎重な男性作家を何人も知っていますよ。そういったことを書くのが気づまりで落ちつかないようです。それにわたしの場合、ある意味、〝娼婦が殺される〟ような話のほうが書きやすいんです。わたしはそういったことを、男性的な目線から、性的興奮を煽る描き方をするような過ちは犯しませんから」

ニコラ・アップソンは、作品に女性に対する暴力の描写があるというだけで、暴力を美化して女性を物扱いしていることにされてしまうこうした考え方にかなり憤慨しているが、この賞自体にも呆れているという。暴力の描写を削ろうとする行為は、それが男性に対する暴力だろうと、女性に対するものだろうと、思慮深く暴力を描いているすべての優秀な女性犯罪小説作家に対する侮辱だとアップソンは考えている。「大事なのは、何を書いているかではなく、どう書いているかです。犯罪小説界の人間は皆暴力を憎んでいますから、当然ながら、暴力とその後遺症を思慮深く取りあげることに賛成しています。わたしも小説を書く上ではそういったことを重視しています。殺人がもたらす後遺症をね。犯人が裁かれたらそれで終わりというわけではありません。犯罪は爪痕を残します」

「死をエンターテイメントとして書くのは本質的に危険なことです。それについては犯罪小説作家全員が同意すると思います。毎日起きている現実の暴力を霞ませないように書くのがとても重要なんです」

アメリカの作家アラフェア・バークによれば、重要なのは小説の中で暴力をどう表現するかだという。バークは暴力の描写に貪欲にならないよう気をつけている。「わたしよりずっと暴力的なシーンを書く友人もいますよ。それはその人たちの自由です。読者にできるだけリアルに感じてもらいたいのでしょう。でも、わたしの場合、暴力はなるべくストーリーの裏で起こるようにしています。単にプロットの要所だからという理由で、女性のキャラクターを殺すようなことはしません。それより、暴力の後遺症を描くことに注力しています。被害者が生きている場合は被害者が、殺された場合はその遺族が、犯罪によってどういう影響を受けたかを掘り下げていくのです。血なまぐさいシーンはあまり出てきませんが、犯罪の犠牲者は大勢登場します」

テス・ジェリッツェンも、暴力はあえて描かなくてもいいと考えている。「犯罪小説なら暴力が起こるのは当然ですが、わたしの小説を読めば、暴力がほとんど描かれていないのがわかるでしょう。刑事が登場するのは、いつも暴力が起こったあとです。リゾーリとアイルズが登場して、陰惨な犯罪に取り組む。それは二人の人生のある一日に過ぎません。二人の日課であり、仕事なんです。暴力は存在していますが、彼女たちの頭の中で再生されているだけです。わたしは、人が苦しむ姿を見ることに喜びやサディスティックな快感を覚えないように気をつけています」

サラ・パレツキーは作品の中で暴力を扱う際に、「過ぎたるは及ばざるがごとし」という手法を好んで用いる。二〇一八年の『クロス・ボーダー』では、ひどい搾取と虐待を受けてカリフォルニアの街角に捨てられた二人の若い女性を登場させて、ストーリーを牽引している。「暴力は間接的にしか描写しません」パレツキーはいう。「でも、そのシーンを読めば何が起こったのかわかるようになっているので、ストーリーを牽引する力が生まれるのです」

パレツキーと同じアメリカ人作家のメグ・ガーディナーは、無意味に暴力的なシーンを入れたり、性的興奮を煽るようなやり方で暴力を描いたりしないように努めている。「女性が傷つけられるのを読みたいという欲求があるとは思えませんし、実際に読者はそんなことを求めていません。残虐極まりない、胸の悪くなるような方法で女性が殺される様子を堪能したくて、本を探しているわけではないんです。そんな読者はいないはずですよ。中には、いままでにない斬新な流血シーンを生みだそうと追求している作家もいます。わたしはそういうことには、読者としても作家としてもまったく興味がありません。人が犯罪小説を読むのは、安全な方法で自分の恐怖心を探求するためだと思います」

エマ・カヴァナーは、小説の生々しい暴力描写は苦手で、読みたいとも思えないので、暴力を描くときには慎重になるという。「わたしにいわせれば、暴力を描く理由を十分に意識するべきです。何のために暴力的なシーンを入れるのか。安っぽいスリルのためなら入れるべきではない。わたしの場合、小説を書くにあたってストーリー上暴力が必要だったり暴力的な出来事が起こったりしても、それを生々しく描写することはめったにありません。ほとんどの場合、そうすることでわたしが書こうとしているものの価値が高まるとは思えないからです。わたしが重視しているのは、登場人物や、登場人物が犯罪を精神的にどう乗りこえるかといったことです。個人的には、暴力はよく考えて慎重に扱うべきだと思いますね。生々しい暴力の描写を入れるな、とまではいいませんが、死体の数を増やすためだとか、興奮を煽るためといった理由で入れるのは避けるべきです」

アンナ・マッツォーラは、女性は性暴力の体験があるがゆえに、そういったシーンの描写に長けていると考えている。「わたしが知っている女性作家のほとんどは、何らかの暴力を経験しているか、身近に経験した人がいます。自分がよく知ることや深く懸念していることは書きやすいものです。このテーマで素晴らしい小説を書いている男性作家も大勢いますが、おそらく書き方は違うでしょう。いままで読んだ小説の中で、性暴力をうまく扱っていると感じたのは、やはり女性が書いたものです。わたしがこの問題について議論してきた知り合いの女性たちは皆、女性に対する暴力の描かれ方や、犯罪の被害者やサバイバーの描かれ方に焦点をあてることが重要だと強く感じています」

一九九八年のデビュー作『扉の中』でCWA最優秀新人賞を受賞したデニーズ・ミーナは、「虐待された女性を受け身の存在から脱却させたいなら、そういう女性が積極的なキャラクターとして登場する作品を書く必要があります」と述べている。ゾーイ・シャープもいう。「生々しい描写と、無意味に残酷な描写はまったく違います。物語の要点を明らかにするために、生々しい描写が必要な場合もある。わたしの小説の女性キャラクターも暴力を振るわれますが、ほかのみんなと同じように反撃することができます」

キャサリン・V・フォレストは、同じ作家たちの意見と、女性による犯罪小説の多くに見られる倫理観をまとめて、小説を書く上で重要なのは、暴力や殺人がもたらす悲惨な影響や、犯罪小説にしばしば描かれるおぞましい暴力を探求することだと語っている。「わたしがミステリを書く上で、何よりも重視しているのは、殺人がもたらすダメージを伝えることです。犯罪は人々の人生に核爆弾を投下するといっても過言ではありません。警察官にもダメージを与えますし、事件の関係者すべての人にダメージを与えます。わたしは常に可能な限りリアルに描くことを目指しています。暴力も例外ではありません。またリアルに描くということは、暴力の被害者は必ずといっていいほど女性であるという、現実の生活で実感し、テレビでもよく見聞きするおぞましい事実を伝えることでもあります」

メラニー・マグラスは、暴力は語られ、描かれなければならない現実だと考えている。「暴力が現実であることを受けいれなければなりません。犯罪小説は、作家に暴力を探求する機会を与えてくれる。実際には男性のほうが殺される可能性が高いのかもしれませんが、女性は日々の生活の中で、男性よりも深刻な心理的恐怖に直面しており、暴力にさらされる可能性を常に意識する必要があるのです」

カリン・スローターは、著書の暴力の程度についてしばしば論争の的になってきた。二〇〇一年にデビュー作『開かれた瞳孔』が、二〇〇二年に続篇の『ざわめく傷痕』が刊行されると、スローターの作品は「男性的」なスリラーに分類されるようになった。「どうして男性が書くようなことを書くのかと、いつも聞かれました。まるで、圧倒的に女性が犠牲になることの多い犯罪に、女性が興味を持つのは異常だとでもいうように。元々、暴力の様態を赤裸々に描写して、トラウマの長期にわたる影響をできるだけ現実的な方法で探求することが重要だと感じていたんです。レイプは性的な興奮を煽るためのものではありません。ドメスティック・バイオレンスは個人的な問題ではありませんし、セクシャル・ハラスメントは被害者のいない犯罪ではありません」

「これからの二十年で女性に対する暴力が根絶されるなどという妄想は抱いていませんが、暴力を許さない社会を築き、暴力をよしとする人間を追放したり拘束したりすることはできます。そのために、わたしが果たすべき役割は、普段聞くことのできない、サバイバーやファイター、母親や娘、姉妹、妻、友人、そして悪党たちの物語を、赤裸々に語りつづけることです」

第十二章　刑事司法、書評とステータス

刑事司法制度に携わる優秀な女性の中には、転職したり、まったく別の新たなキャリアを切り開いたりといった、思い切った行動に出る人が少なくない。こうした刑事司法関係者たちは、犯罪小説作家としても成功を収めている。

この章で紹介する作家の中には、アメリカの民事訴訟分野で活躍する法廷弁護士、アメリカの元地方検事、刑事司法関連の事件を主に扱う人権派弁護士、検察庁のイギリス人弁護士、国際警察の人質交渉担当教官、イギリスの元保護観察官などがいる。

わたしは、すでに功績をあげ、成功している彼女たちがなぜ転職を決意したのか、犯罪小説のどこに魅力を感じたのか、作家になるにあたってどんな問題に直面したのかに興味を持った。

メグ・ガーディナーは、アメリカで活動する一流の法廷弁護士だった。専門は商業訴訟と民事訴訟だ。一流の弁護士になるには、大学で七年学んでから、大学院に進み、ロースクールで数年勉強

や研究をしなければならない。そうしてようやく、クライアントの代理人として法廷に立つことができるようになる。アメリカでは、女性の弁護士が法曹人口の約三十六パーセントを占めているが、主任法廷弁護士になる女性の割合は未だにかなり少ない。民事事件では、主任弁護士の約七十六パーセントが男性で、刑事事件では、約八十パーセントが男性である。

こうした事実は、カリフォルニア大学で創作も教えているメグ・ガーディナーが、極めて高いステータスを獲得し、長年の努力の末、かなり稼ぎのよい職業に就いていたことを意味している。それを捨てて小説家になるのは、並たいていの決断ではなかったはずだ。「でも、弁護士はみんなストーリーテラーなんですよ。書くことが好きな人たちばかりですし。犯罪小説家になろうと思ったとき、弁護士としてのキャリアが小説を書く上で有利になることはわかっていました」

「弁護士は、説得力のあるストーリーテラーになるための訓練をしているようなものですよ。裁判になるケースはすべて、訴訟の当事者間の何らかの決裂を物語るストーリーだからです。弁護士の仕事は、クライアントの事件のストーリーと事実を見極め、できるだけ説得力のある形でそれを組みなおし、裁判官や陪審員に提示して、クライアントの言い分を認めさせることです。作家に転向したとき、小説のシーンを描くのに失敗しても、それで判決が下されるわけではないと思うとだいぶ気が楽でした」

デビュー作『チャイナ・レイク』(二〇〇二)で、ガーディナーは主人公を弁護士として設定した。気骨と情熱と才気に溢れた、エヴァン・ディレイニーだ。作者が一流の弁護士だったため、当然ながら作品や登場人物には信憑性がある。「わたしは裁判制度を熟知しています。どういう仕組みなのか知っているんです。それを土台にして小説を書く自信はありました。わたしはディレイニーの仕事、彼女の職場であり、同時にそこから逃れようとしているシステムを理解していました。わたしにとってはおなじみの世界ですからね」

同じくアメリカの作家アラフェア・バークは、地方検事補として家庭内暴力事件を担当し、警察の管区顧問を務めていた。現在は、ホフストラ大学法学部で法学教授として教鞭をとっている。父親は同じく犯罪小説作家でニューヨーク・タイムズ紙ベストセラー作家のジェイムズ・リー・バークだが、すでに取りあげたように、バークが最初に犯罪に興味を持ったのは、子どものころに故郷のウィチタとパークシティで発生し、十人の犠牲者を出したデニス・リン・レーダーによる連続殺人事件がきっかけだった。犯罪小説を書こうと思ったのは、犯罪小説に登場する地方検事の描かれ方に我慢ができなかったからだという。

「地方検事の描写を読むたびに、頭に来てしまうんです。こんな検事、いるわけないってね。それで、検事を主人公にして、実際に検事が何をしているのか、どんな仕事なのかがわかるような本を書こうと思いました。ずっとあたためていたので、ストーリーはすっと浮かんできました。わたしのように長い間業界にいると、無理して話を捻りだす必要もないんですよ。それを強みにして、血の通ったリアルな作品を書くこともできますしね」

バークのデビュー作『女検事補サム・キンケイド』（二〇〇三）は、地方検事補のサマンサ・キンケイドを主人公にした作品だ。キンケイドは、芯が強く気骨のある複雑な女性で、正義感に溢れ、男社会そのものである警察や同僚たちに立ちむかう勇気と信念を持っている。「ストーリーに直接書かなくても、手続き的なものを知っていれば、そういったことに煩わされず、自分の思うようにストーリーを進めることができます」とバークはいう。「それに、刑事司法の世界に身を置くと、警察関係者の会話や話しぶりを知り、理解できるようになります。そして、暴力や犯罪に対する姿勢が多少厳しくなり、いつの間にか自分が普通の人たちとは違う向きあい方をしていることに気づきます。ああいったキャラクターを描くことができるのは、現実に知っているからこそなんです」

サマンサ・キンケイドの学歴と職歴は、バーク自身のものと酷似している。どちらもスタンフォード大学で法律を学び、より稼ぎのいい仕事のオファーを断ってオレゴン州の地方検事として勤務している。作者は主人公に、自身が最も尊敬する職業的、個人的特徴を与えた。極めて高い倫理観と、不正に立ちむかい正義を行うという、ほとんど強迫的といってもいいほどの決意だ。

「わたしが仕事をともにする幸運に与《あずか》った人たちが、そういう資質を持っていたんです」バークはいう。「わたしの知る限りで最も優れた人たちです。キンケイドには、彼らの熱意や信念、決意、不屈の精神を体現してほしかった。読者がキンケイドの中にそのすべてを見いだしてくれることを願っています」

キンケイドのおかげでバークは、小説にはめったに登場せず、登場しても、正確に本物らしく描かれることはないと感じていた検事の視点から犯罪小説を書くことができた。検事は大きな権限と責任を担っており、ひとつでもミスを犯せば、その原因が能力不足からだろうと、無関心からだろうと、行き過ぎた熱意からだろうと、取り返しがつかないことになりかねない。キンケイドは主人公として捜査過程と裁判の両方に関わることができ、それが事件に興味深い視点をもたらしている。

フルタイムの仕事をしながら毎晩帰宅後に執筆する父親の姿を見て育ったバークは、父親に倣って執筆活動を開始した。そして数年がかりで最初の小説を完成させた。だが、その後も続々と作品を刊行することになろうとは、当時は想像もしていなかった。現在、〈サマンサ・キンケイド〉シリーズ三作と、ニューヨーク市警の刑事エリー・ハッチャーを主人公とするシリーズなど、二十作が刊行されている。また、サスペンス作家メアリ・ヒギンズ・クラークとの共著である〈Under Suspicion〉シリーズ第三作や、スタンドアロン作品七作も手がけており、本書執筆時点での最新作の『Find Me』（二〇一一）では、バークの登場人物の一人であるマンハッタンの献身的な弁護士リンジー・ケリーに焦点をあてている。「自分は、著書を本棚に並べて、一度だけ本を出したことがあるんだと自慢することに憧れる、そんな弁護士の一人にすぎないと思っていました」とバークは振りかえる。「最初の本を書いたときは、その後も書きつづけることになるとは思ってもみませんでした」

バークはよく作家仲間に、自分の犯罪小説について法律的なアドバイスを頼まれるという。「電話やメールで質問してくることもありますよ。たとえば、こういう事件の場合、警察は捜査令状が必要なのか、とか。みんな、自分の本を信憑性のあるものにしたいと思っているんです。そんなときわたしは、何よりもまずストーリーを優先すべきだといいます。何を起こしたいのか。障害がほしいのか、それとも早く話を進めたいのか。そのシーンの意図はなんなのか。そして、法を知る者としてアドバイスします。たとえば、障害がほしい場合は、令状が必要になる状況を作るにはどうすればいいか教えてあげるんです。あるいは、警察にいますぐドアを蹴破って入ってきてほしい場合はどうすればいいかをね」。刑事司法制度に携わっていた女性の多くが作家になっていることについて、バークはどう考えているのだろう。「弁護士やジャーナリストが作家に転向しがちなのもわかります。気負わずに書くことに慣れているんですよ。締め切りに追われることにも」

アメリカの同業者であるガーディナーやバークとは違い、イギリスの犯罪小説作家アンナ・マッツォーラは、現在も弁護士の仕事を続けている。弁護士の資格を取って以来、公権力側と人権側、両方の代理人を務めてきた。「はじめは政府の法務部門に勤め、主に公法関係の事件を担当していました。大半は刑務所がらみのものでしたが、内務省の決定に関する事件を扱うこともありました。やがて、自分は間違った側にいるのだと思うようになりました。人権派の事務所で働きはじめてからはずっと、国民の人権のために働いています。差別や出入国管理関連の事件も扱いますが、主に刑事事件を担当しています。特に犯罪被害者や女性の権利に関わる事件が多いですね」

マッツォーラの関心は、女性のための正義や、歴史の中で司法制度が女性をどう扱ってきたかといったことにあり、彼女はそれらを作品の中でも一貫して取りあげている。デビュー作の『The Unseeing』（二〇一六）では、ヴィクトリア朝のロンドンを舞台に、サラ・ゲイル［結婚間近の洗濯婦ハンナ・ブラウンが殺された事件に関与したとして有罪判決を受け、絞首刑を宣告された実在のお針子」と、この事件において正義がなされたかを明らかにしようと奮闘する理想主義的な弁護士の物語を綴っている。二作目の『The Story Keeper』（二〇一八）も歴史もので、十九世紀半ばのハイランド放逐後のスカイ島を舞台にした作品だ。「少女に対する虐待や、犯罪事件で正当に裁かれないという、当時の女性が置かれた状況もサブテーマとして取りあげています。被害者の権利に関心を持つ弁護士が小説を書きはじめても、まったく不思議ではありません」

マッツォーラは、これほど多くの女性弁護士が作家になっている理由をどう考えているのだろう。「法律は魅力的ではありますが、非常に定型的で、古めかしい書き方をしなければいけないので、創造的な人間にとっては窮屈なんです。事務弁護士が法廷弁護士に説明したりする分には、最適な書き方なんですが。わたしにとって、自分の関心事を創造的に描けるのは、とても楽しいことでした。そういったことも理由のひとつかもしれません。刑事司法に携わる人間が創作にはまる理由はよくわかりません。ただ、小説を書くなら、自分が知っていることを題材にするのは当然でしょうね」。マッツォーラの経歴は彼女の文章を権威づけ、作品の売れゆきや販促にも貢献している。だが最大の課題は、より面白い小説を書くために事実から離れられるようになることだとマッツォーラはいう。「何よりもまず、小説を書くのは法律文書を作成するのとはまるで違うプロセスだということを認識する必要がありました」

同じく弁護士のフランセス・ヘガティは、フランセス・ファイフィールドというペンネームで小説を書いている。ファイフィールドは大学卒業後刑法を学び、現在の検察庁に入庁した。法そのもの、そして法がもたらす様々な問題は、ファイフィールドの作品の多くで一貫して描かれるテーマだ。ふたつのシリーズの主人公であるヘレン・ウェストとサラ・フォーチュンは、どちらも弁護士である。「ずっと小説家になりたいと思っていました」ファイフィールドはいう。「どうしても犯罪小説を書きたかったというわけでありませんでしたが、何しろ身近な題材でしたから。そういう意味では、法律に影響を受けています」

ファイフィールドは、検察庁で勤めているうちに、裁判のメカニズムに魅了されるようになったという。「ストーリーテリングの力がすごいんです。裁判の間に証拠が揃って、すべてが解き明かされることもあります。昔はよく訴訟事件摘要書を作成して、法廷弁護士に事件の詳細を説明したものですが、いろんな書類を集めて証拠を分析し、問題点を伝えなければいけなかった。訴訟事件摘要書は、法廷弁護士を動かす上でかなり重要なものです。わたしはいつも、相手に興味を持ってもらわなければいけないと考えていました。ただ事実を羅列するだけではだめだ、物語のように伝えなければいけないと。そうすれば、法廷弁護士も興味を持ってくれるはずですから」

「そんなわけで、物語のように伝えることには慣れていました。法廷で主張を通すには、ある程度物語性を持たせて、陪審員を味方につける必要があります。そういう意味で、法律が物語の重要性を教えてくれたといっても過言ではありません」。作家としての最大の課題は、実際の事件に影響されすぎないようにすることだと、ファイフィールドはいう。「実際の犯罪を題材にはしたくありませんでした。それはどうしても避けたかった。ですから、最大の課題は、弁護士である自分や、弁護士らしい書き方に影響されすぎないようにして、創作の魔法を失わないようにすることでした」

ファイフィールドは、自らの執筆の動機のひとつは仕事で目にしてきたことに何らかの意味を持たせるためだったと認めている。「恐ろしい悲劇的な事件や殺人事件を扱うこともあります。それで、物語を書けば結末を変えられるかもしれないと思うようになりました。強盗が図書館に侵入して老人と鉢あわせたとき、そこに人がいることに気づかないのではなく、強盗が逃げだす物語を書くんです。実際の事件では、強盗が鉄パイプで老人の頭を殴りつけるのですが。現実を小説に取りいれて、不快な部分を省いてしまうのではなく、ハッピーエンドにするというわけです。少なくともだれかにとってのね」

エマ・カヴァナーは長年、警察や軍の心理学者として勤め、警察で人質交渉人のための訓練を実施し、刑事司法制度、特に誘拐と身代金の分野に深く関わってきた。「わたしは、ほとんどの人が目にする機会のないものを見てきました。大人になってからずっと、かなり特殊な状況に身を置いていたんです。めったにない経験をしていても、普通の人たちと比べてみるまでわかりませんよね。そこでようやく気付くんです。ああ、普通じゃないんだと」

カヴァナーは、現在までにスタンドアロン作品を十作執筆している。最初の作品『Falling』（二〇一四）（のちに『After We Fall』と改題された）は、悲劇的な飛行機事故とその余波を描いた作品だ。カヴァナーの経歴や職能は、登場人物を造形し、悲劇がもたらす短期的及び長期的な結果を探求する上で、極めて重要な役割を果たしている。三作目の『The Missing Hours』（二〇一六）は、二十時間行方不明になっていた母親と、その母親が亡き夫の生前に夫婦で営んでいた身代金目的の誘拐事件に対応するコンサルタント業の話である。

「身代金目的の誘拐は、世界中どこの国でも大きなビジネスになっています」カヴァナーはいう。「毎年、三万件に及ぶ事件が報告されています。報告されていない事件はもっと多いはずです」。身代金目的の誘拐事件に関わる業界ではプライバシーが厳重に保護されているため、この分野で経験のあるカヴァナーでも、本のリサーチをするのはたやすいことではなかった。執筆する上でリサーチは欠かせないとカヴァナーはいう。「何しろこういう経歴ですからね。ドラマや本で、警察業務について不正確な描写をするとどうなるかよく知っていますから。警察官たちに何をいわれるかもね」。自分の仕事を執筆に活かせることで、カヴァナーの小説には確かな信憑性が生まれているが、自らの知識や経験を小説に取りいれることは、これまで見聞きしてきたことに意味を持たせる上でも役立っている。

それが、刑事司法制度やその周辺で働いていた人々の多くが犯罪小説を書くようになる理由のひとつではないかと、カヴァナーは考えている。「もちろんわたしは、自分の経験を基に考えることしかできません。でも、ああいう経験を積み、いまこういう状況にあるためか――特に母親になって、人生の形が大きく変わったせいか――自分が見聞きしたことに、この先も意味を持たせたいという感覚が常にあった気がします。わたしは、ほとんどの人が見ることもできない世界や社会の一部を見ることができました。警察官ならもっと見ているでしょう。わたしたちのような刑事司法制度に深く携わる人間は、多くの人の目に触れることのないものを見ているんです」

ベストセラー作家のアン・クリーヴスとマリ・ハンナは、どちらも小説を書きはじめたころは保護監察官だった。ハンナはいう。「犯罪小説作家になる元警察官が多いのは、別に驚きません。でも、いまの人気ミステリ作家に元保護観察官が多いというのは、みんな驚くんじゃないでしょうか」。ハンナの保護観察官としてのキャリアは、勤務中に暴行を受け、障害年金を受給するようになったために中断している。「自分の経歴が作品に影響を与えているのは確かですね。わたしは自分が書いている世界について熟知していました。十五年ほど保護観察所に勤めていましたから。仕事で刑務所にも出入りしていました。わたしのパートナーは元殺人課刑事なので、家でコーヒーを飲みながら、お互いの体験をいろいろと語りあっています」。こうした経歴と知識のおかげで、ハンナは、犯罪小説を手がける作家の多くが書くのに苦労している警察手続きを、小説の中で正しく描写することができるのだ。

アン・クリーヴスは、保護観察官としてのキャリアが刑事司法制度と犯罪心理についての見識を培ってくれたという。「刑務所にも何度も行きましたし、仕事で殺人犯たちと接したこともあります。一九八〇年代はバーケンヘッドとワラシーを拠点に活動していました。ちょうどヘロインが市場に溢れかえっていたころです。学校の校門の前でヘロインが格安で売られていたんです。一度ハマってしまうともう抜けだせない。本当に悲惨で恐ろしい時代でした」

「わたしは、有罪の評決を受けた被告人の判決前報告書を書いていました。裁判所に犯罪者の経歴や教育について説明するための報告書です。収容先に行って、どうして犯罪を起こすことになったのか、本人に根掘り葉掘り質問するんです。普通なら会わないような人たちと接することができたのは、わたしの執筆活動にとって大きな収穫でした。といっても、具体的な何かを小説の題材にしたわけではありません。ただ、違う世界がぶつかりあっただけです」

クリーヴスは終身刑囚を何人も担当していたが、現実の殺人犯は陰気で惨《みじ》めったらしく頼りない人間が多いという。中には、売春婦に笑われたから殺したという男もいた。「罪を犯したときは酔っぱらっていたかハイになっていたかのどちらかで、みんなあまり頭がよいとはいえず、あまり知的でもありませんでした。面白くもなんともない。そう考えると、小説は――小説の殺人事件は、たいていの場合、現実の殺人事件よりもずっと面白いと思います」

「わたしはモンスターを描きたいとは思いません。そういうことに興味はありません。サイコパスやシリアルキラーを描きたいとは思わない。むしろ殺人は、ストーリーの中で一番重要性の低い部分です。それよりも、自分が興味を持っていること――崩壊した家族に焦点をあてることのほうがずっと重要です。わたしの作品にはそういったことをテーマにしたものがたくさんあります。ずっとそればかり書いていたわけではありませんが」

これまで紹介してきたのは、刑事司法制度に携わってきた経験を自分の作品の権威づけ以外にも活用している女性作家のほんの一例にすぎない。彼女たちの小説は刑事司法の世界を様々な視点で公平かつ明晰に捉え、その欠陥や短所を、そして何よりその中での女性の実体験を、専門家として、被害者として炙りだすこともできるのだ。

本書では、サラ・パレツキーが一九八六年にアメリカで設立した〈シスターズ・イン・クライム〉という組織についてたびたび触れてきたが、注目に値することはほかにもある。デビュー作『サマータイム・ブルース』（一九八二）を出版してからわずか四年後、すでに政治色の強いフェミニストだったパレツキーは、アメリカの女性ミステリ作家や犯罪小説作家が直面している状況を調査していくつかの大きな問題に気がついた。女性作家たちは、あらゆる悪質な方法で著しい差別を受けていたのだ。また、一九八六年にハンター大学で開催された会議「女性とミステリ」では、ミステリ小説において、女性に対する生々しいサディズムの描写が増えつつあることに言及した。こうした活動を受けて、それぞれに不当な扱いをされた経験を抱えるアメリカ中の作家からパレツキーに電話が殺到した。同じくアメリカのミステリ作家フィリス・ホイットニーもパレツキーに賛同し、アメリカ探偵作家クラブに手紙を書いて、女性作家が賞の候補にあがらない問題について訴えた。その年の終わり、パレツキーはボルチモアで開催されたバウチャーコン世界ミステリ大会で、文学賞にノミネートされる女性犯罪小説作家の人数がお話にならないほど少ないことを議題として取りあげた。そして、エドガー賞発表の週には犯罪小説作家サンドラ・スコペトーネのロフトで三回目の会合が開かれ、〈シスターズ・イン・クライム〉が正式に結成されたのだ。

一九八六年に〈シスターズ・イン・クライム〉は次のような綱領を掲げている。「ミステリ界での女性差別と闘い、出版社や一般の人たちに対し、女性作家が不平等に扱われていることについて啓蒙を図り、女性作家のミステリ界への貢献を広く知らしめ、ミステリを手がける女性作家の技術の向上を促進すること」

〈シスターズ・イン・クライム〉はいまも活発に活動している。本書を執筆している二〇二〇年現在、世界四十八か国に三千六百人の会員を擁する組織へと成長し、女性のミステリ作家を対象に人脈作りのアドバイスや、支援を行っている。会員は、作家、読者、出版社、エージェント、書店員、図書館員などで構成され、現会員も旧会員も、ミステリを書く女性たちを支援し、このジャンルに対する深い愛情で結ばれている。だが、今日、この組織は必要とされているのだろうか。また、当初掲げていた目標のうち、いくつが達成されたのだろうか。この三十四年間で、女性犯罪小説作家の地位は大きく向上したのだろうか。

　パレツキーはいう。「アメリカでは、女性の犯罪小説作家には、未だにほとんど書評スペースが割かれていません。イギリスのガーディアン紙と同様、ニューヨーク・タイムズ紙でも犯罪小説の総まとめの記事が組まれています。隔週で一ページだけですが、わたしのように三十年間本を出しつづけ、二十作以上の小説を刊行していても、せいぜいそこでごく短い書評を書いてもらえるくらいです。ケイト・アトキンソンのような主流の純文学作家と見なされている人が犯罪小説を書くと、書評家たちは目の色を変える。そして、山ほど書評を書きます。でも、わたしのような作家はそうはいきません。犯罪小説の総まとめのような小さなスペースでしか、書評を書いてもらえないのです」

「状況はまったく変わっていないと思います。新聞はたいていの場合、大複合企業《コングロマリット》に所有されていますからね。書評はＡＰ通信社か、そういった取りまとめをする人物を通して送られますが、それを掲載するかどうかは各新聞社の裁量に任されているんです。どの作家も書評スペースがどんどん小さくなっていて、犯罪小説作家についていえば、相変わらず絶望的な状況です」

キャサリン・Ｖ・フォレストは、女性作家が男性作家と同じくらいの書評スペースを割いてもらうのは難しいと語る。「あのころにキャリアの大部分を築いていて本当によかったと思います。いまは雑音が多すぎます。昔は本を出す度に大きく取りあげてもらえましたが、いまは、毎月何百冊も本が出版されますからね。そう簡単には注目してもらえません」

アラフェア・バークは、新聞の書評欄の不足が原因のひとつだという。「質の高い書評欄が不足していることは間違いなく問題ですね。あるとないとでは大きな違いがあります。出版社は、本を売るときに宣伝を頼りにしています。独自の書評を出しているメディアはほんのひと握りしか残っておらず、その書評が作者の命運を握っています。評価のよし悪しは関係ありません。読者に自分の存在を知らせることが重要なんです」

「たとえば映画化にしても、ハリウッドの人たちは年間何百冊も本を読んでいるわけではありません。書評を読んで決めているんです。ジャネット・マスリン［ニューヨーク・タイムズ紙の映画・文学評論家］に書評を書いてもらえたら、映画化が決まるでしょう。一部の影響力を持つ批評家は、間違いなく人のキャリアを変えることができます」

同じくアメリカの犯罪小説作家キャスリーン・レイクスも、女性作家が犯罪小説界において重要な地位を占めるに至っているとはいえ、まだ男性と同じように書評で取りあげられているわけではないと認めている。「些細なことですが、重要な例として挙げられるのが、女性の犯罪小説作家はニューヨーク・タイムズ紙書評欄のトップで扱われることがほとんどないということです。書評の世界には間違いなく問題があります」

テス・ジェリッツェンは、アメリカでは状況が改善されつつあると考えている。「書評スペースに関していえば、昔はかなり不平等でした。いまはもっと平等になっているんじゃないかと思います。でも、書評を書いてもらえるかという点で、未だに女性作家が男性に遅れをとっていることを示す調査もあるようですね」。ジェリッツェンは、現在アメリカで本を出版した作家の約五十パーセントを女性が占めているということは、書評スペースをめぐる女性ミステリ作家の状況がある程度改善されたことを意味していると考えている。

フランセス・ファイフィールドは、男性の方が書評スペースを獲得しやすいことについて、一風変わった見方ではあるが、おそらく正鵠を射ている理由を挙げている。「男性のほうが書評されやすいのは、そういったことに関して男性のほうが〝社交的〟だからでしょう。男性作家の中には、いつも裏表紙に同じような素晴らしい宣伝文を載せている人たちがいます。まるで男性限定の社交クラブでもあるみたいに。お互いに宣伝文を書きあっているんです」

ジェーン・ケーシーは、ワシントン州出身の犯罪小説作家で、HBOの大ヒットドラマ『THE WIRE／ザ・ワイヤー』の脚本家兼プロデューサーであるジョージ・ペレケーノスについて述べた自らのコメントのせいで、苦境に立たされている。ペレケーノスは、ニューヨーク・タイムズ紙のインタビューコーナー「バイ・ザ・ブック」で、影響を受けた小説や作家、家族や友人に勧めたい作家について語り、二十六人の作家を挙げたが、その中に女性は一人もいなかった。

この不均衡に注目したケーシーは、ペレケーノスが自分のリストから女性を排除する権利、そして、男女問わず、主に犯罪小説作家を排除する権利を擁護する男性作家たちとの間でひと悶着起こした。「彼の好みはかなり文芸寄りです。でも、挙げた作家は一人残らず男性でした。こういうときに女性を挙げないのは彼だけではありませんが、犯罪小説作家が女性作家を一人も挙げないなんて……しかも、ローラ・リップマンやミーガン・アボットと仕事もしているのに。二人とも素晴らしい女性作家ですよ。理解できませんでした。ですが、男性たちの反応はかなり興味深いものでした」

「バイ・ザ・ブック」の調査によれば、本に対する思いや、お勧めの作家について尋ねたところ、女性作家が挙げた小説の五十一パーセントはほかの女性作家の作品で、四十九パーセントは男性作家の作品だったという。一方男性作家は、八十パーセントが同じ男性作家の作品で、二十パーセントが女性作家の作品だった。「要するに女性は様々な作品に分け隔てなく興味を持って読んでおり、これは男性の作品だから自分には合わないというようなことは考えていないんです。でも、男性は男性作家の作品を読み、男性作家のことを語り、男性作家の宣伝文を書き、男性作家を推薦し、男性作家との討論会に参加している。これは問題ですよ。しかも、それは水面下で活発に行われているんです」

だが、この問題を明るみに出したことで、ケーシーは苦境に立たされることになった。「男たちはカンカンでしたね。女性に言及しなかったからといって責められるのはおかしいというわけです。実際に影響を受けた作家を挙げているだけなのに、どうして女性に言及しなければならないのかとね。しかも、女性をほかのマイノリティーと一緒くたにしていたので、わたしは〝それは的外れだ〟と指摘しました」

マリ・ハンナはいう。「書評が書かれるかどうかは偏っていますね、男性のほうに。男女を問わず、成功した作家は大勢いますが、統計を見れば一目瞭然です。男性のほうが圧倒的に成功しやすく、作品の書評が書かれることも多い。二年前、このジャンルは女性作家が八十パーセントを占めるといわれ、男性は後れをとらないよう、女性の名前をペンネームで使用するほどでした。でも、いまは違います。最近サンデー・タイムズ紙で発表された「Sunday Times' 100 Crime Novels and Thrillers to Love（愛すべき犯罪小説、スリラー百選）」のうち、女性の作品は二十八冊だけでした」

サラ・ヒラリーは、自らもメンバーである〈キラー・ウィメン〉の調査結果をまとめて、次のように述べている。「だれもが認めていることですが、女性の犯罪小説作家は十分に評価されておらず、討論会に登壇したり、書評を書いてもらったりする機会にあまり恵まれていません。わたしたちがみんなで力をあわせれば、何かを変えることができるかもしれないという感覚は確かにあります。数の力に期待しています」

リー・ラッセルは違う見解を示している。書評が以前のような影響力を持たなくなり、犯罪小説作家の状況は変わったというのだ。「新聞、特に高級紙の書評が大きな影響力を持っていた時代もありました。でも、いまは違います。ブロガーの影響力がかなり強くなりました。新聞に掲載される書評はどんどん減っています。もちろん、大物作家が新刊を出せば、間違いなく書評が載るのでしょうが」

現在の読者の多くは、〈Goodreads〉〈Amazon〉のようなウェブサイトのお勧め——いわゆるネット上の口コミを頼りにしている。ソフィー・ハナもラッセルに同意し、ある女性犯罪小説作家が、高級紙の書評に大きく取りあげてもらえないと不満を漏らしていたときのことを話してくれた。「だから、いったんです。『あなたの本が取りあげられないなんて、そんなことないでしょう。それに、あなたはこんなに人気があるんだし、一番売れるジャンルで書いているんだから、被害者意識を抱いて腹を立てたりしないで、いいほうに考えましょうよ。わたしは一番売れ線のジャンルで書いているんだから、新聞の書評なんてどうでもいいってね』それに、文学をテーマにしたブログはこぞって犯罪小説を取りあげ、書評を書きつづけています。つまり、状況は変化しているんです。新聞の書評にはもう昔ほどの影響力はありません」

アンナ・マッツォーラは、犯罪小説作家には珍しく、たびたび一流紙の書評で取りあげられ、高い評価を受けてきた。「幸い、わたしの本は何度か新聞の書評欄で取りあげられましたが、それは犯罪小説であると同時に、歴史ものでもあるからかもしれません。ガーディアン紙では、短い総まとめの記事が組まれますが、犯罪小説に大きな書評スペースを割いてもらえることはありません。それに、犯罪小説では大きな賞を取るのも難しい。わたしはアメリカのエドガー賞を受賞しましたが、キャリアにはあまり影響しませんでした。ああいった賞は、出版社がそれを利用して熱心にマーケティングでもしないかぎり、たいして役には立たないんです。自尊心は高まりますし、続けていく励みにはなりますが」

賞を獲ることは、書評スペースの獲得にもつながるようだ。ステラ・ダフィはいう。「わたしは大きな文学賞を獲ったことがありません。受賞したのは、犯罪小説を対象にした賞だけです。その差は歴然としています。オレンジ賞（現女性小説賞）のロングリストには二度入ったことがありますが、受賞はしていません。犯罪小説に注目してもらうには、純文学で賞を獲る必要があると思います」

ゾーイ・シャープは、女性作家は長く質の高い書評を書いてもらうのが難しいだけではなく、賞を獲得するのも難しいと感じている。「ジェイク・ケリッジが発表した『Top 100 Thrillers（名作スリラー百選）』に、女性作家の作品はせいぜい五、六作程度しか入っていませんでした。女性は未だに、こうした称賛や賞を獲得することがなかなかできない。女性作家がイニシャルを使うのは、そのせいかもしれません。表紙に名前がイニシャルで記載されている場合、その作家が女性だというのは、いまや常識です」

「ならば世間の評価をあげて受賞につなげていきたいところですが、それは至難の業です。そもそも、わたしは本当に文学賞にノミネートされたいのかどうかもわかりません。最近、読者が本を購入する理由を紹介した記事を見かけましたが、本が賞を獲ったからという理由はランキングのかなり下のほうでした」

サラ・パレツキーは、ミステリ界に女性差別が横行し、女性犯罪小説作家の地位向上のための専門的支援が不足しているのは、読者や出版社や批評家がいわゆる純文学に与えている意義と犯罪小説に与えている意義との間に未だに大きな溝があることが一因だと指摘している。純文学には極めて高いステータスが与えられ、純文学と見なされた本は称賛や賞の対象となるのに対し、犯罪小説には極めて低いステータスしか与えられず、権威ある書評や文学賞、主流の賞といった、相互に関連しあう世界から締めだされている。二〇一九年四月、イギリスのサンデー・タイムズ紙が「100 Best Books of the 21st Century（二十一世紀の名作百選）」を発表したが、このリストに犯罪小説は一冊も入っていない。

アリソン・ジョセフは、女性が書いたものは否定され、真剣に受けとめられないことが多いと考えている。「〝女性向け小説〟なんていうレッテルを貼った作品を、真剣に受けとめるつもりはないでしょうね」ジョセフはいう。「男性作家の中には、それこそレッテルを貼られるべき、ひどい作家がいますが、そういう連中に限って、ブッカー賞を受賞して高い評価を獲得していたりするんです。ほんの数人の中流階級の人間の経験を書いているだけで、しかも、たいしてうまくありません。

でも世の中は、そんな作品を高尚で素晴らしいものとして扱うような仕組みにできているんです。わたしたちは、多くの闘いにおいて、まだ勝利していません」

現在イギリスでは、こうした状況がゆっくりとほんの少しずつだが、確かに変わりはじめている。二〇一八年、優れた犯罪小説作家ベリンダ・バウアーは、それまでイギリスの犯罪小説作家がだれもできなかった快挙を成し遂げた。最も権威ある文学賞、マン・ブッカー賞のロングリストに名を連ねることに成功したのだ。ロングリスト入りした『Snap』は、母親を殺された少年が二人の妹の面倒を見ることになり、やがて母親殺しの犯人を突きとめるという内容で、暗澹としているが、見かけの割にはシンプルな物語だ。一九八八年に高速道路M50号線で実際に起きた妊婦マリー・ウィルクスの殺害事件から着想を得ており、陰鬱で緊張と不安に満ちたストーリーには、微かにユーモアが滲んでいる。審査員はこの作品を「トラウマをいかに乗りこえるかについて描いた、鋭く洗練された知的な小説」で「ジャンルの定型を覆し、われわれの心にいつまでも消えない余韻を残す」と評している。ミステリスリラーとしては初のブッカー賞候補作だが、あらゆる優れた文学同様、この作品もジャンルの壁を越えている。

批評家や作家の多くが、未だにいわゆる純文学をジャンル小説よりも優れた小説形式と見なしているのは事実である。逆にいえば、ジャンル小説は、文学的な価値がほとんどない「低俗な」娯楽と見なされているのだ。ウェブサイト〈Goodreads〉は、純文学を「高尚な」小説と定義し、「ジャンル小説や大衆小説に比べて文学的価値があるとされる作品」としている。ジャーナリスト兼編集者のスティーブン・プティトは、ハフポストに寄稿した記事の中で、人がジャンル小説を読む主な理由は娯楽であり、「わくわくするストーリーに没頭し、現実から逃避するためだ。純文学は現実逃避を目的としていないため、ジャンル小説とは一線を画している。現実逃避させてくれる代わりに、世界をより深く理解するための手段を差しだし、本物の情緒的反応をもたらしてくれる」と述べている。

プティトは、ジャンル小説を手がける作家がすべて二流の作家だというわけではないと認めつつも、次のように続けた。「こうした作家は、自ら作りだした世界に読者を引きこむことができるのか？その答えはイエスだ。だが、現実に留まって日々の試練や苦難を乗りこえる力を与え、その先一生心に残るような忘れがたい経験をもたらしているだろうか？　わたしにいわせれば、ノーだ」「基本的に、最高のジャンル小説は、素晴らしい文章で魅惑的な物語を綴り、読者を現実から逃避させることを目的としている。一方、純文学は作家の心と魂でできており、読者を言葉のシンフォニーを通じて感情の旅へと連れだし、世界と自分自身に対する理解を深めてくれるのだ」

二〇一六年、作家のオテッサ・モシュフェグは、マン・ブッカー賞の最終候補に選ばれた自身の小説『アイリーンはもういない』（二〇一五）で、大手出版社の関心を引くために、敢えて大衆小説の形を試してみたのだと述べている。短篇小説やデビュー作『McGlue』（二〇一四）で様々な賞を受賞していたものの、執筆で食べていくことを可能にしてくれるような小説が書きたかったのだという。モシュフェグはガーディアン紙のインタビューでこう語っている。「それが『アイリーンはもういない』を書いた一番の動機でした。よし、このゲームに挑戦してやろうと思ったんです」

モシュフェグは、世間に見いだされるまで大人しく三十年も待つような真似はしたくなかったのだ。

「何百万ドルも稼ぐ作家がごろごろいるんですよ。それがわたしだっていいでしょう?」

モシュフェグの回答を見ると、世間では(自分を純文学作家だと考えている人は特に)、ジャンル小説を書くのは〝簡単〟だという思いこみが未だに根強いことがわかる。だが、アラフェア・バークは、〝純文学〟作家の中には、試しにやってみて、〝悲惨な〟結果になった人もいると指摘する。「純文学作家は、ジャンル小説のことをわかっているつもりなのでしょうが、実はまったくわかっていないんです。プロットに捻りを利かせたつもりでも、海千山千の犯罪小説作家や読者には通用しません。第一章からトリックを見破られてしまうでしょう」

アンナ・マッツォーラは、ジャンル小説と純文学の間に境界線を引くのは〝馬鹿げている〟と切って捨てる。「歴史的要素のある『The Unseeing』(二〇一六)を書いたとき、これは犯罪小説だろうか、それとも歴史小説だろうかなどとは考えていませんでした。一人の女性の物語を綴りたかっただけです。市場がどこかは意識していませんでした。この作品を出すことになったとき、ジャンルは犯罪小説が合いそうだと出版社の方で判断したんです」

「純文学と犯罪小説の間に境界線は要らないと思います。わたしの愛読書は犯罪を描いていますが、犯罪小説とは呼ばれていません。マーガレット・アトウッドの『またの名をグレイス』(一九九六)も、ジェーン・ハリスの『Gillespie and I』(二〇一一)も、サラ・ウォーターズの『荊の城』(二〇〇二)

も、みんなそうでしょう。わたしはいつも、歴史犯罪小説作家だと名乗っています。ジャンルに縛られるのは好きではありません。犯罪小説作家のコミュニティは居心地がいいんですが、世間には犯罪小説に対して鼻持ちならない態度をとる人間が溢れていますからね」

ジェーン・ケーシーは、読者を楽しませることを旨とする犯罪小説作家だと自認している。「犯罪小説と純文学というふたつのカテゴリーの間に境界線があるのは、特に気になりませんね」ケーシーはいう。「純文学はかなり小さな世界で、売り上げも少ないでしょうから、ステータスを保つためにその世界を守らなければならないのもわかります。犯罪小説は非常に売れ行きがよく、人気も高いので、わたしも大勢の読者に支持してもらっています。犯罪小説を書くときには、常に全力で書くつもりです」

「たとえばタナ・フレンチは『Broken Harbour』（二〇一二）で、冒頭から約二百ページものあいだ刑事たちが事件現場を回る描写ばかりしているんですが、これはとんでもないことなんです。ジャンルの慣行から考えると到底許されないことですから。だから、わたしにとってあの作品は純文学的な犯罪小説です。あんなことができるフレンチを心から尊敬しています。ここ五年以上、犯罪小説の売れ行きがかなり好調なので、犯罪小説は作家にとって人気のジャンルになっています。それで、純文学作家が続々と、楽しみやお金のために犯罪小説に参入しているんです」

アリソン・ブルースは、問題の一端はラベリングやカテゴライズにあると考えている。「本がラベリングされるのは残念なことだと思います。でも、純文学と犯罪小説の対立は続いていますからね。ラベリングは表紙にも表れます。表紙を見ればだいたい犯罪小説だとわかりますよね。つまり、本にどんな装丁を施してどう見せるかを決めるのは出版社なんです。残念ですが、機会は均等に与えられていません。犯罪小説の中には、示唆に富み、人物描写が素晴らしいものもありますから、純文学と同じように評価されてしかるべきですが、現状は違います」

フランセス・ファイフィールドは、若いころだったらこの境界線に腹を立てていたかもしれないという。「もう腹を立てることもありません。収入を確保できるようになりましたから。それに、本物の純文学作家は、そんな区別をしていないんじゃないでしょうか。ルールがあるなんて思いもしませんでしたね。わたしはただ書いていただけです。ただ本が出ることが嬉しかっただけ。年をとるにつれて、暴力的な犯罪の描写を入れるのが嫌になってきたんですが、出版社にはもう少しハードに書いてくれと文句をいわれています。でも、自分のことを純文学作家だと思っているわけでもありません。ただの作家だと思っています。ストーリーテラーだとね」

ステラ・ダフィは、〝純文学はステータスを得ているが、犯罪小説は収入を得ている〟ことを指摘し、いわゆる純文学作家はそれを肝に銘じておくべきだという。「おかしな話ですよ。純文学作家が犯罪小説をこき下ろしているのをよく耳にしますが、実際のところ、犯罪小説作家やロマンス小説作家や〝女性向け〟作家が出版社をたっぷり儲けさせているからこそ、純文学作家は出版社からお金がもらえるんです。犯罪小説なんて読まないという人たちもいます。でも、ギリシャ悲劇や『罪と罰』、『マクベス』、『メディア』といった作品に、そんなことはいいませんよね。読書の範囲を自分で狭めてしまうなんて馬鹿げていますよ」

キャサリン・V・フォレストは、一流の犯罪小説作家を何人か引きあいに出していった。「マーガレット・アトウッドはSFを書いていますし、ノーマン・メイラーはミステリを書いています。でも、ジャンル小説は未だに継子のような扱いを受けているんです。P・D・ジェイムズやルース・レンデルの存在はありがたいですね。間違いなく純文学のカテゴリーに入りますし、それを否定する人間はいないでしょうから」

マリ・ハンナは、境界線があることは認識しているが、どちらの文学的価値が上かといったことでいい争うのは馬鹿げていると感じている。「わたしはあまり純文学を読みませんし、一冊書くのに四年も五年も六年も七年もかけるような真似はしません。わたしのように大衆小説を書く人間が、二流扱いされるのは馬鹿げていますよ」

ニコラ・アップソンは二〇〇九年に開催されたハロゲット犯罪小説フェスティバルで、ブッカー賞受賞者のジョン・バンヴィルが、多くの作家や批評家たちが犯罪小説に対して抱いているのと同じような偏見を露呈させた場に居あわせた。バンヴィルはこのフェスティバルで犯罪小説用のペンネームであるベンジャミン・ブラックを名乗っていたが、犯罪小説を書くときと純文学を書くときの違いについて尋ねられ、ブラックとして書くときは一日に約二千ワード書くが、バンヴィルのときには二百ワード程度しか書けないと答えた。「要するに、バンヴィルのときのほうが言葉に重みがあるというわけです」アップソンはいう。「参加者はみんな、それを聞いてぎょっとしていました。

いまどきそんな考え方をする人は読者にも書店の人たちにもいないと思います。ただ、賞の審査員や批評家、そして確かに一部の作家の中にはいるんです。失礼な考え方ですよね。これは、どこからスタートして犯罪小説作家になるのかという問題でもあります。純文学からスタートして犯罪小説に転向する場合、純文学での評価を引きずってくることになります。その逆はほとんどありません。わたしは犯罪小説家であることに誇りを持っています。でも、純文学系はどんどん質が下がっているんです。わたしが話を聞いた女性たちはみんな、ジャンル小説の作家であることに誇りを持っています。いまや〝純文学〟という言葉は、中流階級に属する中年の白人男性が結婚生活になんらかの破綻をきたし、それにどう対処するかを描いた小説の略称になり下がっています。一方で、いわゆる古典文学は、シェイクスピアやギリシャ神話まで遡ってみても、実は犯罪小説であることが多い。わたしたち犯罪小説作家のコミュニティはとても居心地がよく、それこそだれでも歓迎しますが、ケチをつけられたら話は別です。そんな態度はだれのためにもならないと思います」

テス・ジェリッツェンは、問題の根源は出版業界の姿勢にあると考えている。「そもそも、こんな人為的な線引きをはじめたのは出版社です。出版社が純文学であると判断して、それらしい装丁を施せば純文学になる。わたしは、両者にそれほど違いはないと思っています。素晴らしい文章で綴られている犯罪小説はいくらでもあります。そのジャンルは装丁で決められているにすぎません」

エリザベス・アストンとしても知られるニューイングランドの作家エリザベス・エドモンドソンは、一九二〇年代から一九五〇年代を舞台にした〈ヴィンテージ・ミステリ〉シリーズなど、三十作以上の著作がある。亡くなる二年前の二〇一四年に書いた文章の中で、エドモンドソンは〝ジャンル小説〟という呼称を「不愉快な言葉」だと述べ、特定の現代小説を文学と呼んで別格扱いし、ほかの作品より重要で優れているように見せかける、〝出版社の巧妙なマーケティング〟だと表現している。「ジェーン・オースティンの作品は純文学といわれていますが、ナンセンスですね。もしオースティンが現代の作家だったら、純文学作家扱いされるとはだれも思わないでしょう。ロマンスや〝女性向け〟どころか、コメディまで書いているのですから」

「わたしにとって、種類を問わず優れた小説とは、作家の想像力が読者の想像力に直接語りかけてくるものです。わたしが望み、期待しているのは、楽しみ、魅了され、作者の世界に引きこまれて、素晴らしい本に没頭することです。説教されたり、問題を無理やり詰めこまれたり、さらにいえば、文章の美しさに感嘆するよう迫られたりすることは望んでいないのです。作者が素晴らしいストーリーテラーで、その上文章がうまければ嬉しい限りですが、たとえ文章がうまくても、ストーリーがなかったら、読む気にはなれません」

「〝深遠〟には、〝尊大〟という闇の双子がいることを忘れないでください。いい小説といい文章はまるで別の話であり、好みの違う読者を〝中級〟〝低級〟というレッテルを貼った穴に投げこもうとする知識人たちの黴《かび》の生えた願望は、独善的で傲慢です」

犯罪小説を手がける現代の女性作家たちは、最も重要な支持者は読者であることを、そしてその理由がベストセラー小説によってもたらされる経済的見返りのためだけではないことを、よく理解している。ニコラ・アップソンはこう語っている。「傲慢な作家たちが、読者なんてどうでもいいとか、読者は重要じゃないというのを聞いたことがあります。見当違いも甚だしい。優れた作家は、人とつながりを持つために書いているんです。それが執筆の本質というものです。わたしは、自分のストーリーや登場人物を通じて人と触れあうために執筆しています。大きな文学賞を欲しいとは思いません。売れないことの埋めあわせのためにあるようなものですから」

犯罪小説作家たちは大切なことを、ますます増えていく大勢の読者に伝えている。優れた犯罪小説は、複雑な人間の魂や経験を深く探求し、人間の倫理観や、愛や苦しみを、そしてその背景となる社会をくっきりと、ときに容赦なく映しだす。それは必ずしも読みやすいものではない。また、文壇の一部には見下されているが、書くのも容易ではない。

本書は、女性の犯罪小説作家たちが犯罪小説について、また、ほかの犯罪小説作家についてどう考え、どう感じているかを調査したはじめての本だ。わたしはアメリカ、カナダ、イギリスで活躍する大勢の作家たちに話を聞き、この調査の中で提起された問題について、様々な人種や年齢の女性たちと議論してきた。レズビアン、バイセクシャル、ヘテロセクシャル、健常者、障がい者、フェミニスト、右翼あるいは左翼を自認する人たち、暴力や性差別、同性愛嫌悪、あるいは人種差別を経験した人たち、大都市あるいは田舎の小さな村の出身者。彼女たちの共通点は、全員が犯罪小説を書き、そのほとんどが犯罪小説を読んでいるということだ。

これまでにわたしは、日々暴力に直面し、それを怖れているはずの女性たちが、なぜ過激な暴力が描かれることの多い犯罪小説に夢中になるのかという、複雑で魅力的な問いを探求してきた。また、女性犯罪小説作家たちがどのような問題を気にかけ、小説の中でどのように描きだすのか、そして、どのようにキャラクターを生みだしているのかに興味を抱いた。程なくして、主流の犯罪小説には、それほど多くはないが、高齢者やゲイ、障がい者、有色人種、少数民族の主人公が登場することに気がついた。インタビューに答えてくれた人たちは皆、ステレオタイプ化の危険性を認識していたが、中にはそれを回避するための配慮に欠けていたと認める人もいた。

また、従来の犯罪小説作家のグループに新たに加わったメディア志向の〈キラー・ウィメン〉のような女性グループや、警察官、法医学者、保護監察官、法曹など、刑事司法に携わる専門職から転向した犯罪小説作家にも着目した。

中でも、一九三〇年から現在にかけて女性作家の犯罪小説が巻きおこしてきたブームに注目し、イギリスの黄金時代の女性作家たちや、一九五〇年代のアメリカの女性小説家たち、一九八〇年代にアメリカ初の女性私立探偵たちを生みだした革新的で刺激的なトリオ——マーシャ・マラー、サラ・パレツキー、スー・グラフトン——などいくつかの主要なグループを取りあげ、アメリカ、カナダ、イギリスの犯罪小説に登場しはじめた女性警察官やレズビアン、障がい者、有色人種、少数民族の主人公に焦点をあてた。また、大きなブームになったドメスティック・ノワールスリラーや、ブームの大きさではやや劣るが極めて重要な法医学ミステリを手がける作家についても取りあげた。

大勢の女性作家が、自身を取り巻く社会的、政治的情勢について考察し意見を表明するために犯罪小説を書きつづけている。その多くは著作の中で極めて創造的に、現代の女性が直面する重要な問題を探求している。

わたしが話を聞いた作家は皆、〝純文学〟と〝ジャンル〟というレッテルを貼られた小説の間に見えない境界線があることや、一方にのみ高いステータスが与えられているという疑う余地のない事実を認識している。本書に登場する作家はだれ一人として、この境界線を好意的に捉えてはいない。本書の筆者であるわたしも同様だ。わたしは、一流の犯罪小説は単なる娯楽ではなく、社会の道徳的問題や重要な価値観について、揺るぎない視点をもたらすものだと信じている。優れた犯罪小説は、批評家の注目を浴びて然るべきだ。真剣に受けとめられるべきであり――ふさわしい名誉が与えられるべきである。

謝辞

本書は二度の入院と、その後、新型コロナウイルス感染予防のために五か月以上足どめを食った関係で進行が遅れてしまった。三人の強力な手助けなしに、出版に漕ぎつくことはできなかっただろう。小まめにわが家を訪ねて、うちの庭とわたしを元気にしてくれたヴィク・スミス。隣人として寄り添い、おいしいパンをたくさん焼いてくれたキム・レイソン。中でも、アンジー・ノースは、手紙の投函や事務まわりのことを手伝ってくれ、いつも鎮痛剤や白パン、マーマイトを買い置きしてくれた。

また、何十時間分ものインタビューの録音音声を文字に起こし、九万ワードを超える文章に目を通して、すべての章を編集し、内容を劇的に改善してくれたエレイン・ビショップには、プロとして深甚なる謝意を表したい。

自分が大変なときに、最後までわたしを鼓舞してくれた、わたしのエージェントであり、長年の友人でもあるローラ・モリスに。驚くべき忍耐力を見せてくれた、素晴らしい出版者イオン・ミルズに。ともに仕事ができる喜びを感じているノー・エグジット・プレスの編集部の皆さんに。

この本の核心がぶれないよう軌道に乗せてくれた、想像力と創意に富んだ頼りがいのあるリサーチャー、トレーシー・バグショーに感謝する。

三年間にわたってコンピュータやハイテクの知識を提供し、尽きせぬ友情を示してくれたグレン・ジョブソンにも謝意を述べたい。

この本が出版されるや、広く周知してくれたわたしの元エージェントであり、親友でもあるバーバラ・レヴィにも感謝する。

あの素晴らしい王立文学基金のスティーブ・クックとアイリーン・ガンにもお礼を申しあげたい。苦しい時期を支えてくれただけでなく、わたしがこの本を完成させると信じてくれてありがとう！

貴重な助力をいただいた、ケンブリッジ、ヘファース・ブックショップの（わたしよりも犯罪小説に詳しい）リチャード・レイノルズに。執筆にあたって励ましてくれたバリー・フォーショーに感謝する。

また、皆さんの素晴らしいお宅のおかげで、数年に及ぶ隠遁生活を快適に過ごすことができた。コーンウォール州セネン・コーブのトレイシーとリチャード・ベイカー夫妻のサンセット・ロッジ、テキサス州オースティンのスーザンとラリー・ギルグ夫妻の超高層アパート、コーンウォール州ニューリンのキャロル・ジョーンズとシェリル・デイの広い庭付きの安らげる白い家。

確かな腕と優しさで、とてもよいとはいえない健康状態を乗りこえるのを助けてくださったトム・アルダーソン先生にも謝意を表したい。また、ケンブリッジ大学附属アデンブルック病院の心臓、腎臓、肺、三叉神経系科の皆さんにも大変お世話になった。とりわけ、よき友人であり、優れた相談役でもあるポール・フリン教授の柔軟でオープンな姿勢には深く感謝している。〈ケンブリッジ・ウィメンズ・ブッククラブ〉のミシェル・ハミルトン・デュトワ、フランシス・ワード、アンジー・ノース、サム・ピアソン、ジュディス・ボディにも感謝する。

手厚くサポートしてくれたイギリスの友人たちにもお礼をいいたい。サリー・ローレンス、マリオン・スチュワート、フランキー・ボルゼッロ、（執筆をはじめる際に助けてくれた）ミシェル・スプリング、キャシー・ボウルズ、アラン・フレンチ、クリス・レイソン、ミランダ・フォワード、マンディ・ブライアント、キャサリン・マクマホン、そしてひとかたならぬ尽力をしてくれたコレット・ポールとジョン・ガードナーに。

さらに、ビョルン・ライバース、ダヴィナとラリー・ベリング夫妻、マーサ・キャンベル、電話やメールをくれたばかりか、一度など、イギリスまで飛んできてくれたアン・ヘルムライク、人生で最も辛い時を経験しているさなか、毎週土曜の夜にいつも明るく支えてくれたアニー・ガーネットにも謝意を表したい。

そして何よりも、インタビューに答えてくださった皆さんにお礼を申しあげたい。皆さんのご協力なしにこの本は完成しなかった。特に、インタビューの前日に親友が亡くなったステラ・ダフィ、犯罪小説についていろいろ語ってくれたアリソン・ブルース、ニコラ・アップソン、メラニー・マグラス、長い時間を割いて、非常に独創的な話をしてくれたリー・チャイルド、そして、その面倒見と手際のよさで、すべてを実現してくれたリーの広報担当者兼秘書マギー・グリフィンに感謝する。とりわけ、夫であり四十年来の親友でもあった物理学者のコートニー・ライトを亡くしたばかりのサラ・パレツキーには、格別の謝意を表したい。深い悲しみの中にいたにもかかわらず、サラはわたしたちのインタビューに答えるといってくれた。

　また、いつもわたしの作家としてのインスピレーションを刺激してくれるジル・ドーソンは、この本を書きはじめたときからずっとそばにいて、想像力に富んだ助言を差しだし、話に耳を傾け、上質な赤ワインを提供してくれた。

　これまで同様、わが大家族は、確固として揺るぎなく、心から頼れる存在だった。娘のマーモセット・アドラーは、常にわたしを気にかけ、体調に留意してくれた。今年娘が、わたしを救ってくれたあの素晴らしい救急救命士の皆さんを呼んでくれなかったら、最後の五章を書きあげることはできなかっただろう。電話や訪問で、明るくくつろげる楽しい時間を提供してくれたヴィック・スミス、いくつかの章について素晴らしい意見を聞かせてくれたいとこのジェーン、毎週電話をくれて、朗らかに辛抱く話を聞いてくれたいとこのキャスに。盤石な支援をしてくれたリック・ウィルソン、エスメ・アシュリー＝スミス、ソーレン・アシュリー＝スミス、いとこたち——ジョーン・ハリス、ポール・シャックマン、トニー・クライン、ダーニャ・ハリス、そして、新型コロナウイルスの流行により、夕食をともにすることができなくなるまで、いつも素晴らしい料理を振舞ってくれたジョナサン・ハリスに感謝する。

才気渙発で、頼りになる、創造力に富んだ二人の若者たち——孫のアラン・アドラー＝ウィリアムズとテオ・アドラー＝ウィリアムズに。

そしてだれよりも、政治的な混乱と文学的な不安に満ちた世界で、四十二年間、日々分別と愛と思いやりを与えてくれたバ・シェパードに、心からの感謝を捧げたい。

目下のところ、文学賞は虚像のようなものだ。
そこで、次のふたりに
「アフター・アガサ・クリスティー賞二〇二〇」を授与する。

アフター・アガサ・クリスティー賞・犯罪文学部門優秀賞を、
フランセス・ファイフィールドに。
アフター・アガサ・クリスティー賞・最優秀私立探偵創造賞を、
サラ・パレツキーに。

解説

本書は、英国で二〇二一に刊行された、文学研究者・伝記作家サリー・クライン著『After Agatha: women write crime』の、服部理佳氏による全訳である。

「日常的に暴力のリスクや不安に晒されている女性たちが、犯罪小説を好んで読むのはなぜだろうか」という問いかけから始まる本書は、一九二〇年代のアガサ・クリスティーの登場から現代に至るまでの、女性作家による犯罪小説の系譜を丁寧に辿る。クリスティーと「黄金時代」と呼ばれる同時期の女性作家、彼女たちから影響を受けた世代の作品、私立探偵の登場、英米の警察小説、マイノリティの可視化、法医学、ドメスティック・ノワール、犯罪小説の扱いの変化と純文学との比較など、多様な切り口から、おおむね時系列順で女性と犯罪小説の関係が紹介されていく。

本書最大の特徴は、現役作家たちに対する豊富で丁寧なインタビューだ。信頼ある伝記作家である著者の熱意に応えるように、サラ・パレツキーやカリン・スローターといった日本でも人気の作家、はたまた〈ポアロ〉シリーズを書き継ぐソフィー・ハナなど三十人以上の作家が、自身の経歴、作品、執筆上の困難などを語っている。ストーリーやキャラクター造形に込められた想いを知ることができるうえ、出版や執筆のちょっとした裏話も満載で、読者を大いに満足させるであろう。

著者のサリー・クラインは一九三八年ロンドン生まれで、ダラム大学を卒業後ランカスター大学で修士号を取得。長年ケンブリッジで英文学と創作の教鞭をとり、アーツ・カウンシルでもメンターを務めた。ゼルダ・フィッツジェラルド、ダシール・ハメットなどの伝記や評論、創作など数々の書籍を刊行したが、二〇二二年に惜しまれつつこの世を去り、本書が遺作となった。

本書の翻訳に際し、言及されている作家やシリーズの新作が原書執筆時の二〇二〇年よりも後に刊行されている場合は、編集部よりその旨の注を加えた。また、「ロバート・ガルブレイス」の筆名で身体障がいのある探偵を主人公に据えた犯罪小説シリーズを執筆し、本書で紹介されているJ・K・ローリング氏について、二〇二〇年以降のトランスフォビックな発言が批判を集めている。本書翻訳版での作品紹介が、トランスジェンダーに対する同氏の差別的な発言やスタンスへの賛同を示すものではないことをここに明記する。

本書には、すでに日本語版が品切れになっている名作や、未邦訳の最新作品も数多く登場する。今後、女性作家による良質な犯罪小説の翻訳紹介や再発見が進むことを期待したい。

左右社編集部

43. Rebecca Whitney, *Domestic Noir is bigger than ever: top ten releases for 2015*, Website: theindependent.co.uk, January 2015.

44. Libby Brooks, *Denise Mina: I don't think there's any such thing as an apolitical writer*, Website: theguardian.com, April 2019.

45. Karin Slaughter. *Karin Slaughter Was 20 Years Ahead of Our True Crime Obsession*, Website: bustle.com, August 2020.

46. Steven Petite, *Literary Fiction vs Genre Fiction*. Website: huffingtonpost.co.uk April, 2014.

47. Paul Laity, *Ottessa Moshfegh interview: 'Eileen started out as a joke – also I'm broke, also I want to be famous.'* Website: theguardian.com. September, 2016.

48. Elizabeth Edmondson, *The genre debate: 'Literary fiction' is just clever marketing.* Website: theguardian.com. April, 2014.

33. Robert Galbraith, *Career of Evil.* Sphere. 2016.

34. Katharine Quarmby, *Bringing down the Wall. What to do about disability representation in literature*, From a speech at Nottingham Festival of Literature, November 2016.

35. Dave Corbett, *Changing the Face of Crime Fiction: 6 Writers of Color on Writing Mysteries, Crime Novels, and Thrillers*, Writer's Digest, January 2019.

36. John Fram, *How White Crime Writers Justified Police Brutality*, New York Times, January 2020.

37. Elaine Lies, *Book Talk: Tess Gerritsen turns to her Asian American roots*, Reuters' Lives, Website: reuters.com, July 2011.

38. Maureen Reddy, *Women Detectives. In The Cambridge Companion to Crime Fiction* by Martin Priestman, Cambridge University Press, Cambridge, Massachusetts.

39. Kellye Garrett, Rachel Howzell Hall, speaking at: *It's Up to Us: A Roundtable Discussion*, Website: Los Angeles Review of Books, November 2018.

40. *EA Aymar, Crime Writers of Color*, Website: thrillbegins.com

41. Patricia Cornwell, In conversation with Tina Brown as part of the Women in the World Summit, San Antonio, 2016.

42. Fiona Peters, *Domestic Noir: The New Face of 21st Century Crime Fiction, In The Literary Antecedents of Domestic Noir*, Laura Joyce and Henry Sutton (eds), Palgrave Macmillan, 2018.

21. Emma Brockes, *Murder She Wrote*. Website: theguardian.com. March, 2001.

22. Elly Griffiths, *The Crossing Places*, Quercus, 2009.

23. Ann Cleeves, *The Crow Trap*, Pan Macmillan, 1999.

24. Kristen Lepionka, *Top 10 female detectives in fiction*, Website: theguardian.com, July 2017.

25. Dan Bilefsky, *An Affable Canadian Author with a Penchant for Murder*, New York Times, May 2018.

26. Elizabeth George, *A Great Deliverance*, New York, Bantam, 1988.

27. Alexandra Alter, *The Wall Street Journal Bookclub: Gillian Flynn on Patricia Highsmith*, Website: wsj.com, April 2014.

28. Dennis Lythgoe, *Ace crime writer struggles with fears her books won't sell,* Website: deseret.com, July 2006.

29. Q & A with Laurie R King, Website: goodreads.com, September 2012.

30. Brian Skupin, *What's Happening with… Abigail Padgett*, Website: mysteryscene-mag.com, 2007.

31. Angela Neustatter, *I was guilty. I did my time*, Website: theguardian.com, November 2003.

32. *About Cormoran Strike*, Website: Robert-galbraith.com

9. Ernest Mandel, *Delightful Murder: A Social History of the Crime Story*. Pluto, London, 1984.

10. Val McDermid, *The Brilliant Unconventional Crime Novels of Josephine Tey*, Website: telegraph.co.uk July 2016.

11. Alexander McCall Smith, *True Detective, New York Times Book Review*. September 2014.

12. Sophie Hannah, *Inspector Alleyn Returns*. Website: theguardian.com. March 2008.

13. Steve Walker, *Money in the Morgue by Ngaio Marsh and Stella Duffy*, Website: stuff.co.nz. April 2018.

14. Marcia Muller, *Games to Keep the Dark Away*, St. Martin's, New York, 1984.

15. Sue Grafton, *J is for Judgment*, Henry Holt and Co, New York, 1993.

16. Sue Grafton, *A is for Alibi*, Bantam New York, 1982.

17. Sue Grafton, *M is for Malice*, Henry Holt and Co, New York, 1996.

18. Val McDermid, *Book of a Lifetime: Indemnity Only by Sara Paretsky*. Website: theindependent.co.uk. September, 2009.

19. Barry Forshaw, *Brush Back by Sara Paretsky-Book review: Warshawski is back, as bloody-minded as ever*. Website: theindipendent.co.uk. July, 2015.

20. Penny Perrick, *Crimes of Dispassion*. Website: thetimes.co.uk. August, 2006.

参考文献

1. Sally Cline, Dashiell Hammett: *Man of Mystery*, Arcade Publishing, New York, 2014.

2. Julia Crouch, *Notes from a Genre Bender in Domestic Noir: The New Face of 21st Century Crime Fiction* (Foreword) (ed) Laura Joyce and Henry Sutton, Palgrave Macmillan, 2018.

3. Melanie McGrath, *Women's appetite for explicit crime fiction is no mystery*, Website: theguardian.com, June 2014.

4. Melanie McGrath, *Is reading crime fiction written by women a feminist act?* Website: nationalpost.com, May 2019.

5. Caroline Crampton, *Playing by the Rules: Christie's Unconventional Crimes*, Website: agathachristie.com, April 2019.

6. Agatha Christie, *Mrs McGinty's Dead, Dodd*, Mead and Co (US) 1952, Collins Crime Club (UK) 1952.

7. Agatha Christie, *The Body in the Library*, Dodd, Mead and Co (US) 1942, Collins Crime Club (UK) 1942.

8. Agatha Christie, *The Murder at the Vicarage*, Collins Crime Club (UK) 1930, Dodd, Mead and Co (US) 1930.

索引

［著者］
サリー・クライン
Sally Cline

イギリスの文学者、伝記・小説作家。ダラム大学とランカスター大学で修士号を取得、ロイヤル・ソサエティ・オブ・アーツやアングリア・ラスキン大学に所属し、ケンブリッジ大学で教鞭をとった。著書であるラドクリフ・ホールの伝記 *Radclyffe Hall: a Woman Called John*、評論 *Lifting the Taboo: Women, Death and Dying* などで文学賞を受賞している。ほかにゼルダ・フィッツジェラルド、ダシール・ハメットの伝記など、本書を含め12冊のノンフィクションと2冊のフィクションを執筆した。2022年没。本書が最後の著書となった。

［訳者］
服部理佳

翻訳家。早稲田大学法学部卒業。主な訳書に、『ザ・ヘイト・ユー・ギヴ』『オン・ザ・カム・アップ』（岩崎書店）、『失われた芸術作品の記憶』（原書房）、『わたしは贋作』（早川書房）、『わたしが先生の「ロリータ」だったころ　愛に見せかけた支配について』（左右社）ほか多数。

アフター・アガサ・クリスティー
犯罪小説を書き継ぐ女性作家たち

2023年7月15日　第一刷発行

著　者　サリー・クライン
訳　者　服部理佳
発行者　小柳学
発行所　株式会社左右社
〒151-0051
東京都渋谷区千駄ヶ谷3-55-12
ヴィラパルテノンB1
TEL 03-5786-6030
FAX 03-5786-6032
https://www.sayusha.com

装　幀　田中久子
写　真　Popperfoto/Getty Images
印刷・製本　創栄図書印刷株式会社

ISBN 978-4-86528-379-2